法廷弁護士にして裁判官である美貌の修道女フィデルマが，鋭い推理で事件を解決する。聖女の血が入った小瓶を携えた修道女が殺された「ゲルトルーディスの聖なる血」，聖者のごとき若者殺害の裏を探る「汚れた光輪」，孤島に建つ僧院の院長が無惨な死体で発見された「不吉なる僧院」，僧院の宝を盗んで逃げた神父が自殺したという「道に惑いて」，ダロウの修道院で学んでいた南サクソンの王子が不可能な状況下で殺された「ウルフスタンへの頌歌」の５編を収録。人気シリーズの日本オリジナル短編集第３弾。

登場人物

フィデルマ……………七世紀アイルランドのドーリィー〔法廷弁護士〕

ゲルトルーディスの聖なる血

ボルゲル……………ニヴェル の修道院長。フィデルマの旧友
セサール……………┐
デッラ………………┘ニヴェルの修道院の修道女
ヘリバート…………フォッスの修道院長
シンサー……………┐
キャノウ……………┘フォッスの修道院の修道士

汚《けが》れた光輪《ヘイロウ》

アルローン…………小修道院長
モナハ………………小修道院の修道士

エイドウ……
ニネンドウ……
フォガータッハ……
ナー……小修道院の修道士

エインダー……村の若い娘
ムイレン……村の老女

不吉なる僧院

ソーナット……見習い修道女
ローカーン……カラハの漕ぎ手頭
メイナック……カラハの若い水夫
シェルバッハ……イニシュ・クロックラーンの僧院長
スペイラーン……イニシュ・クロックラーンの修道士で、僧院の執事《ドミヌス》
サカーン……
スナゲイド……
フォーガッハ……イニシュ・クロックラーンの僧院の若い修道士

道に惑《まど》いて

フェバル……神父
イボール……次席の神父
フィンラッグ……修道士
アダッグ……修道士
テイチャ……洗濯女

ウルフスタンへの頌歌《カンティクル》

ラズローン……ダロウの修道院長
フィーナーン……ダロウの修道院の修道士。学僧
ダゴバート……フランキアの王子
タローゲン……ラゲッドの王子
ウルフスタン……南サクソンの王子
エイドレッド……南サクソンの王子
リードヴァルド……南サクソンの王子

修道女フィデルマの探求

——修道女フィデルマ短編集——

ピーター・トレメイン

甲 斐 萬 里 江 訳

創元推理文庫

A CANTICLE FOR WULFSTAN
AND OTHER STORIES
FROM HEMLOCK AT VESPERS

by

Peter Tremayne

This book is published in Japan
by TOKYO SOGENSHA Co., Ltd.
Japanese translation rights
arranged with Peter Berresford Ellis c/o A M Heath & Co., Ltd., London
through Tuttle-Mori Agency Inc., Tokyo

目次

修道女フィデルマの探求

ゲルトルーディスの聖なる血

Holy Blood

「シスター・フィデルマ！[1]　どうしてこちらに？」

修道院長ボルゲルは、ニヴェル（ベルギー中部の町）の修道院正門のところに、驚きのあまり口を閉じることさえ忘れて立ちつくし、埃っぽい旅装の若い修道女を見つめた。

「キルデア[2]に帰るところなの、ボルゲル」ほっそりとした長身の修道女は、長旅に汚れた顔一面に再会の喜びの笑みを浮かべながら、それに答えた。「しばらく、ローマに滞在していました。そこから海岸に出るには、フランク人の国を通ることになるでしょ。ここを措いて、ほかのどこに、寄るところがあるかしら？」

傍らに立っていた二人の中年の修道女がびっくりしたことに、ボルゲル修道院長とフィデルマ修道女は、互いに両手を差し伸べながら、隠しきれぬ喜びに固く抱き合った。

「ずいぶんお久しぶり」とボルゲル院長は、その思いを口にした。

「本当に。もう、ずいぶんになるのね。あなたがキルデアを去り、エール（アイルランドの古名の一つ）の岸辺を後にしてこの地に赴《おもむ》かれてから、一度もお会いしていませんもの。今では、こちらの修道院長におなりだとか？」

「修道院が、その名誉の地位に、私を選んで下さったの」

フィデルマは、ボルゲルにつき従っている二人の修道女が落ち着かなげに待っていることに気づいた。それに、二人の顔に浮かんでいる暗い不安の色にも、驚かされた。ボルゲル院長は、フィデルマが自分の連れにさっと訝《いぶか》しげな視線を投げかけたことに、気づいた。彼女たち三人は、フィデルマがやって来た時、ちょうど修道院から出掛けようとしていたのだ。

「あいにくな時にお出でになったみたいです、フィデルマ。私たち、この道の少し先のセネフの森へ行くところなの。この道からお出でになったのでは、ないのでしょ？」

フィデルマは、首を横に振った。

「ええ、違います。船で、川をナミュール（ベルギー南部の州と州都）まで下って、そこからは丘を越えて、やって来ました」

「ああ、そうでしたの！」ボルゲル院長の顔に浮かんでいるのは、何やら深刻な表情のようであったが、それでも彼女は、フィデルマに笑みを向けようとした。「中へ入って、私どものおもてなしを受けて下さいな、フィデルマ。私、暗くなる前に帰って来られるでしょうから、それから二人でおしゃべりを楽しんで、お互いの情報を、交換しましょうよ」

フィデルマは、ボルゲルの声や態度に、何かに気を取られている、上の空といった気配を感じとって、眉をひそめた。

「どうなさったの?」と、彼女は訊ねずにはいられなかった。「何か、心配事がおありのようですけど?」

ボルゲルの顔が、翳《かげ》った。

「相変わらず鋭い目をしておいでなのね、フィデルマ。私どもの修道女の一人が、セネフの森で殺害されているのが発見されたのです。もう一人の修道女も、行方がわからなくなっているとか。その知らせが、たった今、届いたのです。私ども、それを確かめに、これから、そちらへ急いで向かおうとしていたの。ですから、あなたは、中で旅の疲れを休めていらして。また後で、お会いしましょう」

フィデルマは、即座に、首を横に振った。

「ボルゲル」と彼女は、院長に静かに話しかけた。「長いこと、お会いしていませんから、きっと覚えていらっしゃらないでしょうけれど、私は、ブレホン(3)のモラン師(4)の下で、八年間、法律を学んでいました。ですから、難問を解き明かしたり事件の謎を調べたりすることは、得意なの。私も、お供させて。この事件の解明のために、できる限りのお力添えをしますわ」

ボルゲルとフィデルマは、見習い修道女時代を、キルデアの修道院で、共に過ごしていたのだった。

「あなたの才能のことは、よく覚えていますよ、フィデルマ。実を言うと、あなたのお名前は、よく耳にしていました。こちらの修道院には、エールからみえる旅人が、大勢おいでですから。ぜひ、一緒にいらして」

どうやら、ボルゲルは、少し気が楽になったらしい。

「歩きながら、この件について、できるだけ詳しく話して頂けないかしら」フィデルマは、旅行鞄を修道院の門の内側に置くと、一行に加わりながら、ボルゲルに話しかけた。

二人は、並んで歩きだした。二人の修道女が、その後ろに続いた。

「殺害されたというのは、どなたなのでしょう？」とフィデルマは、質問し始めた。

「私も、知らないの。今朝早く、セサール修道女とデッラ修道女の二人が、フォッスの修道院へと出掛けていきました。今日は三月十七日（聖パトリックの忌日）ですから、二人は福者《ブレッシド》[5]ゲルトルーディス[6]の聖なる血を納めた小瓶《ファイアル》を、フォッスの修道士がたの許に届けに行ったのです。毎年、この日に、聖なる小瓶は、あちらの修道院で祝福を受けて……」

フィデルマは、友人の腕に手を置いた。

「あなたは、追いつけないほど次々と、私には理解できないことを持ち出していらっしゃるわ、ボルゲル。私は、この地をよく知らない旅人よ。そのことを、忘れないで」

ボルゲル院長は、すぐに謝った。「では、初めから、お話ししましょうね。今から二十五年前に、この国の支配者〝ランデンのピピン・ジ・エルダー〟[7]が亡くなられました。未亡人となられた奥方イータは、信仰の生活に入る決意をなさって、ご息女のゲルトルーディスを伴い、ニヴェルにお出でになり、この私どもの修道院を設立なさったの。イータが亡くなられると、ゲルトルーディスが修道院長となられました。
ちょうどその頃、アイルランドから来られたお二人の修道士フォーランとその弟のオルトーンは、主の御言葉を伝えながら各地をまわっておられたのですが、ニヴェルにやって来られた時、この地に落ち着こうとお考えになったの。そこでイータは、セネフの森の反対側の、ここからは二、三マイルほど離れたところに広がる土地を、修道院創設のための敷地として、このご兄弟にお与えになったのです。お二人は、そこへ、アイルランド人聖職者を大勢お集めになりました。私どもの修道院にも、この地に心惹かれてやって来た多くのアイルランド人が、入って来るようになりましたわ。

言い伝えによりますと、フォーランは、ゲルトルーディス修道院長は常にアイルランド人布教者たちを深く愛し、彼らを力づけてこられた。だから、アイルランドの守護聖者パトリックが亡くなられたのと同じ日、三月十七日に、彼女も死を迎えられるであろう、と予言されていたとか。そして、フォーランの予言通りになりました。それが、今から七年前の今日でしたの」

ボルゲル院長が、そこで口を噤《つぐ》んだ。フィデルマは、ややあって、彼女を促した。

「では、フォーランの予言は、証明されたのですね？」

「でもフォーランは、敬愛するゲルトルーディスの亡くなられる四年前に最期を迎えられたので、予言が正しかったことを、ご自分ではご覧になれませんでした。実は、フォーランは、三人の修道士がたとご一緒に、殺害されてしまわれたのです。フォッスの修道院から布教の旅にお出掛けになろうとして、ちょうど今私どもが踏み込もうとしているこのセネフの森をお通りになっていた時、盗賊の一団に襲われたのです。盗賊たちは、皆様のご遺体を森の奥に注意深く隠していたために、それが人の目にとまったのは、三ヶ月も経ってからでした。修道院長の職は、弟御のオルトーンがお継ぎになりました。

福者ゲルトルーディスがお亡くなりになった時に、私どもは、その聖なる血を少し頂戴して、それを小さな瓶に納め、聖壇の後ろにお祀りしました。ですけど、ゲルトルーディスはこの地の二つの修道院に等しく恩恵をお授けになっていらしたのですから、私どもの聖なる小瓶は、毎年聖ゲルトルーディス記念日に、フォッスの修道院にお届けして、そちらの皆様がたの礼拝の中で院長殿の祝福を頂き、そのうえでふたたび私どものニヴェルの修道院にお連れすることにしようと、二つの修道院の間で取り決めました。今朝、セサールとデッラの二人の修道女が出掛けたのも、その任務を果たすためでした」

「修道女が殺害されているという知らせは、どのようにして届いたのでしょう?」

「フォッスの修道院では、ミサが始まる正午になっても聖なる瓶を届けに来るはずの修道女たちが到着しないもので、シンサー修道士が、どうして遅れているのかを調べに、出掛けました。そして、道端で、こちらの修道女の一人の死体を発見なさったのです。シンサー修道士は、ただちに私どもの修道院へ知らせに来て下さり、その後すぐに、ご自分がたのフォッスの修道院に報告しようと、戻っていかれました」

「その死者が、気の毒な二人の修道女のうちのどちらであるかは、まだわかっていないのですね？」

ボルゲルは、首を振った。

「シンサーは、ショックのあまり、でしょうね、その点には触れずに、こちらの門番に死体を発見したとだけ言い置いて、戻っていかれたものですから」


すでにこの時には、彼女たちは、喬木が暗く鬱蒼《うっそう》と茂るセネフの森に踏み入ろうとしていた。道は、ここかしこに突出している大きな岩を避《よ》けたり、小川の渡りやすそうな浅瀬を選んだりするために時折迂曲することはあるものの、ほぼ真っ直ぐに森の中へと延びていた。午後の日差しは、厚く生い茂る葉叢《はむら》に妨げられて仄《ほの》暗く、辺りの空気はひんやりとしてきた。こうした道は、追剝《おいはぎ》どもにとって、恰好《かっこう》の待ち伏せ場所になるはずと、フィデルマは気づいた。この道筋で、多くの命が失われてきたと聞かされても、彼女は驚きはしなかった。

アイルランドの布教者たちは、キリストの教えを説くために、武器を携えることなく世界各地に出掛けていくが、その多くは、武器に頼らずに身を守るために、トゥリッド・スキアギッド(8)の技、すなわち護身術を習得していた。このような防御の術《すべ》を心得ているため、アイルランド人聖職者が盗賊や強盗の群れの餌食となることは、それほど多くはなかった。この二人の修道女は、名前からすると明らかにアイルランド人である。この護身術の初歩は、身につけていたはずだ。聖なる御言葉を伝えようと、エールの岸辺から異教の国々へと旅立つには、この術を心得ていなければ、許可されないことになっているのだから。

彼女たちは、今や、無言となっていた。そして、何か危険が潜んでいないかと、絶えず周囲に気遣わしげな視線を投げかけながら、足早に森の中の道を進み続けた。

「若い修道女たちが行き来するには、この道、危険なのではありません？」しばらくして、フィデルマは、そう訊ねてみた。

「ほかの土地と、たいして変わりませんよ」と、フィデルマの友人は答えた。「フォーランの殺害でもって、あなたの想像を彩らないで。あの方が十年以上も前にお亡くなりになってから、この辺りの追剝たちは、追討されてしまいました。あれ以来、襲撃事件は、一度も起こっていませんわ」

「今までは、ね？」とフィデルマは、暗い声で付け加えた。

「ええ、今までは」とボルゲルも、溜め息をついた。

ほどなく、フィデルマたちの前に、密生したひと叢《むら》の木立が現れた。道は、その周囲を回り込むように、延びている。その近くに、数人の人影が見えた。四人か五人の修道士たちで、ロバに牽《ひ》かせた荷車が用意されていた。道の上に天蓋のように枝を伸ばしている、ごつごつと節くれだったオークの樹の下だ。下の枝は、手を伸ばせば摑めそうなほど低く、道のほうへと張り出している。そのせいで、その辺りの道は、ひときわ陰深くなっていた。

明らかに地位ある聖職者と見受けられる、大きな黄金の十字架を胸に掛けた長身の男性が、ボルゲル修道院長に気づき、急いで進み出てきた。

「ご挨拶を申し上げる、ボルゲル修道院長殿。恐ろしいことじゃ、実に、神を畏《おそ》れぬ所業だ」と彼は、ラテン語で話しかけた。フィデルマは、そこに、かすかにフランク語の訛りを聞き取った。

「フォッスのヘリバート修道院長です」とボルゲルは、彼の耳に届かぬほどの小声で、フィデルマに囁《ささや》いた。

そして、「遺体は、どちらでしょう?」と、やはりラテン語で、すぐに要点に入った。

ヘリバート院長は、言い淀んだ。

「前もって申し上げておくほうがいいと思うのだが……」

「これまでに、いく度《たび》も死を目にしております」とボルゲル院長は、静かに、それに答えた。

ヘリバート院長は、オークの樹のほうを向いて、幹の反対側のほうを指し示した。

ボルゲルは、彼が指さしたほうへ近寄っていった。その後ろに、フィデルマも従った。

オークの幹には、女性が、幹を抱くような形で、縛り付けられていた。まるで悪ふざけで磔《たっ》刑《けい》のまねをしたかのような姿勢だ。いたる所に、血痕が飛び散っていた。ぞっとする思いに、フィデルマの顔も、強張った。尼僧の法衣をまとっているその女性の顔は、意図的にいく度も切りつけられていたのだ。

「縄を切ってあげて！」と、ボルゲルの鋭い指示が飛んだ。「早く！　可哀そうな娘を、いつまでも縛り付けておかないで！」

二人の修道士が、暗い顔で進み出てきた。

「この修道女は、誰です？」と、フィデルマは彼女に訊ねた。「誰だか、おわかり？」

「ええ、わかります。このような金髪の修道女、ほかにはいませんから。若いセサールです。主よ、この娘の魂に、御慈悲をたれたまえ」

フィデルマは、唇をすぼめて考えこみながら、縄を切って遺体を幹から引き離そうとしている二人の修道士の作業を、じっと見つめていた。

だが、すぐに「待って！」と二人に呼びかけておいて、急いでボルゲルに向きなおった。

「誰の目にも触れないように、遺体を注意深く調べたいのです」

ボルゲルは驚いて、彼女を見上げた。

「どういうことかしら？」

「これは、陰惨な事件です。この娘は、もしかしたら……酷《むご》い目に遭わされたかもしれませんので」

ボルゲルは、びっくりして片手を上げ、額を擦った。だが、フィデルマの言う意味は、すぐに理解した。

ボルゲルは、修道士たちに、遺体を荷車の前の地面に横たえるように呼びかけておいて、ヘリバート修道院長に、フィデルマが調べる間、慎みが求めるほどの距離、皆を引き下がらせるよう、頼んでくれた。

フィデルマは、遺体の傍らに跪《ひざまず》いた。日は照っているはずなのに、オークの樹が日差しをさえぎっているため、この周辺の地面は泥濘《ぬかる》んでいた。軟らかな土が、荷車の轍《わだち》や、辺りを歩きまわった人々の足跡で、乱れている。だが、フィデルマの目は、その一部に、ほかのものよりも深くめり込んでいる一対の足跡があることを、ちらっと捉えた。水が滲み出て溜るほど、窪んでいる。だが彼女は、今はそれに注意を向けることなしに、すぐに死者の上に屈みこんだ。そして振り返ると、ボルゲル院長に、側《そば》に来るようにと、合図をした。

「ボルゲル、ご自分の目で、ご覧になって。それに、私がどう調べるかも、見ておいて下さい」とフィデルマは、肩越しに見上げて、友に告げた。「ご覧になれば、この修道女の顔は、ナイフで深く切りつけられたのだと、おわかりになるはずです。皮膚が、鋭い刃で、丹念に傷つけられ、損なわれています。まるで、この若い女性の顔を、徹底的に傷《いた》めつけようとするかのように」

ボルゲルは、無理に気を奮い立たせて覗きこみ、悲痛な呻きをそっと抑えようとしながら、頷いた。

フィデルマは、ふたたび屈みこんで、納得がいくまで遺体の調査を続けたが、やがて、それも済んだらしく、今度は、亡くなった修道女の小さな革のマルスピウム（小鞄）に注意を向けた。この種の小鞄は、革の紐でしっかりと肩から吊るされることが多いのだが、この尼僧のものは、腰のベルトに下げられていた。中は、空だった。

フィデルマは立ち上がり、遺体が縛られていたオークの樹に近寄り、周囲を見まわした。すぐに彼女は満足の吐息をついて身を屈め、引きちぎられた紙片を拾い上げた。文字は、記されていない。だが、奇妙な短い線が何本か、引かれていた。フィデルマは、眉をしかめながら、それを自分のマルスピウムに納めた。

次に彼女の鋭い目は、地面に転がっている丸石の一つに向けられた。血痕がついていた。毛髪や皮膚らしいものの小片《かけら》も見られる。

ボルゲルが寄って来て、彼女に問いかけた。「それ、何です？」

「セサールの命を奪った凶器です」と、フィデルマは説明した。「セサールの死は、頭蓋骨陥没によるものですわ。顔面を無残に切りつけているナイフの傷のせいでは、ありません。少なくとも、追剝に襲われての死ではなかった、ということです」

「どうして、そのように断定おできになるのでしょう？」

「この若い女性は、性的凌辱は受けていないと、私たち、今、確認しましたでしょ。これは、セサールに対する憎しみからの襲撃です」

ボルゲル院長は、驚いて、友の顔を見つめた。

「どうして、憎しみによる襲撃だと、言えるのです？」

「先ず、盗賊団の仕業だという線は、退《しりぞ》けましょう。追剝たちの目的は、第一に盗みです。もちろん、中には、聖職にある女性を性的目的から襲う連中もおりましょう。でも、この場合、盗みではありません。セサールが首から掛けている銀の磔刑像十字架《クルシフィックス》は、そのまま残されていますもの。また、性的な暴行も、受けていません。となると、人に頭蓋骨を打ち砕くほどの殺意を抱かせる動機として、ほかに何があるでしょう？　ただ、憎悪のみではないかしら？」

「でも、福者ゲルトルーディスの聖なる血を納めた小瓶は、セサールのマルスピウムに入っていませんでしたわ」と、ボルゲルは指摘した。「私、あの小瓶はどこかと、この周囲を探してみたのです。あれは、貴重な宝物です。第一、デッラ修道女は、どうなったのでしょう？」

フィデルマの顔が、難しい色に翳った。

「福者ゲルトルーディスの血は、あなた方にとっては、確かに貴重な宝です。でも、金めの物が目的の盗賊たちにとっては、なんの価値もありません」

「盗賊だの追剝だのという連中の行動に、理屈など、あるかしら？」

「人には、皆、理屈がありますわ。私たちが狂人と見ている人たちさえ、論理に従って行動しているのです。たとえ私たちの理屈と違っていようと、彼らなりの考え方によって作り上げられた、彼らなりの理屈があるのです。私たちに、その理屈を解読さえできれば、きっと彼らの行動の謎も、容易に把握できるのでしょうが」

「でも、デッラ修道女は、どういうことになるのかしら？」

フィデルマは、頷いた。「ええ、これこそ、本当に、謎です。でも、彼女さえ見つかれば、行方知れずの聖なる小瓶も、必ず発見できると思いますよ。デッラ修道女の捜索は、もうやっておいでなのでしょうか？」フィデルマは、この質問を、フォッスの修道院長ヘリバートに向けた。

ヘリバート院長は、不機嫌な顔で、フィデルマを見つめた。

「いや、まだだ。だが、その方は、何者じゃ？」

「フィデルマ修道女は、私どもの国の、正規な資格を持った弁護士なのです」とボルゲル院長は、彼の顔に見下したような表情を見てとって、慌てて説明した。

「院長殿の国では、女性がそのような地位に就いておるのですかな？」とヘリバート院長が、驚いて問い返した。

「それほど奇妙なことでしょうか？」とフィデルマは、苛立たしげに答えた。「とにかく、私どもは、すでに時を浪費しています。デッラ修道女は、危険な状態にあるのかもしれませんのに。一刻も早く、デッラ修道女を見つけ出さねば。セサール修道女が盗難に遭っておらず、性的辱《はずかし》めも受けていないとなると、何らかの個人的な動機から殺された、ということになりますわ。この凶行の残忍さに見られる悪意の深さに、私は慄然としています。彼女の美しさを叩き潰そうとするほど激しい怒りを抱くとは、どういう人間なのでしょう？　私には、セサール修道女は、嫉妬に狂った恋人に襲われたかに見えます。よく、愛と憎しみは一枚の貨幣の裏と表、と言われておりますわ」

　ヘリバート院長が、かすかに目を見張ったのを、フィデルマは見逃さなかった。彼が素早くボルゲルに視線を走らせたことにも、気づいていた。

「私が言及した恋人という言葉に、院長殿は、何か思い当たることがおありのようですね。どういうことでしょう？」とフィデルマは、ヘリバート院長に問いかけた。

　彼に代わってそれに応えたのは、ボルゲル院長であった。

「セサール修道女は……関係をもっていたのです」と、彼女は静かに答えた。

「実に、不快極まりない！」とヘリバート院長は、唸るような声で、口をはさんだ。

「奇妙なお言葉ですね」とフィデルマは、ぐっと目を細めた。「どのように、不快極まりないのでしょう？」

「ヘリバート院長殿は、聖職者の独身制を強く支持しておいでなのです」と、ボルゲルが説明してくれた。

「聖職者の独身制は、もちろん、カトリック教会によって、全面的に認められているわけではありませんわ」と、フィデルマは指摘した。「男性、女性の聖職者が、主にお仕えしながら、共に暮らし、共に子供を育てていく〈共住修道院《コンホスピタエ》〉は、数多く存在しておりますよ。そのどこが、不快極まりないのでしょう？」

「〝タルソスのパウロ〟(9)は、独身制が聖職者にはふさわしいと、はっきりと語っておられますぞ。それを守っている聖職者は、大勢おられる。独身を固く守ってこそ、イエスの教えを伝える力を持つことができると、主張しておられる方々もおいでになる」

「ヘリバート院長殿、私は、ここで教義について議論する気はございません。院長殿は、ご自分の修道院の修道士がセサール修道女と恋愛関係にあった、とおっしゃっておいでなのですか？」

「主よ、許したまえ」とヘリバートは、敬虔に頭を垂れた。

「その修道士だけなのでしょうか？」フィデルマの声には、皮肉が潜んでいたようだ。「きっと、その許しは、ほかの修道士がたにも、必要なのでは？　とにかく、その修道士のお名前は？」

「キャノウ修道士ですわ」と、ボルゲルが答えた。「ほんの一ヶ月ほど前にエールからやって来た、若い修道士です。彼とセサールは、出会ってすぐに、互いに惹かれ合うようになったのです」

「二人の関係は、お咎めを受けていたのでしょうか？」

「私は、気にしていませんでした」とボルゲルは、即座にそれに答えた。「私どもの文化は、あなたがおっしゃったように、そのような関係を禁じてはいませんもの。私たちが共に学んでいたキルデアの修道院でさえ、〈共住修道院〉でしたわ」

「でも、ヘリバート修道院長殿には、問題だった」とフィデルマは、くるっと長身のフランク人高僧に向きなおった。

「もちろん、問題だとも。我がフォッスの修道院は、男子のみの修道院だ。儂《わし》は、厳格に独身制の規則を守っておるし、儂の修道院の全員にも、それを期待しておる。儂は、キャノウ修道士に、この不快なる関係を絶つように、幾度か警告しておった。ボルゲル院長殿は、儂の見解を承知しておられる。道徳観念に欠けるこのセサールという女が、こうした厳しい代価を払う羽目になったことは、儂にしてみれば、驚くに足りませんな」

フィデルマは、驚いて眉を上げた。

「これまた、興味深いご意見です。院長殿は、この問題には、かなりご熱心なのですね？」

ヘリバート院長は、眉をしかめ、探るような目をフィデルマに向けた。

「どういう意味ですかな？」

「私は、ただ、感じたことを口にしただけですわ。この哀れな修道女をずいぶん激しい口吻で非難なさったと申し上げたのが、お気に障りましたでしょうか？」

「儂は、〝ダルソスのパウロ〟の教えを信奉しておるのでな」

「でも、それは、まだカトリック教会の戒律にはなっておりません。それどころか、教皇様も、独身制を守らぬ聖職者がたを非難なさってはいらっしゃいませんよ」

「まだ今は、な。だが、男子と女子の修道者をはっきり分かつこと、独身制を明確な戒律とすることを支持する儂らのような聖職者は、増えてきておりますぞ。やがて、教皇猊下が我々の主張をお認めになる日が、必ずや、やって来る。すでに、猊下は、もらしておられますぞ、独身制こそ、最善の……」

「その日が訪れるまでは、それはカトリック教会の戒律ではありません。結構です、院長殿がどういう見解を持っておいでかは、よく理解できました。でも、私どもは今、解決しなければならない殺人事件を、前にしております。そのキャノウという修道士は、どちらにおいででしょう?」

ヘリバート院長は、肩をすくめた。

「シンサー修道士によると、キャノウ修道士は、今朝、修道院を出て、この道路を歩いていったそうだ。それ以後、彼の姿を見ていないということだが、おそらく、セサール修道女に会いに行くつもりだったのではないかな」

ボルゲルが、そっと呻き声をもらした。

「もしキャノウがセサールに会いに行ったのでしたら……私たち、デッラ修道女を探さなければ」

フィデルマは、安心させようと、彼女に微笑みかけた。

「これがキャノウの仕業とは、まだ誰も言ってはいませんよ」と、フィデルマは静かに告げた。

「それにしても、私どもは、行方不明の修道女だけでなく、これまた行方の知れぬ修道士まで、探し出さねばならないようですね。おそらく、一人を見つければ、もう一人も見つかるのではないかしら。シンサーという修道士は、どちらでしょう?」

近くに立っていた修道士の一人が、不安げに咳払いをしながら、おずおずとフィデルマのほうへ、一歩近づいた。やっと思春期が終わったかどうかといった年頃の、蒼ざめた顔をした若者だった。強烈な感情に捉えられているらしく、顔が強張っている。

「私が、シンサーです」

フィデルマは、さっと頰を染めた彼の心配そうな顔を、じっと見つめた。

「動揺しているようですね、ブラザー・シンサー?」

「私は、修道院の菜園で、キャノウ修道士と一緒に働いています、シスター。彼の友達なんです。だから、知ってました、キャノウが……」彼は、おどおどと、ヘリバート院長へ視線を走らせた。「彼が、セサール修道女に……熱い関心を抱いているってことを」

「熱い関心?　曖昧《あいまい》な言葉を使っている暇はありませんよ、ブラザー・シンサー。キャノウは、彼女を愛していたのですね?」

「私が知っているのは、二人が定期的に、この森で会っていたってことだけです。なぜなら、修道院長様が、二人の関係を咎めていらしたもので」

ヘリバート院長が立腹して眉根をぐっと寄せたが、フィデルマは片手を上げて、彼の言葉を制した。

「続けて下さい、ブラザー・シンサー。今、何を言おうとしていたのです？」

「森の中の、ちょっとした空き地に、樵《きこり》小屋があって、そこで二人は、いつも会ってました。ここからそう遠くない場所です。こういうことになったので、ちょっと思いついたんですけど、そこを調べてみたらどうだろうって」

「どうして、もっと早く言わなかったのだ、ブラザー」とヘリバート院長は、彼をがみがみと叱りつけた。「キャノウは、もう逃げ出してしまったろう。今となっては、その小屋を探しても、何にもなるまい」

「この凶行を、キャノウの仕業と決めつけておいでですわ、ヘリバート院長殿」と、フィデルマは彼を咎めた。「やはり、その小屋は、調べてみるべきだと思います。ブラザー・シンサー、そこへ行く道を、知っていますか？」

「わかると思います。五十メートルほど行った辺りに、この道から逸れる細い小径がありま す」と言って、彼はフォッスの方向を指し示した。さらに、セサールが縛られていたオークの樹が生えている側ではなく、道をはさんだ反対側の方向をも、指さしてみせた。

「どのくらい、森の中へ入ったところです？」

「三百メートル足らずです」

「では、案内してもらいましょう。ヘリバート院長殿、あなたの修道院のほかの修道士がたに命じて、このお二人の修道女とセサールの遺体を、ニヴェルの修道院に送り届けさせて頂けませんか？」

ヘリバート院長は、異を唱えることなく、彼女の指示に従った。

シンサー修道士が、その薄い色の目を、フィデルマに向けた。

「本当に、キャノウが、こんな恐ろしいことをやったんでしょうか？　ああ、なんてことだろう、あんなにきれいな、上品な顔を、滅茶滅茶に切り裂くなんて！　どうしてセサールは、自分の素晴らしい美しさを大事に思ってくれる人を、愛さなかったんだろう……」

ヘリバート院長が、彼をさえぎった。

「さあ、行くぞ、シンサー。儂は、時間の無駄だと思うがな。もしキャノウがあの娘を殺したのなら、まだそこに隠れているはずはあるまい。すでに、この地から立ち去っておろうよ」

「院長殿は、行方不明のデッラ修道女のことを、忘れておいでです。それに、キャノウが有罪だと決めつけておいでですが、それも間違いです」

「ああ、わかりましたよ」と彼は、苛々と、フィデルマをさえぎった。「さあ、ご自分のやり方で、進められるがいい」

フィデルマとボルゲルは、ヘリバートと共に、サンザシの木を折ってそれを杖としつつ、よく踏みならされた小径を、シンサー修道士の案内に従って、森の中へと踏み込んでいった。

やがて彼らは、小さな空き地へやって来た。ひっそりと木々に囲まれた、心地よい空間だった。その中をうねうねと流れている小川の畔《ほとり》に、質素な木造の小屋が建っている。戸は閉ざされており、人の気配はなかった。

フィデルマは片手を上げて、空き地の縁《へり》で待つようにと、ほかの人々に伝えた。小屋の入口に近づきながら、フィデルマの鋭い目は、扉をさっと観察していた。先ず気づいたのは、扉の脇柱《ジャム》に残る、いくつかの血痕だった。扉には、誰かが血塗《ちまみ》れの手で押し開けようとしたのか、掌《てのひら》の痕が数個、ついていた。扉近くに転がっていた棒にも、血がついていた。

彼らは、小屋の中から聞こえてくる啜り泣きの声に、気がついた。

「ブラザー・キャノウ！」シンサーが、突然、呼びかけた。「院長様と私だよ」

返事は、なかった。啜り泣きは、急に途切れた。

「シンサーか？」躊躇《ためら》うように、男性の声が問い返した。「ああ、よかった！　助けがいるんだ」

別の声も、聞こえてきた。女性の泣き声だ。だが、それは、まるで口許をふさがれたかのように、はたと聞こえなくなった。

フィデルマは、一緒にやって来た人たちに視線を向けると、「ここで、待っていて下さい。先ず、私が入っていきます」と告げた。そして、ふたたび扉に向きなおると、「ブラザー・キャノウですね？　私は、〝キャシェルのフィデルマ〟です。あなたを助けに来たのです。入りますよ」

返事は返ってこなかった。

フィデルマは、戸口間近に立ち、血のついた掌の痕が残る扉に手を当てがって、ぐっと押してみた。扉は、易々と、大きく開いた。

樵小屋の奥に、法衣をまとった若者が跪いていた。髪は乱れ、赤い目をしていた。汚れた頬は、彼が今まで泣いていたことを思わせた。手には、血のついた布を握っている。彼の前に、若い娘が俯《うつぶ》せに横たわっていた。目は、開かれている。意識も、あるようだ。しかし、服は一面、血に染まっていた。

フィデルマは、背後に人の気配を感じて、さっと振り向いた。ヘリバート院長たちが、一緒に中に入ろうとしていたのである。フィデルマは、即座に彼らに向かって手を振り、後ろに引き下がるよう、指示を与えた。

「あちらで、お待ち下さい!」と彼女は、ぴしりと命じた。彼らに、はっと動きを止めさせるほど、厳《いか》めしい声だった。「先ず、私が、キャノウとデッラの話を聞くことにします」

フィデルマは、ふたたび向きなおって、一歩、小屋の中に踏み込んだ。

「私は、修道女フィデルマです」と彼女は、もう一度名告《なの》った。「シスター・デッラを介抱してもいいかしら?」

「ええ、どうぞ」若者は、まだ茫然としているようだった。

フィデルマは、彼の傍らに跪いた。若者は、今まで、娘の傷の血を拭《ぬぐ》ってやろうとしていたらしい。

「そのまま、じっと横になっていらっしゃい」と、フィデルマは若い修道女に告げて、その傷を調べてみた。後頭部の傷だった。デッラ修道女は、セサール修道女と同様、鈍器で殴りつけられていた。だが、セサールの傷と違って、頭蓋骨は砕かれてはいなかった。しかし、無残に腫《は》れあがっている。

「私、死ぬのでしょうか、シスター?」娘の声は、弱々しかった。

「いいえ。必要な手当てをするために、すぐに修道院へ連れ戻ってあげますよ。あなたやセサール修道女が受けた襲撃について、何か聞かせてもらえることが、あるかしら?」

「ほんの少ししか」

「この場合、ほんの少しでも、大いに助かります」とフィデルマは、若い修道女を励ました。

「ああ、ほんの少しって、何もないってことなんです。シスター・セサールと私、福者ゲルトルーディスの聖なる血が入った小瓶を持って、フォッスの修道院へ向かったのです。森の中を並んで歩いていました。覚えているのは……」と言いさして、彼女は呻いた。「私たち、おしゃべりをしてましたので、後ろに誰かがいる気配、全然気づいていませんでした。そして……」と彼女は、片手で頭を押さえて、ふたたび呻きをもらした。「すごい一撃を受けたんです。その後のこと、何も覚えていません。気がついてみたら、小径に倒れてました。頭が割れるように痛んでました。そして、自分が一人っきりだって、気がしました。傍らには、誰もいなかったんです。それで、辺りを見まわしたら、セサールが……」

デッラは、胸が張り裂けるように、啜り泣きを始めた。

「それから、どうしました？」と、フィデルマは静かに問いかけた。

「私にしてあげられることは、何もなくて。ただ、助けを求めることしか。そこで、ここに来て……」

「ここへ？」とフィデルマは、素早く質問をはさんだ。「どうして、この樵小屋へ？　なぜ、フォッスの修道院へ行くなり、ニヴェルの修道院に戻るなり、しなかったのです？」

「私、キャノウがここに来るはずだって、知ってました」とデッラは、またもや呻き声をもらした。

キャノウが挑むような態度で、口をはさんだ。「私は、ニヴェルからフォッスへ向かうセサールと、ここで会おうとしていました。この計画、デッラも知っていたんです。このことを、私は恥じてはいません」

フィデルマはキャノウには取り合わず、娘を見下ろして、微笑みかけた。

「しばらく、休んでいらっしゃい。ほどなく、あなたを安心できるところに連れていって、傷の手当てをしてあげられますよ」

そこで初めて、彼女はキャノウ修道士のほうへ向きなおった。

「では、あなたは、ここでセサールを待っていたのですね？」

「セサールと私は、愛し合ってました。私たちは、よく、ここで会っていたんです。ヘリバート院長様が、私たちのことを、ひどく怒っておられましたから」

「そのことを、聞かせて下さい」

「申し上げること、それほどないんです。私は、フォッスの修道院に入ろうと、一ヶ月ほど前に、こちらへやって来たんです。フォッスにもニヴェルのほうにも、何人かアイルランド人の聖職者はいましたが、それでも、ここは私にとって、見知らぬ土地でした。ここでは、アイルランドでより、もっと独身制が広がっていました。〈共住修道院〉も、もっと少ないのです。そして、ヘリバート院長は、独身制度を熱烈に支持していました。教会はそんな規則を掲げてはいないのに、ヘリバート院長はそれをご自分の修道院の宗規にしていました。もしセサールに出会わなければ、私はもうとっくにフォッスの修道院を去っていたろうと思います」

「セサール修道女とは、いつ知り合ったのです？」

「ここに到着して、一週間ほどしてです。フォッスで収穫した作物を、シンサーと一緒にニヴェルに届けに行った時に、彼が引き合わせてくれたんです」

「シンサー修道士が、あなた方を引き合わせたのですか？」

「そうです。彼は園芸の担当だったので、作物を届けるために、よく二つの修道院を行き来してたんです。だから、彼は、ニヴェルの修道女たちを、大勢知ってました」

「あなたの知る限りで、セサールには、敵がいたようでしたか？」

「ヘリバート院長だけです。私たちの関係を知った時に、院長は、激怒されました」戸口から、ヘリバート院長の怒りの気配が伝わって来た。

「どうして、フォッスの修道院を去って、〈共住修道院〉へ移らなかったのです？」

「私たちは、それを計画しました。でも、ボルゲル院長様が、セサールをお止めになったんです」

フィデルマは、眉をひそめた。

「どうして、ボルゲル院長様は、その計画に反対なさったのでしょうね？」

キャノウは、肩をすくめた。

「院長様は、……セサールに、保護者のように接しておられました。セサールは、まだ若すぎるって、考えられたんです」

「ほかの若い修道女がたに対するよりも、もっと保護者的だったのですか？」

「それは、私には、わかりません。私に言えるのは、私たちは追い詰められたような気持ちになっていて、ここを立ち去る計画を立てていた、ということだけです」

フィデルマは、しばらく待った。それから、急に彼に質問を放った。

「あなたが、セサールを殺したのですか？」

若い修道士は、涙に汚れた顔を上げて、彼女を見つめた。苦悶に満ちた目であった。

「どうして、そんな質問をなさるんです？」

「なぜなら、私はドーリィー[10]、法廷に立つ弁護士だからです」と、彼女は答えた。「このような質問をすることは、私の義務なのです」

「私は、殺してなんか、いません」

「では、今朝、何が起こったのか、聞かせて下さい」

「私も、毎年の恒例として聖なる小瓶をフォッスに届ける役を、今年はセサールとデッラが受け持つと知っていました。それで、ここで会おうと、計画していたんです」

「そのようなことをしては、小瓶をフォッスに届けるのが遅れてしまうと、わかっていたはずでしょう？　ミサは、正午に始まりますのに」

「セサールは、デッラに、自分が小屋で私と会っている間に、一足先に行ってくれと、頼むつもりだったんです。私たちは、打ち合わせのために、ほんのちょっとだけ会うことにしてました。その後すぐに、セサールはサンダルの紐が切れたとか言い訳をして、デッラに追いつくはずでした」

「あなた方は、何を打ち合わせようとしたのです？」

「ここから立ち去るための打ち合わせでした。アイルランドに帰ろうかという相談でした」

「わかりました。それで、ここに着いてから……？」

「ここで、待ちました。セサールが遅いなって気がして、彼女の姿が見えるか確かめに、道路まで行ってみようとしてた時でした、デッラがよろめきながら小屋に入って来たのは。デッラはひどく感情を昂《たか》ぶらせていて、私に何が起こったかを告げると、そのまま気を失ってしまいました。そんなデッラを一人残して出て行くわけにいかなくて、ずっと、何とか意識を取り戻させようとしていたんです。デッラが失神から醒めたの、たった今なんです」

フィデルマは、デッラに向かって、訊ねた。

「キャノウ修道士の説明に、間違いありませんか？」

デッラは、肩ひじをついて、身を半ば起こした。まだ顔色も悪く、体を震わせている。

「ええ、私にわかる限りでは。私、ほとんど何も覚えていないのです」

「わかりました。私ども、もう、あなたを修道院に送り届けねば。あちらで、傷の手当てをしてもらえるでしょうから」フィデルマは、不安そうに両手を絞るように握り合わせているキャノウを、ちらっと見やった。そして、ある事を思い出した。

「福者ゲルトルーディスの血を納めた聖なる小瓶は、あなたが持っているのかしら、シスター・デッラ」

デッラは眉をひそめて、頭を横に振った。

「セサールが、自分のマルスピウムに入れて運んでいましたけど」

「わかりました」と答えながらも、フィデルマは考えこんだ。だがすぐに、ほかの人たちのほうを向くと、彼らを招き寄せた。

「さあ、シスター・デッラをフォッスの修道院のほうへ運びましょう」とフィデルマは、彼らに告げた。「まだ何点か、訊きたいことがありますが、今は先ず、シスター・デッラに必要な手当てを受けさせることが肝要です」

フォッスの修道院や礼拝堂は、フィデルマがこれまでの旅の途上で見てきた、いくつかの修道院に較べると、それほど壮麗なものではないようだ。大きな木造の礼拝堂のまわりに、これまた木造の建物が幾棟か、寄り添っているだけのものだった。しかし考えてみれば、フォッスの修道院は、創立から、まだやっと二十年ほどなのだ。


デッラ修道女は、ただちに修道院の診療所に運ばれ、フィデルマとボルゲルは、ヘリバート院長に食堂に案内されて、茶菓を振舞われることになった。シンサーとキャノウたちは、自室に戻りヘリバート院長の呼び出しを待つように、と命じられた。

食堂で、重苦しい沈黙を破って先ず口を開いたのは、ボルゲル院長だった。以前、キルデアで共に暮らしていた時期にフィデルマの仕事ぶりを見ていた彼女は、フィデルマに問いかけた。

「ねえ、フィデルマ、この恐ろしい事件に、もう解決の目途《めど》をつけておいでなの？　それに、福者ゲルトルーディスの聖なる血は、どこなのかしら？」

「先ず、私たちにわかっていることを、要約してみましょう。いくつか、消去できる要素がありますわ。第一に、盗賊の仕業だという見方は、退けることができます。その理由として、一番はっきりしている点は、すでに申し上げましたね？　セサールに加えられていた切り傷のことです。あれは、憎悪によるものです。第二に、デッラから聴き取った証言があります。デッラは、自分はセサールとしゃべりながら並んで歩いていたが、後ろから殴られるまで、何も聞こえなかったし、見えなかった、と言っています」

「つまり、もし盗賊たちが待ち伏せていたのなら、デッラは彼らの気配を察したはずだ、とおっしゃるのね？」

「いかにも、そういうことです。たとえ盗賊が一人であろうと、森を歩いている人間に背後から忍び寄ることができたとは、とても考えられませんわ」

ボルゲル院長は、さっと顔を曇らせた。

「デッラは嘘をついている、とおっしゃるの？」

「必ずしも、そうとは限りません。でも、こういうことを考えてみて下さい。森の中の道には、枯れ葉や落ちた小枝などが、散り敷いていました。そのような森の敷物の上を、動物なら音もなくやって来ることができるかもしれませんが、人間に、それができるでしょうか？　男であれ女であれ、道を歩いている人たちの背後に、悟られる暇《いとま》も与えずに素早く忍び寄って殴りつけることが、できるでしょうか？」

「では、我々、あの娘を、もっと問い質すべきだな」とヘリバート院長が、厳《きび》しい声で言い切った。「そして、何としてでも、告白させるのだ」

フィデルマは、賛成しかねる顔で、彼を見上げた。

「告白とは、何をでしょう？」

「むろん、もう一人の娘の殺害を、だ」

フィデルマは、大きく吐息をついた。

「どうしてデッラが忍び寄る暗殺者に気づかなかったのか、という点に関して、もう一つ、より妥当と思える説明がありますわ」

ヘリバートは、面《おもて》に怒気を広げて、眉をしかめた。

「何を戯れておいでなのだ？ 初めに、ある事を言いだし、その後すぐに、また別の説を持ち出しておられる。儂には、ついてゆけぬな」

ボルゲル院長は、フィデルマの顔が強張り、その瞳の色が変わったのを見てとって、言葉をはさんだ。

「フィデルマ修道女は、資格を持った弁護士で、このような謎を解くことに長《た》けている人です。私ども、推理の道筋を辿るフィデルマの説に、耳を傾けてみては如何でしょう？」

ヘリバート院長は、顔に冷笑を浮かべて、椅子の背に身を凭《もた》せた。

「では、続けなさるがいい」

「その推理の道筋に戻る前に、また別の切り口から、謎を辿らせて頂きます。セサール修道女への襲撃の酷《むご》さ、彼女の顔が無残に切りつけられている事実、それに、デッラ修道女のほうは、気を失う程度の殴打を受けている以外は無傷であったこと。これらは、この襲撃では、セサール修道女のみが狙われたのだと、告げております。すでに言いましたように、彼女に対する何らかの強烈な悪意から襲われたのです」

「筋が通っていますわ、フィデルマ」と、ボルゲルはこれに同意した。

「次に、私ども、セサールにそれほどの憎悪を抱いていたのは誰であったのかを、考えてみなければなりません」

フィデルマは言葉を切って、二人にこの点を静かに考えさせた。

「それでしたら、ほとんど全員を除外しなければなりませんよ」とボルゲルは、ちょっと、笑みをもらした。

「どうしてでしょう？」

「キャノウ修道士は、セサールの恋人ですし、デッラはニヴェルの修道院でセサールの第一の親友ですもの。セサールには、敵など、いませんでした……ただ……」

ボルゲルは、はっとして、口を噤んだ。

「ただ？」とフィデルマは、穏やかに彼女を促した。

ボルゲル院長は、目を伏せた。

怒りで顔面を朱に染めたのは、ヘリバート院長だった。

「ただ儂のほかは、と言われるのか？」と彼は、さっと立ち上がった。「何を仄めかしておられるのかな？　儂が独身制の教えを掲げておるからか？　儂が自分の修道院で、修道士たちに女性《にょしょう》との関わりを禁じておるからか？　儂がキャノウにセサールと会うことを禁じておると同様に、セサールに、キャノウと会うことを禁じられるべきだと、あなたに求めていたからか？　そうしたことから、儂はセサールを殺害したとして、非難を投げつけられねばならぬのか？」

「殺害なさったのですか？」

フィデルマが、この問いをあまりにも穏やかな口調で口にしたため、これは即座には、ヘリバートの耳に届かなかったらしい。

「よくも、そのような無礼なことを！」

「私は、お訊ねせねばならないのです。だからこそ、あえて無礼なことでもお伺いしております」とフィデルマは、静かに答えた。「お威張りになるのは、お一人の折に、どうぞ。今ここでは、私ども、真実を見出そうとしているのです。空威張りを楽しんで頂くためでは、ありません」

ヘリバートの顔が、朱色に染まった。彼は、言葉が出ないほどの激昂《げっこう》にとらわれていた。

ボルゲル院長が、すっと身を乗り出して、彼に話しかけた。

「ヘリバート院長殿、私どもは、難問を解明しようと努めている理性ある人間のはずではありませんか。その過程で、私どもの誇りと自尊心を傷つける振舞いをしては、なりますまい。なぜなら、私どもが目指しているのは、真実なのですから。真実のみを求めているのですから」

ヘリバートは、目を瞬《しばたた》かせて、それに答えた。

「儂は、犯人と告発されたから、憤慨しておるのだ」

「私は、院長殿を告発などしてはおりません」とフィデルマは、それに答えた。「ご自分の思慮を欠いた自負心が、あなたに、そう思わせたのです。でも今、ご自分でこの問題にお触れになりましたので、この際に伺わせて頂くことにいたします。院長殿は、セサールに好意を持っていらっしゃらなかったのでしたね？」

ヘリバートは、一瞬、彼女を睨みつけたが、すぐに肩をすくめた。

「すでに、その点は、はっきりさせていますぞ。あの女は、キャノウ修道士の心を惑《まど》わせた。だから、儂は彼女を嫌っておった。実を言えば、セサールは、キャノウだけではなく、儂の修道院の若い修道士たち全てを惑わせておった。シンサー修道士のような若者たちが、セサールの傍らにいるだけで、ぼうっとなってしまうのを、儂は幾度も目にしておりますわい」

フィデルマは、「私の恩師であるブレホン、〝ダラのモラン〟師は、〝修道士であることは、齢《よわい》を重ねてからのほうが容易じゃ〟と、言っておられましたわ」

ボルゲル院長は、こっそりと笑いを押し隠した。

「ともかく、あなたは、セサール修道女とデッラ修道女が正午にフォックスの修道院へやって来ることを、予期していらした。少なくとも、そう思えるようなことを、おっしゃっておいででしたね？」

「正確に言えば、いささか違う。儂は、ボルゲル院長の修道院から二人の修道女がこちらへ来ることを予期していたのであって、それが誰であるかは、知らなかった。もし、その一人がセサール修道女であると知っておったら……」

「どうなさいました？」

「これ以上キャノウ修道士を誘惑して彼を惑わせることがないよう、彼女がここへ来ることを止めさせたであろうな」

「キャノウ修道士は、惑わされていたのですか？　彼はセサールを愛していたのだと、思っておりましたが？」

ヘリバート院長は、気まずそうに身じろぎをした。

「女性というものは、天性の誘惑者だ。聖人のような高徳の僧であろうと、女性ゆえに、恩寵から転落しかねないものだ」

彼は、フィデルマの怒りがきらめく目と、まともに視線を合わせようとはしなかった。しかしフィデルマは、このような女性嫌悪者の偏見を覆すことは無理だと判断して、彼の言葉は無視することにした。

「ボルゲル、今日の正午のミサのために聖なる血を納めた小瓶を届ける役に、どうしてセサールとデッラを選んだのです？」

「どうしてって？」

「セサールが森の中の道を通ることを知った人間が、いるはずですから」

「実は、昨夜、祝福を授かるために聖なる小瓶をフォッスに運んでいく役は自分に務めさせて頂けないかと、デッラが願い出てきましたの。さらには、一緒に行く修道女を、自分で決めていいかとも、訊ねられました」

「では、デッラがセサールを選ぶだろうとは、ご存じなかったのですか？」

「正直に申しますと」と、ボルゲルは微笑んだ。「デッラがそうするだろうとは、察していましたわ。二人は、いつも一緒にいる仲良しでしたもの」

「では、セネフの森を通るこの役目の連れに、デッラがセサールを選ぶであろうと、わかっていらしたのですね。ヘリバート院長殿がセサールを好ましく思っておられないにもかかわらず。それ、少しおかしいのでは？」

「おかしくは、ありませんわ。私は、あなたと同じです、フィデルマ。私は、誰をどこに差し向けるかという判断まで人に指図されることは、ご免ですもの」

ヘリバート院長は、口許をぎゅっと一文字に結んだ。見るからに機嫌を損じているようだが、何も言いだしはしなかった。

「では、ボルゲル、デッラと一緒に行くのがセサールであると知っていたのは、キャノウとデッラを除けば、あなただけだったのですね？」

ボルゲル院長は、友の顔を、注意深く見守りながら、静かな口調で話しかけた。

「フィデルマ、覚えていらっしゃるでしょ、あなたがニヴェルに到着されたのは、シンサー修道士が恐ろしい知らせを伝えに来た直後だったことを？」

フィデルマは、よくわかっていると、友に微笑みかけた。

「覚えていますとも。あなたには、あのようなことをする時間などなかったことは、思い出させて下さるまでもなく、よく覚えていますわ。それに、女子修道院の院長職には、殺人を犯すだけの時間、自分の修道院から抜け出すことなど、とてもできないでしょうね。第一、あなたには、殺人を犯す動機も、全くないのでしょうし」

ボルゲルが答える前に、ヘリバート院長が、口をはさんだ。

「男子修道院の院長とて同様ですぞ。院長が自分の修道院を抜け出すことなど、至難の業《わざ》じゃ」

「ええ、そのことも、忘れてはおりませんとも、ヘリバート院長殿」とフィデルマは、ごく真面目な態度で、それに答えた。「これは、調査の記録のために伺うのですけれど、正午頃は、どこにおいでだったか、伺わせて頂けますか？」

ヘリバート院長は、肩をすくめた。

「よろしい、儂は、この件を正々堂々と、受けて立ちますぞ」と彼は、厳めしく、そう告げた。

「今日は、福者ゲルトルーディスの忌日であるから、我々は昼のアンジェラスの祈りに続いて、記念ミサを挙げることになっていた。これは、ゲルトルーディスのためだけでなく、彼女の許しによって、この地に我々の修道院を設立なされたフォーランのためのミサでもあった。聖なる血を納めた小瓶は、昼のアンジェラスの鐘が鳴り始める直前に、この修道院に届けられることなっておった。

正午の十分前に、儂は数人の修道士たちと共に、例年のように小瓶を届けに来るはずの二人の修道女の姿を待ち受けておった。今日来るのがどの修道女であるかは、知らなかった。やがて正午となり、鐘が鳴り始めた。そこで儂は、聖なる瓶は届いていないが、ミサを始めるしかあるまいと、考えた」

「修道女たちを探しに、人を遣わそうとは、なさらなかったのでしょうか？」

「森を通り抜ける修道女たちの出迎えに、すでにシンサー修道士が出向いているとの報告を受けていたのでな。その必要はないと、考えたのだ」

「わかりました。どうぞ、先を」

「というわけで、我々はミサを挙げ始めたのだが、儀式が終わっても、修道女たちだけではなく、シンサー修道士までも、いっこうに姿を見せなかった」

「シンサー修道士は、私どもに異変を知らせるために、真っ直ぐ、ニヴェルに来てくれたのです」と、ボルゲルが説明を加えた。

「シンサー修道士がここに戻って来たのは、しばらくしてからだった」とヘリバート院長が、それに頷いた。「彼に、この恐るべき事件を告げられて、我々は、ただちに森へ向かった。そして、あの地点に着いたばかりの時に、ご一同が到着されたのだ」

「よく、わかりました。では、先ず、シンサー修道士を、ここにお呼び頂けますか？」

ほどなく、彼らの前に、若い修道士が現れた。若者は動揺しており、わなわなと震える手を抑えようと、両手を背中で組んでいた。

「何と酷《むご》い仕業でしょう」と、シンサーが沈黙を破った。

「あなたが衝撃を受けていることは、よくわかります」とフィデルマは、穏やかに、彼に微笑みかけた。「それに、今、難しい立場に立たされているのは、あなたの親友ですものね。現在、容疑の目は、彼に向けられていますから」

「キャノウ修道士は、かっとなったのかもしれません。でも、彼は、決して……決して……」

「キャノウ修道士は、激昂しやすかったのですか？」とフィデルマは、問いをはさんだ。

シンサー修道士は、項垂《うなだ》れた。

「私は、そんなこと、言ってません。私が言おうとしたのは……」

「いや、そうだったぞ」と、ヘリバート院長が自分の意見を述べた。「あの若者の激しやすい性格のことで、儂は、二度ほど、訓戒を垂れたことがある」

「では、ブラザー・シンサー、私があなたに訊ねたいのは、今日、どういうことがあったかについての、詳しい説明です。あなたは、聖なる血を納めた小瓶を携えてやって来ることになっていた二人の修道女の様子を見に、修道院を出たそうですね。それは、何時でした？」

「正午少し前だったと思います。そうだ、正午の半時間ほど前でした。聖なる小瓶が修道院に運ばれて来るはずの時刻です。アンジェラスの鐘が鳴っていましたから」

「そうするように、指示されたのですか？」

シンサー修道士は、首を横に振った。

「いいえ。でも、知ってたもので。セサールが……そのう、セサールが道草を食っていることを」

しばし、沈黙が続いた。

「二人の修道女の一人がセサールであると知っていた、と言うのですか？」とフィデルマは問い質した。「どうして、それを？」

「そのう、キャノウ修道士が教えてくれましたから。私たちは、いくつか、秘密を持ってたんです。キャノウは、今日、修道院を抜け出して、森の樵小屋へ行きました。いつも、セサールと会ってた場所です。私は、この調子では彼女が聖なる小瓶を届けに来るのが遅れてしまうと思いました。だから、急がせようと、二人に会いに行ったんですけど。ああ、遅すぎました」

「あなたは、死んでいるセサールを見つけたのですね？」

「そうです。木に縛り付けられてました。修道女殿もご覧になったように」

「デッラ修道女のほうは、どうでした？」

「影も形も、ありませんでした。だから、真っ直ぐにニヴェルに行って、ボルゲル院長様に、異変をお知らせしたのです」

「なぜ、そうしたのです？」

「なぜ？」

「ほかにも、方法はあったでしょうに。どうして、すぐにフォッスに戻って、ヘリバート院長殿に報告しなかったのです？」

シンサーは、眉根を寄せた。

「森の中のあの場所は、フォッスよりニヴェルの修道院に近いって、誰でも知ってることです。だから、先ずニヴェルの修道院に報告して、それからフォッスに帰るほうがいいと考えたのです」

「キャノウとは、彼がフォッスにやって来てからずっと、親しくしていたのですか？」

「キャノウは、私の畑仕事を手伝うよう、割り当てられてましたから、私たちはすぐ友達になりました」

「でも、あなたは、セサールを、キャノウが来る前から知っていたのでしょう？」

「私は、セサールとデッラも、ほかの多くの修道女がたも、前から知ってました。二つの修道院の間には、結構、行き来がありましたから。それに、私は、畑仕事の担当です。野菜や果物を、週に一回、ニヴェルの修道院に届けることも、私の仕事だったんです」

「シンサーが今告げたことは、全て、そのとおりですわ」とヘリバート院長が、話に入ってきた。「我が修道院の修道士たちは、ニヴェルの大工仕事だの、畑や収穫の世話だのと、よく手伝いに行っておる。現に、昨日の午後にも、こちらの畑で採れた野菜類を届けるため、シンサー修道士は、ニヴェルに行っておりますぞ。ああ、そう言えば、キャノウも一緒だったのではないかな?」

シンサー修道士は、さっと赤くなり、渋々、それに頷いた。

フィデルマは、口許をすぼめるようにして考えこんでいたが、すぐに、シンサーに告げた。

「デッラ修道女に、今、もう少し訊ねてみたくなりました。それが終わるまで、ここで待っていて下さい」


院内の診療室で、デッラ修道女は、まだ蒼ざめて弱々しげではあるものの、かなり回復した様子を見せていた。

「シスター・デッラ」とフィデルマは、前置き抜きに話しかけた。「お訊ねしなければならないことが、一つだけ、あります。どうして、聖なる血を納めた小瓶を今日フォッスに運ぶ役は自分に務めさせてほしいと、わざわざ申し出たのです?」

「セサール修道女に頼まれたのです」

「セサールに? では、あなたの思いつきではなかったのですか?」

「ええ。でも、実を言うと、セサールの思いつきでもありませんでした。セサールは、自分を嫌っていらっしゃるヘリバート院長様と、どうしても言い争いになるだろうと知ってましたから、フォッスに行くことを渋っていましたもの。だけど、キャノウ修道士がセサールに頼んだのです、ぜひ来てほしいと……」

「どうしてキャノウは、そう頼んだのでしょう？　昨日、セサールに会わなかったのかしら？」

「ええ、会ってませんでした。だから、キャノウは、伝言を寄こしたのです。二つの修道院の間を、いつも誰かしら、行ったり来たりしていますから。キャノウは、セサールにメモを届けて寄こしました。少し早めに出て、樵小屋に来てほしい。二人の将来について、二、三分、相談したいからって」

「あなたは、セサールが彼と会うことを、認めていたのですか？」

「私は、セサールの友人です。それに、愛ゆえの愚かしい行動を止めることなんて、とてもできはしないと、わかっていますから。でも、修道女様は、私にお訊ねになりたい質問があると、おっしゃっておいででしたが、ほかにも？」

「ええ、そうでした。これが、そのメモかしら？」と言いながら、フィデルマはマルスピウムから紙きれを取り出した。

デッラ修道女は、それをちらっと見やって、肩をすくめた。

「私、オガム文字[11]は読めないんです。でも、それ、あのメモの一部だと思います。キャノウとセサールは、アイルランドの古代の書法で、自分たちが交わし合う内緒のメモを書いていましたから」

フィデルマは、ふたたび大食堂へ戻っていった。

「私は、この事件を解決できたように思います」彼女が入って来た気配に顔を上げて、自分の顔を見つめたボルゲル院長とヘリバート院長に向かって、フィデルマは、はっきりと、そう告げた。

「では、誰が犯人なのですかな？」と、先ずヘリバートが訊ねた。

「キャノウ修道士を、ここへお呼び下さい。それから、ブラザー・シンサー、あなたは、ここに残っていらっしゃい」

若い修道士がやって来ると、フィデルマはすぐに、「ブラザー・キャノウ、あなたにとって、将来は暗そうですよ」と告げた。

キャノウは、諦めきったような苦しげな顔を見せていた。

「私の将来、すでに空っぽですよ」と彼は、フィデルマの言葉を訂正した。「セサールなしの人生なんて、まさに苦痛に満ちた深淵ですから」

「どうしてセサールに、今日会ってくれと、頼んだのです？」

「もう、すでにお話ししましたよ。二人でここから立ち去ろう。そして一緒に暮らし一緒に働いて、生まれる子供たちを、主にお仕えしながら一緒に育ててゆこう——そうできる男女共住の修道院を探そう、という計画を、打ち合わせておこうとしたのです」

「その計画は、誰が考えついたのです?」

「私ですよ」

「今抱えておいでの問題を解決する方法として、誰かがあなたにこの計画を勧めたのではないかと、私は考えたのですが」

キャノウは、顔をしかめた。

「この計画を誰が勧めたかなんて、どうでもいいでしょう。とにかく、私たちが会おうとしていたのは、この計画の打ち合わせのためでした」

「どうでもいいことでは、ありません。あなた方に、ここから立ち去る計画を立てるべきだと勧めたのは、シンサー修道士ではありませんでしたか?」

「そうだったかも。シンサーは、いい友達です。彼は、私たちにとって、ここに留まっていても何の将来もない、と見ていたのです」

「あなたは、昨日の夕方、菜園の野菜を届けに、シンサーに従《つ》いて、ニヴェルに行きましたね? どうして、その時に、セサールに会わなかったのですか?」

「私たちは、夕べのミサの最中に着きました。そして、長居をする口実がなかったもので、私はセサール宛に、オガム文字で、会いたいというメモを書いたのです。セサールが、古代のオガム文字を読むことができると、知っていましたから。私は、彼女への指示をオガム文字で記して、その紙片を、門番に預けて帰ったのです」

「ああ、これで、全てはっきりしました」とフィデルマは、溜め息をついた。それから、もう一人の若い修道士に向きなおった。

「シンサー、あなたのマルスピウムに入っている、聖なる血を納めた小瓶を、ボルゲル院長殿に渡してもらいましょうか？　それが無くなっていると気づかれて以来、ボルゲル院長殿は、ずっと気を揉んでいらっしゃいましたのでね」

シンサーはぎくりとし、顔面が蒼白となった。彼は、夢の中にいるかのように、腰に下げた小型の鞄を開き、小さな瓶をボルゲルに手渡した。

「地面に転がっていたのを、見つけたんです……もっと前に、お渡しするつもりで……」

フィデルマは、悲しげな面持ちで、首を横に振った。

「激しい感情の中でも、もっとも恐ろしい激情の一つが、拒まれた末に憎しみに変わった愛です。自分の愛には恋敵がいると知るや、時として、人は悪鬼と化すことがあります」

キャノウ修道士は、愕然とした。

「セサールは、私を拒んではいませんでした」と、彼は叫んだ。「もう一度、言います、私はセサールを殺してはいません。私たちは、一緒に、ここから出て行こうとしていたんです」

「私が話しかけているのは、シンサー修道士です」と、フィデルマはそれに答えた。「愛を激しい怒りに変貌させたのは、シンサーでした。それが、相手を傷つけ、切り苛《さいな》むという行為へと、彼を走らせたのです」

シンサーは、口を閉じることも忘れて、フィデルマを凝視した。

「シンサーは、ずいぶん前から、セサールを愛していたのです。若く、自分の愛をはっきり表すことができなかった彼は、いつか勇気を揮って告白できる日が来ることを夢見ながら、ただ遠くから彼女を崇拝しているだけでした。そこへ、キャノウが現れたのです。初めのうち、キャノウとシンサーは、仲のいい友人でした。シンサーは、キャノウを、自分が愛しているセサールにも紹介しました。ところが、何たることか！　キャノウとセサールは、真剣に愛し合ってしまったのです。彼は、来る日も来る日も、二人の情熱を見つめているだけの自分に気がつきました。自分はセサールに拒否されたと、はっきり悟らされた時に、シンサーの嫉妬はその頂点に達し、その苦悩は彼の心を崩壊させてしまいました。地獄にさえ見つからぬほどの復讐心で、彼はセサールに報復しようとしたのです」

シンサーの顔から、今や、一切の感情が消えうせていた。

「シンサーは、彼らがそれぞれの修道院をどうやって立ち去ればいいかを相談するためという口実で、セサールを樵小屋に誘ったらどうだと、キャノウに勧めました。そして自分は、道路に低く枝を伸ばしているオークの樹に登り、その葉叢の間に身を潜めるに必要な時間を十分に見計らったうえで、フォッスの修道院を抜け出し、セサールとその連れがやって来るのを待ち受けたのです。デッラが背後から人が近づいて来る音を耳にしなかったのは、そのためです。シンサーは、枝から飛び下りました。私は、道路に、ひときわ深く窪んだ足跡を見つけました。シンサーは、デッラのすぐ後ろに下り立つや、気づく暇も与えずに、彼女を殴り倒しました。違いますか？」

シンサー修道士は、それに何の反応も見せなかった。

「おそらく、シンサーは、その場で、自分の歪んだ愛をセサールに打ち明けたのでしょう。多分、彼は、自分と一緒に逃げてくれと頼んだのでしょう。彼女は、この常軌を逸した恋人志願の男に、どのように対したのでしょうか？　私どもには、ただその結果しか、わかっておりません。彼は、幾度かセサールの頭部を殴りつけ、それから、気味の悪い儀式の形で、ということは、彼の精神の未熟さを物語っているのでしょうが、自分を惑わした彼女の美貌を、ナイフで切りつけて無残に打ち砕くことによって罰してやろうと決心したのです。シンサーが、先ず初めに彼女を木に縛り付けてから、そのような行為に及んだのか、あるいはその逆だったのかは、本人に聞くしか、知る術はありません。でも私は、その時には、セサールはすでに息絶えていたのであろうと、思っております。

シンサーは、地面に転がっていた聖なる小瓶を、無意識に拾い上げました。そして、彼が受けてきた宗教的な訓育のせいでしょうか、彼はそれをセサールの鞄に入れて放っておく代わりに、大事に保管しようと、自分の鞄にしまい込んだのです。

でも、私は、聖なる小瓶の紛失は殺人事件とは関係ないのだと考えていたものですから、どうして失くなっているのだろうと、実はこれまで説明をつけられずにおりました。

おそらく、その時、デッラの意識が戻りかけたのでしょう。シンサーはそれに気づき、異変を報告しておこうと、身を翻してニヴェルの修道院に駆けつけました。デッラがフォッスの修道院に助けを求めに行くに違いないと考えて、自分はニヴェルの修道院に行ったのです」

ヘリバート院長は、シンサー修道士に強い視線を向けた。彼の蒼ざめた顔から、フィデルマの告発は正しいと悟ったのだ。

ヘリバートは、フィデルマに、「どういう点から、この男に疑いを向けられたのですかな？」と、訊ねた。

「事件をじっくり思い返してみれば、いろいろと理由に思い当たりましょう。でも、彼は、セサールとデッラの様子を見に森へ赴いたのでしたね。そして、木に縛られて死んでいるセサールを見つけた、とか。彼によると、もうその時には、デッラの姿はなかったとのことです。そうなると、オークの幹の道路から見て反対側に縛り付けられていたセサールの死体に、彼はどうして気づいたのでしょう？

まあ、不審を抱かせるような何かが、彼の目にとまったとしましょう。そして、彼はあまりにも動転していて、セサールのロープを切ってやることにも蘇生を試みることにも、思い至らなかったのだ、と認めてやることにしましょう。でも、どうしてニヴェルに駆けつけたのでしょうか？

「助けを求めに、だろう。それに、早く異変を知らせねば、と考えたのだ。誰でも知っておることだが、あの場所からは、フォッスよりニヴェルのほうが、近いのだ。筋は、通っておる」

「助けを求めるのであれば、もっと近い場所があります」と、フィデルマは指摘した。「彼は、ほんの二、三百メートルのところにある樵小屋で、キャノウ修道士が待っていると知っていましたのに、なぜ、そちらへ行かなかったのでしょう？　もし彼が犯人でないのでしたら、キャノウの許に駆けつけて、彼に緊急の助けを求めたはずです」

鋭い叫び声に、彼らは凍りついた。

シンサーがナイフを引き抜き、わけのわからないことを喚きながら、キャノウに向かって突進した。

キャノウは、身を守ろうと、激しく相手を殴りつけた。その一撃を顎に受けたシンサーは、床に転がった。

「これで院長殿も、民法であれ教会法であれ、そのいずれの法に基づかれるにせよ、彼に法の定める罰をお与えになることが、おできになれましょう」とフィデルマは、ヘリバート修道院長に告げた。次いで彼女は、ボルゲル修道院長に話しかけた。「そして、ボルゲル、私たちはデッラ修道女を連れて、ニヴェルの修道院へ戻るとしましょう。それに、私たち、おしゃべりしたいことも、沢山ありますし……」

フィデルマは、もう今は、両手で頭を抱え込んで静かに坐りこんでいる若者のほうへと、悲しげな視線を投げかけた。

「激しい感情が、時としては、神経の病《やまい》を引き起こすと、昔の人たちも、鋭く気づいていましたわ。〝アエグラ・アマンス（恋の病）〟は、人の理性を失わせかねません。円熟した齢の人間さえも、心狂わせてしまいます。ましてや、それが未熟な若者であれば、愛はその感情を、それどころか精神までをも、滅ぼしてしまいかねないようですね」

汚《けが》れた光輪《ヘイロウ》

Tarnished Halo

祈禱を妨げられたアルローン司祭は、自分の部屋に、扉を叩くこともなく入って来たフィデルマ修道女を、眉をひそめつつ見上げた。

「あなたが、法律家の速やかな助けを必要としておられると伺いました」と修道女は、前置き抜きに、この小修道院の院長、アルローン司祭に話しかけた。

彼は、壁に掛けられている磔刑像十字架《クルシフィックス》の前に跪《ひざまず》いて祈りを捧げていたが、慌ただしく胸に十字を切ると、不器用に立ち上がろうとした。アルローン司祭は立ち上がると、振り向いて、扉口に静かに立っている若い修道女を見つめた。その面《おもて》に浮かんだ驚きの表情からすると、明らかに彼女は、彼が予期していた法律家の人物像とは異なるらしい。今、彼の前に立っていたのは、言うことを聞かない赤い髪が一房、コヴァル〔被り物〕の下からこぼれ出ている、長身の修道女だった。そのしなやかで生き生きとした肢体からは、法衣では隠しきれない生の喜びが窺え

フィデルマは、その顔に、不安の色が深い皺《しわ》となって刻まれていることに気がついた。

る。

「儂《わし》を訪ねてみえるはずのドーリィー〔弁護士〕とは、あなたかな?」この修道院の院長であるアルローン司祭の声には、信じがたいという彼の思いが聞き取れた。

「私は〝ギルデアのフィデルマ〟、法廷に立つ弁護士です」と彼女は、司祭の言葉を肯定した。

「アンルー〔上位弁護士〕の資格も、持っております」

アルローンは、目を瞬《しばた》いた。アンルーの資格とは、アイルランド五王国[1]〔アイルランド全土〕で、伝統的な学問所であれキリスト教修道院系の神学院であれ、あらゆる学院が授与する資格の中で、最高位に次ぐ学位なのである。アルローン院長は、ここで自分が従うべき作法に思い至って、はっと息を呑み、片手を差し伸べて修道女を招き入れた。

「ようこそ、お出でなされた、修道女殿。我等の敬虔にして平穏なる修道院……」

フィデルマは、相手の儀礼的な挨拶の言葉を、片手を軽く振って、打ち切った。

「それほど平穏ではないと、伺っております」と彼女は、冷静な態度で指摘した。「私は、ラス・モア・モハダ(〝モハダの大いなる囲い地〟。現リスモア)の修道院の院長殿から、この修道院で殺人が行われ、あなたがドーリィーを必要とされている、と告げられました。そこで、急ぎやって参りました」

アルローン司祭は、口を一文字に、ぐっと引き締めた。

「正確に言うならば、修道院の中で行われたわけではありませんでな」と彼は、細かい点に拘《こう》泥《でい》した。「お出でなされ、庭園を歩きながら、事態をご説明するとしよう」

緩やかにうねり流れる川に沿って広がる森の中から、大きな岩塊が一つ、突兀《とっこつ》と姿を見せている。その岩山の上に、鳥が舞い下りたかのように、この灰色の小さな修道院は建っていた。アルローン院長は、フィデルマを建物の外へと導いた。このささやかな修道院からの眺望は、息を呑むばかりであった。緑の森林が広がり、その彼方には、山脈《やまなみ》の峰々が青い靄《もや》にかすんでいる。

漆喰《しっくい》を使わぬ石積み工法で建てられている礼拝堂の背後は、低い石塀に囲まれた小さな庭となっており、その向こう端の一画で、若い修道士が一人、せっせと土を掘り起こしていた。アルローンは、花崗岩の石塀へと歩を進め、話し声が修道士の耳に届かぬところまで導くと、石塀に腰を下ろした。

「それで……？」と彼女は、院長を促した。

「いかにも、この地で、殺人が行われましたわい、〝キルデアのフィデルマ〟殿」と院長は、悲しみに沈む声で、その事実を認めた。

「誰が、いつ、どのように、殺されたのです？」

アルローンは、考えをまとめるかのように、一瞬、間《ま》をおいてから、それに答えた。

「殺されたのは、ブラザー・モナハでした。おそらく、彼の名は、耳にされたことがおありなのでは？」

「キルデアは、ここからは遠く離れております」と、フィデルマは告げた。「私がこのブラザー・モナハのことを聞き知っているかもしれないと、どうしてお思いになったのでしょう?」

「彼は、聖者のような若者でしたからな」とアルローン院長は、溜め息をついた。「そう、まさに、聖者だった。まだ十八回の夏を迎えただけの若者だったが、叡智を備え、詩にも歌にも、実に秀でていた。人柄も、きわめて清澄、平穏。彼が神に祝福されていたことは、確かですわ。思いやりに富んだ優しい気立ても、彼の音楽の天分に劣らず、よく知られておりましたよ。その音楽の才能たるや、多くの修道院長がたや族長がた、それどころかキャシェル(2)の王さえも、魂の安らぎのために耳傾けたいと望まれたほど、素晴らしいものだった」

モナハの美質に対するアルローン院長の熱中ぶりに、フィデルマは皮肉な視線を投げかけた。

「では、あなたの修道院のモナハという十八歳の修道士が、殺害されたのですね?」と、彼女は彼の礼賛を要約した。

修道院長は、頷いた。

「いつです?」

「一週間前のことですわ」

フィデルマは、ふーっと息を深く吸い込んだ。証拠を調べようにも、ほとんど何も残っていない、ということではないか。それに、モナハ修道士は、もう何日も前に埋葬されているに違いない。この小修道院を管轄、指導するラス・モア・モハダの修道院長に、この事件を調査しますと、すでに約束してしまったというのに。

「どのように？」

「彼を殺害したのは、ムイレンという名の村の女でしてな。この女は、族長臨席の簡易裁判に備えて、この修道院で監禁しております」

「その開催は、この地域のブレホン〔裁判官〕の前で、適切な聴取を受けてからのことです」とフィデルマは、彼をさえぎった。「それに、私がお訊ねしているのは、〝誰が〟ではなく、〝どのように〟です」

アルローン院長は、顔をしかめた。

「よくわからぬが」

フィデルマは、何とか苛立ちを抑えた。

「この事件に関して、あなたがご存じの事実を、お聞かせ下さいますか？」

「あの日の夕刻、ブラザー・エイドウが儂のところへ駆け込んで来たのですわ。儂の記憶では、確か晩禱《ヴェスパー》の少し前だった。ブラザー・エイドウは、修道院の食材にする野菜を村で仕入れ、森を通って帰って来る途中、道の片側の茂みの中で何かが動く気配を感じたそうでな。そこで、好奇心を起こして、調べてみることにした。そして、恐ろしいことに、木立の中の空き地に倒れておった若い修道士、モナハの死体に出くわしたのです。その傍らには、村のムイレンという老女が跪いていた。手には、岩のかけらを握っておった。その石にも、モナハの頭にも、血がついていた。ブラザー・エイドウはその場から逃げ出して、この恐ろしい出来事を告げようと、真っ直ぐに儂のところにやって来て……」

「〝逃げ出して〟？　でも、そのムイレンというのは、老女だと言われましたね？　なぜ、神にお仕えする人間が、老女にそのような恐怖を覚えたのでしょう？」

修道院長は、フィデルマにからかわれているのかと、戸惑った。だが、とにかく、質問に答えた。

「ムイレンは、近づいて来るエイドウを、ぞっとするような顔で振り返った。それで、エイドウはすっかり震えあがったのですわ」と院長は、フィデルマに説明した。「もしムイレンにモナハが殺せたのであれば、同じようにエイドウをも殺害できるでしょうからな」

「その時点では、ムイレンへの容疑は、推測にすぎませんね。それで、どうなったのです？　エイドウがあなたに事件を報告した後、どういうことになりました？」

「修道院の人間が何人か、儂と一緒に、そこへ行ってみました。モナハは、まだ、その場に横たわっていた。後ろから殴られて、頭蓋骨が潰れていましたわ。血のついた岩のかけらも、ムイレンが放り出したであろう場所に転がっておった。我々は探索して、村の自分のボハーン〔小屋〕に隠れていたムイレンを発見し……」

「〝隠れていた〟？　どうして彼女は、村の、自分のボハーンに戻ったのでしょう？　すでにエイドウに見つかり、自分が誰であるかを知られているのです。そのことは、ムイレンも、もちろんわかっていたはずですのに？　そこは、一番隠れるはずのない場所ではありませんか？

それで、どのように隠れていたのです？　ボハーンの中のどこかに潜んでいたのでしょうか？」

アルローン院長は、憤然とした胸の内を抑えた吐息に紛らせながら、首を横に振った。「儂は、あの老女がどう考えたかなど、残念ながら理解できませんでな。とにかく我々は、自分のボハーンの中で、炉の前に坐りこんどるムイレンを捕らえました。ブレホンの前で開かれる法廷に先立って行われるドーリィー殿の聴取に備えて、あの女は、今は監禁してありますよ」

「院長殿のお話を伺う限りでは、〝隠れていた〟とは、到底、言えますまい」とフィデルマは、いささか冷笑の響く口調で、自分の見解をもらした。「それで、ムイレンは、この犯行を自分がやったと、認めたのですか？　モナハをなぜ殺したのか、その理由も、進んで供述したのでしょうか？」

アルローン院長は、この質問はとるに足らないとばかりに、鼻を鳴らした。

「あの女は、我々には目撃証人がいるにもかかわらず、殺人のことなど、何一つ知らないと、言い張っとりますよ」

「目撃証人？」と、フィデルマの声が鋭くなった。「あなた方の目撃証人とは、誰です？」

アルローン院長は、頭の鈍い生徒を相手にしている教師のように、うんざりした様子を見せた。「おや、むろん、ブラザー・エイドウですわい」

「でも、あなたのお話では、エイドウは、この老女が血のついた岩のかけらを手に、モナハの傍らに跪いているところを目撃しただけだったはずです。これでは、実際の殺人を目撃したことにはなりません」

アルローンは、それに異を唱えようと、口を開きかけた。しかし、フィデルマの目に――あれは緑色なのだろうか、それとも青なのか？――怒りの色がきらめいたことに気づいて、口を噤《つぐ》んだ。怒りや苛立ちを覚えると、フィデルマの目には、不思議な氷の色をした炎がきらっと燃え立つのだ。

だがアルローンは、頑《かたく》なな口調で、彼女に応じた。「儂は、法律に詳しいわけではないですからな。それに、そんな微妙な意味の違いにこだわるほど、暇でもありません」

「ブレホンの法典の一つである『ベルラッド・エアレクタ』(3)は、〝証人は自分で実際に目撃したり耳にしたりしたことについてしか証言できぬ。証人の目の前で起こったことでなければ、証言として不適切である〟、と明確に述べています。また、〝伝聞によるものは、証言として認められぬ〟、とも記されています」

「しかし、あれは、きわめてはっきりと……」

「私は、今ここで、臆測ではなく、法律に取り組んでいるのです」とフィデルマは、それをぴしりとさえぎった。「また、ドーリィーとして、院長殿に忠告させて頂きます。お使いになる言葉を、もっと慎重にお選びになるようにと。では、もう少し、聞かせて下さい、この……この聖人のような若者のことを」

アルローン院長は、かすかに強調がおかれたこの言葉に、皮肉な響きを聞き取った。彼は、一瞬、嘲笑が潜む彼女の口調を叱責すべきだろうかと、迷った。だが、無視することにして、説明にかかった。

「モナハは、オー・フィジェンティ(4)のある族長の子息でしてな。まるで天使のようにクルーイト〔竪琴〕を奏でることができるという、類《たぐい》稀なる音楽の才能をもっておりましたよ。彼の書く詩も、美しく清らかだった。あの若者は、七歳の時に養育制度《フォスタレッジ》(5)が定める養い子として我々に養育を委ねられたのだが、昨年、〈選択の年齢〉(6)を迎えた。だがモナハは、修道院の一員として、ここで生きてゆく道を選択したのです」

「では、音楽家として、名声を博していたのですね？」

「かなり遠方の族長がたや修道院長がたの宴の席にも、よく招待されておりましたよ」とアルローン院長は、ふたたび、そのことに触れた。

「でも、人柄のほうは、どういう若者でした？」

「好感のもてる性格でしたな。親切で、賢明で、同門の修道士たちはもちろん、出会った人全てに対して、深い思いやりを示すことのできる若者でしたわ。そのうえ、目上の人間を喜ばせたり、その手助けをしたりすることに決して労を厭《いと》いませんでしたよ。とりわけ、動物が好きで……」

「では、あらゆる人間的脆《もろ》さなど、皆無であったと？」

アルローン院長は、この質問を真剣に考えた末に、そのとおりと頷いた。フィデルマは、ふっと鼻を鳴らして、立ち上がった。彼女が頬に浮かべた微笑は、無理に作った笑いだった。アルローン院長は、自分の若い見習い修道士の上に、天使のごときイメージを、あまりにもたっぷり描きすぎている。これでは、いくら彼と話を続けても、何一つ役立つ情報は得られないだろう。

「次には、ムイレンという老女と、会うことにします」とフィデルマは、院長に告げた。「その後で、ブラザー・エイドウに会わせて頂きたいですね」

修道院長は、石垣の座席から、気乗り薄の態で立ち上がり、フィデルマについて来るようにと身振りで告げて、修道院の建物がいくつも集まっている区画の外《はず》れへと向かった。

ムイレンは、小さな部屋の隅に、子供の寝台のような小型の寝台《コット》を置いて、それを自分の寝床としていたらしいが、フィデルマが入っていった時、彼女はその縁《へり》にひっそりと腰掛けていた。彼女は、フィデルマに、挑むような眼差しを向けてきた。いかにも弱々しげな体つきだ。突き出た顎が目立つ顔。暗褐色の暗い目は、憤《いきどお》りを湛《たた》えている。灰色に変わりかけた黒い髪は、櫛梳《くしけず》られてもいない。それほど高齢ではないのだろうが、中年とは言いがたい外見である。

フィデルマは、一人で部屋に入りながら、「法廷に立つドーリィーのフィデルマです」と名《な》告《の》った。アルローン院長に、囚人と二人だけにしてほしいと指示しておいたのだ。

老女のムイレンは、ふんと鼻を鳴らした。

「あんたも、やってもいないことであたしを罰してやろうって、やって来たんかい？」と老女は、唸るような声で噛みついてきた。腹立たしげな声だった。怯えの声ではない。

「私は、真実を見出そうとして、やって来たのです」フィデルマは、彼女を軽く窘《たしな》めた。

「あんた等のめそめそ哀れっぽい声でしゃべる坊さんたちは、何が真実か、もう決めちまったよ。アルローンの拗《ねじ》けた思い込みを、あんたも真実だって言いに来たんなら、とっとと自分の巣に帰んな」

フィデルマは、帰るどころか、椅子に腰を下ろした。

「先ず、あなたの言い分を、聞かせて下さいな」と、彼女は老女を促した。「この修道院の麓《ふもと》の村の出身なのかしら？」

「呪わしいよ、坊さん連中が修道院を建て始めた日が」と、ムイレンはぶつぶつと呟いた。

「あなたは、寡婦《やもめ》だと聞きました。子供も、いないとか。村の薬師《くすし》の手伝いをしているとも、聞いています。間違いありませんか？」

「そのとおりさ」

「では、あの日のことを、あなたの口から、伺いましょう」

「あたしゃ、治療に使う薬草だの、ほかの野草だのを採りに、森に行ったんだ。そしたら、近くで悲鳴が聞こえて、どうしたんだろうって、茂みをかき分けて行ってみたのよ。そしたら、木立の中の狭い空き地に、若い坊さんが俯《うつぶ》せに倒れとるじゃないか。そして、空き地の端で、茂みががさがさっと動いとった。あれは、誰かが空き地から立ち去っていくとこだったんさ。あたしゃ、その若いのを助けなきゃって思って、側《そば》に屈みこんだんだけど、もう手遅れだって、すぐにわかったよ。頭の骨が、どうにもなんないほど潰れとったからね。あたしゃ、自分で気づかないで、死体の頭の側に転がっとった岩のかけらを取り上げてたらしい。岩には、血がべっとりついとった。

その時さ、後ろのほうで、はっと息を呑む気配がした。振り返ってみると、空き地の縁に、若い坊さんが一人、あたしを見つめて立っとるじゃないか。あたしゃ、もう、恐ろしくなっちまって、慌てて立ち上がって、このボハーンに逃げ帰って来たんだ」

フィデルマは、眉を吊り上げた。

「若い修道士が立っているのを見た時、どうして怖くなって逃げ出したのです？　彼の手を借りようとするのが、ごく自然な反応ではないのかしら？」

ムイレンは、煩《わずら》わしそうに、顔をしかめた。

「人殺しが戻って来たって思ったもんで、怖くなって駆けだしたんだよ」

「どうして、そう思ったのです？」とフィデルマは、さらに問いかけた。「この修道院の修道士であることは、一目でわかったでしょうに」

「そのとおりさ。あの空き地に入ってった時、立ち去ってく人が押し分けた茂みの枝が、ちょうど元に戻ろうとしとったんだ。でも、後ろ姿は、ちらっと見えた。この修道院の茶色の法服だったよ。モナハを殺したの、この修道院の仲間だったのさ」

独房の前で、アルローン院長が待ち遠しげに待っていた。

「まだ、ブラザー・エイドウに会うおつもりかな？　それとも、すでに調査の結果を出されましたかね？」

今の声には、何やら期待が潜んでいたのではあるまいか？　院長は、ムイレンが犯人だという自分の主張を、フィデルマがすんなり保証してくれるようにと願っているのだろうか。フィデルマは唇をすぼめ、一瞬、彼を見つめたうえで、穏やかに答えた。

「私は、調査を始めたばかりです。お伺いしたいのですが、こちらには、修道士がたは、何人おいでです？」

「それが、何か……？」アルローン院長は、フィデルマの額に皺が深まり、その目に怒りの火がきらっと輝いたことに気づいて、唇を嚙んだ。「全部で、十人ですよ」

「モナハは、修道院の中に、とりわけ親しい仲間がおりましたか？」

「我々は皆、親しい同胞《はらから》ですわ」と、院長は鼻を鳴らした。「皆、イエスにお仕えする同胞だ」

「モナハは、修道院の全員から愛されておりましたか？」とフィデルマは、ふたたび訊ねた。

「もちろん」とアルローンは、ぴしりと答えた。「当然ではないかな？」

フィデルマは、溜め息を抑えた。

「モナハの部屋は、もう片付けられているのでしょうか？」彼女は、別の切り口から追及することにした。

「と、思いますな。ブラザー・ニネンドウが知っとるでしょう。あそこで、畑を耕しとりますよ」と院長は、草地になっている傾斜面で藪を刈り込んでいる若い金髪の修道士を指さした。

「さあ、ご案内を……」

フィデルマは、片手を上げた。

「ああ、あの人ですね。院長殿をお煩わせするまでもありませんわ。自分で、話しかけてみます。私の調査が済みましたら、お目にかかります。ブラザー・ニネンドウとの話が終わりましたら、ブラザー・エイドウに会いたいと思いますので、彼に、そうおっしゃっておいて頂けますか？」

彼女は向きなおって、作業に専心している若者のほうへ、近寄った。

「ブラザー・ニネンドウですね？」

若者は、困惑気味の態度で、顔を上げた。その視線は、フィデルマの後方の、遠ざかっていくアルローン院長の背に向けられていた。

「私は、ドー……」と、彼女は名告りかけた。

だが、若い修道士は、自己紹介を始めたフィデルマをさえぎった。

「ドーリィー殿ですね。知ってます。修道院は、数日前から、お出でになるのを待ってたんです」

「好都合です。私がどうしてこちらに伺ったかを、ご存じなのですね?」

若者は、黙って頷いた。

「あなたは、ブラザー・モナハと同室だったとか。彼のことを、よく知っていらしたのでしょうね?」

強い嫌悪の表情が彼の面を過《よぎ》ったことに気づいて、彼女は驚いた。

「十分に、知ってましたよ」

「でも、彼を好きではなかった?」と彼女は、素早く問いかけた。

「そうは、言っていません」と若者は、警戒するように、それに答えた。

「わざわざ言われるには及びませんよ。どうして、好きでなかったのです? アルローン院長殿によれば、ブラザー・モナハは、ほとんど聖人と言っていいほどの若者だったそうですけど?」

ニネンドウは、苦々しく笑った。

「私は、あいつが邪悪で、主にお仕えするにふさわしくない男だったから、嫌いだった。あいつは、アルローン院長を誑《たぶら》かすことは、できた。自分の地位に満足しきっているせいで、自分の虚栄心に諂《へつら》おうとする者を、それと見極めることができない人間が大勢いますが、モナハは、そうした連中に、うまく取り入ることができた。しかし、私や、やはり同室のフォガータッハは、あいつの邪悪なやり口を、よく知ってました」

フィデルマは、首をわずかに傾《かし》げて、その場に立ち続けた。若者のきわめて強い感情吐露に、いささか驚いてしまったのだ。

「どのくらい前から、モナハを知っていました？」

「私たちは、養育制度が定める養い子として、この修道院で一緒に育てられてきたのです、シスター。ずいぶん前からです」

「その年月、ずっと、モナハを憎んできたのですか？」

「ほとんどずっと、です」

「では、話して下さい、モナハは、どのように邪悪ぶりを発揮してきたのです？　彼のことを、人にうまく取り入る諂い屋と非難されましたね。我々は皆、何らかの形で、社会的に自分の上位にある権力をもった人間に、媚びていますわ。だからと言って、それを邪悪とは言えませんよ」

ニネンドウは、ちょっと下唇を噛み、顔をしかめたが、すぐに彼女の問いに答えた。

「アルローン院長は、モナハを聖人にしておきたいんですよ。はっきり事実を話したところで、私にとって、何の得にもなりません」

「あなたは今、アルローン院長にではなく、ドーリィーと話しているのです。真実のみを、お話しなさい。その真実が、あなたに報いてくれますよ」

ニネンドウは、彼女の鋭い口調に、落ち着かなげに身じろぎをした。

「わかりました、シスター。モナハは、嘘つきで、盗人で、好色な男でした」

フィデルマは、眉をつっと上げた。

「それが本当として、彼は、自分のそのような悪徳を、どうやってアルローン院長から隠しおおすことができたのでしょう？」

「彼は、天使《シェラフ》のような顔をしており、必要とあれば、優しい話しぶりで語ることができたのです。人は、しばしば、外見に惑《まど》わされます。それに、彼は、美しい音楽を奏でることもできましたからね。人を誑かすことができる男だったのです。でも、あいつは、邪悪だった」

「それを、実証できますか？　それは、実際に知っていることなのでしょうね？　伝聞による証言は、法の上では、認められませんのでね」

「実証？　あの男は、どうしても欲しい物を見つけるや、何でも盗んでいたんです。私からも、盗んだ。ブラザー・ナーからも、盗んだ。それだけじゃない、この修道院には、二、三ヶ月前まで、フォラモンという修道士がいたんです。モナハは、アルローン院長が所有しておられる宝石で飾られた杯が欲しくてならなくなり、その思いを、どうにも抑えられず、それを盗んでしまった。ところが、アルローン院長が失せ物の探索を始められると、モナハは、この盗みをうまく隠し通すことはできないと悟り、処罰を免れることは難しいと気がついた。そこで彼は、ブラザー・フォラモンの寝台に、杯をこっそり忍ばせたんです。杯はやがて発見されるだろうが、罪はフォラモンに被せられる、というわけです」

「それで、どうなりました?」

「アルローン院長は、いとも簡単に、フォラモンを修道院から追放してしまいましたよ」

「どうして、院長に、モナハのことを告げなかったのです? あなたとブラザー・ナーと、二人も真相を知ってるのでしたら、アルローン院長は、あなた方の証言を取り上げたでしょうに?」

ニネンドウは、ふたたび笑った。笑い声に、楽しげな響きはなかった。

「モナハに対する我らが善良なる院長アルローンの信頼が、いかに揺るぎないものであったか、修道女殿はわかっておられない。ナーは、院長に告げましたよ。何が起こったのか、よく知っていましたからね。だが、アルローン院長は、ナーの嫉妬だと彼を叱りつけ、彼もまた破門されたいのかと、脅かされただけだった」

「でも、モナハの立場は、アルローン院長一人の寵愛だけでは、保たれないでしょう? ほかにも、院長と同じ見方をする人たちがいたはずですね?」

ニネンドウは、苦々しげに、鼻を鳴らした。

「そのとおりです。修道士の中にも何人か、彼に誑かされていた者がいましたよ。たとえば、あの愚かしいエイドウのような」

「モナハの遺体と、その傍らに跪いていたムイレンを発見した修道士ですね？」

「そうです。彼は、あまりにも衝撃を受け、悲しみに打ちのめされたもので、修道院に駆け戻って、自分が発見した事を知らせたあと、何日も寝ついてしまいました」

「そうだったのですか？　では、エイドウは、アルローン院長やほかの修道士がたと一緒に、モナハが倒れている場所に戻ってはいかなかったのですね？」

「ええ」

「モナハは、修道士たちだけでなく、ほかの人たちにも、うまく取り入っていたのかしら？」

「この地方の族長だの、それどころか修道院長たちまで、大勢の人間が、同じように彼の虜《とりこ》になっていましたよ」

「でも、あなたとナーは、彼が邪悪な人間だと知っていた？」

「ええ、我々は、彼の行状を知っていました。実を言えば、彼も承知していたんです、自分がアルローン院長のような人間を籠絡していることを我々が知っているって。そして、むしろそれを楽しんでいたんだ。たとえ我々が彼のことを院長たちに告げようとも、決して信じてはもらえないと、ちゃんとわかっていて、やれるものならやってみろと、挑発していたのです」

「院長の盲信をナーが正そうとした時、あなたは彼を支えてやらなかったのですか？」

「そんなことしたって、無駄でしたよ」と、ニネンドウは鼻を鳴らした。

その時、遠くの鐘の音が聞こえてきた。

ニネンドウは、「もう、行かなくては」と言って、急いで立ち去った。

フィデルマは、しばらくその場に佇んだまま、遠ざかる彼の背を見つめていたが、やがて振り返って、アルローン院長を探しにかかった。

「モナハは皆から好意を持たれていたわけではないということを、私に話して下さいませんでしたね」

アルローン修道院長は、憤然と、フィデルマを睨みつけた。

「彼を好ましく思わないような人間が、どこにおりますかな?」と彼は、フィデルマに詰問口調で反問した。「ははあ、ニネンドウか?」

「私は、ブラザー・ナーとも、話すつもりです」

「ナーですと!」院長の口角が、ぐいっと下がった。「では、ニネンドウが、あの件をお話ししたのですな?」

フィデルマは、それに答えなかった。

「シスター・フィデルマ、あなたも、私同様、よくご存じのはずだが、大いなる主にお仕えするとの誓言と献身にもかかわらず、我々は急に聖人君子にはなれないし、罪とは無縁の存在になることもできないものですわ」

「どういう意味でしょう?」

「儂は、ナーとニネンドウの告発について、あることに気づいていた、ということですよ。儂は、あの二人を、ずっと前から知っていた。モナハと一緒に、ここで養育してきたのですからな。彼らは、一緒に育った。だが、人間というもの、時には憎しみ合うことがある。少年たちだって、そうだ。儂は、気づいとりましたよ、モナハに対する、あの二人の嫉妬と嫌悪に」

「そうでしたの？　で、その理由は何だと、考えられました？」

「どうなのですかな。モナハのように才能に恵まれた純粋な若者には、多くの敵が付きまとうものですわ」

「二人の告発は、全く根拠のないものだと、それほど確信しておいでなのですか？」

「儂は、モナハを、七歳の時から知っておる。彼は非の打ちようのない若者だった」

「罪と無縁の人間などいないと、あなたは、たった今、おっしゃいましたよ」

フィデルマは、ちょっと皮肉を言ってみずには、いられなかった。

アルローン院長は、この挑発には、乗ってこなかった。

「モナハは、特別だったのです。ナーがそれに嫉妬するのを見るのは、辛いことでしたわ」

「次に、ブラザー・ナーと話したいと思います」

アルローン院長は、困惑の様子を見せた。

「だが、彼は……彼は、逃亡してしまいましてな」

フィデルマは、一瞬、呆気にとられて、彼を見つめてしまった。

「ナーが、姿を消したと？」

「そうなんですわ。先週から、誰も彼を見ておりませんでな」

フィデルマは、胸に怒りが大波のようにこみ上げて来て、息がつまった。

「ナーが、一週間も前から、姿を消している、と言われるのですか？　ブラザー・モナハが殺害されたのも、一週間前でしたね。どうして、このことを教えて下さらなかったのです？」

アルローン院長の頬が蒼ざめた。

「しかし、ムイレンが、モナハを殺したのですぞ。どうして、この修道院からこそこそ逃げ出した頑なな若者に、興味を持ちなさるのかな？」

「どうして私は、このことを知らされなかったのです？」とフィデルマは繰り返した。「ナーがどうなったのか、何らかの調査は行われたのでしょうか？」

アルローン院長は、当惑して、肩をすくめた。

「彼は、自分が立てた誓約を破って、逃亡した。それだけのことですわ」

「ブラザー・ニネンドウを、ただちに私の許に出頭させて下さい」

院長は目を瞬き、躊躇《ちゅうちょ》したものの、立ち去った。

ニネンドウは、むっつりした顔で、やって来た。アルローン院長が、気懸りの色を顔に浮かべて、その後ろに立っていた。

「私は、包み隠しのない真実を聞きたいのです、ニネンドウ」と、フィデルマは彼に告げた。

「それも、今すぐに」

「私は、真実を、すでにお話ししました」

「でも、あなたは、友であるナーが、モナハ殺害の日以来、行方を絶っていることを、私に告げていません」

ニネンドウの顔から、すっと血の気が引いたが、彼はなおも頑固な表情を消そうとはしなかった。

「シスターは、彼がモナハを殺し逃亡したと、告発しておられるのですか？」と彼は、低い声で、フィデルマに反問した。「誰もが、ムイレンがモナハを殺した、と言っていますよ」

「真実を見出すのが、私の任務です。ナーが今どこにいるのか、知っているのですか？」

ニネンドウは、強い視線で彼女を見つめた。だが、先に視線を逸らしたのは、若い修道士のほうだった。彼は、頭を横に振った。

「イルランドの娘のエインダーと、話されるといい」と、彼は呟くような声で、フィデルマに告げた。

「エインダーとは、誰なのです？」

アルローン院長が、落ち着かぬ様子で足を踏みかえ、体重を移した。

「エインダーは、村の若い娘で、修道院の衣類を洗濯しておるのです。この修道院の庭の手入れを引き受けとる父親のイルランドと一緒に暮らしています」

フィデルマは、視線をニネンドウ修道士に戻した。

「どうして、そのエインダーという娘と話したほうがいいのです?」

「あの娘があなたに何を話すかを推測するのは、私の仕事ではありません」若い修道士は、フィデルマのやり方をまねて、ぴしりと答えを断った。

フィデルマは、彼の片意地な顔をちょっと見つめてから、溜め息をついた。

「そのエインダーには、どこへ行けば会えます?」

「イルランドのボハーン〔小屋〕は、丘の麓ですわ」と、修道院長が口をはさんだ。「そこへ行きなさるといい、シスター・フィデルマ」

フィデルマは、エイドウ修道士に案内してもらうことにした。モナハが殺害された地点を示してもらいたかったからでもあり、またモナハの死体を発見した時の様子を、彼の口から聞きたかったのだ。彼は、単純で純真な若者だった。だが、付け加えてくれることは、何もなかった。ただ、彼の口から、彼は修道院へと急いで戻ったのだが、あまりにも激しい衝撃であったので、修道院長に事態をどうにか報告するや、過度の感情に耐えかねて倒れてしまった、という事情を確認することはできた。アルローン院長と三人の修道士が、ただちにモナハの遺体を見つけるために、また老女ムイレンを探すという目的もあって、森へ出掛けた、という。フィデルマは、小さな空き地を見まわした。ここで何か役立つ発見ができるかもしれぬと、期待してはいなかった。しかし、犯行の場所を胸にはっきりと刻み込むことはできた。エイドウ修道士の助けがなければ、現場を正確に特定することはできなかっただろう。この広い森の中には、似たような小さな空き地がいくつもあったのだ。フィデルマは、エイドウに、もう丘の上の修道院に戻って構わないと告げ、一人で坂を下り始めた。

アルローン院長が言っていたように、丘の麓に、小さなボハーンが建っていた。二本の木の間に張ったロープに、洗いたての法衣が一列、干してあった。初老の、だが頑強な体格の男が一人、木立の中の一本から、リンゴの実を摘み取っていた。男は振り向いて、近づいて来るフィデルマを疑わしげに見守った。

「こちらは、イルランドの娘エインダーの家でしょうか?」

「儂が、イルランドでさ。娘は、中におります」

「私は、〝キルデアのフィデルマ〟です。娘さんと話したいのですが」

男は、ちょっと躊躇《ためら》ってから、ボハーンのほうを、身振りで示した。

「おいでなさって嬉しいですが、シスター、そのう、娘は加減が悪くて……」

「でも、シスターにちゃんとお会いできるくらいには、加減、いいですよ」

柔らかな、高く澄んだ声が、男の言葉をさえぎった。

十四歳にやっとなったばかりのような、若く、ほっそりとした金髪の娘が、戸口を額縁として、ボハーンの入口に立っていた。

「父さん、いいのよ」と彼女は、父親が文句を言おうとする機先を制して、言い張った。「あたし、もう〈選択の年齢〉になったもの」

どうしてこの娘は、もう自分は物事を決める権利を持った年齢だと指摘する必要があるのだろう？ そう訝《いぶか》りながら、フィデルマは、娘を注意深く観察した。

イルランドは、大きく肩をすくめると、「じゃあ、儂には、ほかに仕事があるもんで」と呟きながら、リンゴの籠を取り上げて、立ち去った。

娘は、青白い、だが意思の強そうな顎をした顔を、フィデルマに向けた。

「シスターは、アルローン院長様が待ってなさったドーリィーですよね。どうして、あたしんとこへいらしたんですか？」

「あなたは、洗濯女として、修道院の仕事をしている、と聞きました。両親と一緒に暮らしているのですか？」

ちらっと、煩わしげな表情が、娘の顔に現れた。

「母親は、ずっと前に、〈真実の国〉に行ってしまいました」娘は、〝死んだ〟という意味のアイルランドの言いまわしを使って、そう答えた。

「それは、お気の毒に」

「気の毒がって下さること、ないです」

エインダーは、それ以上は何も言わずに振り向いて、ボハーンの中に引っ込み、フィデルマにも入って来るようにと、身振りで招いた。フィデルマは、娘が示した椅子に、腰を下ろした。娘も向かい合った椅子に坐って、フィデルマをしげしげと見つめた。

「ドーリィーが女の人で、それも若い人で、よかった」

フィデルマは驚いて、眉を上げた。

「どうしてかしら?」

「シスターは、ナーのことを訊きに、あたしんとこに見えたんですよね?」

「ブラザー・ナーについて、どういうことを知っています?」

「ナーは、あたしと結婚したがってます」

フィデルマは、目を瞬き、溜め息をついた。

「わかりました」修道院の聖職者たちも、〈フェナハス法〉(「ゲルトルーディスの聖なる血」訳註3参照)の下では、結婚することができた。「では、ナーは、あなたを愛していたのですね?」

「ええ、彼は」

その声には、かすかな抑揚が聞き取れた。言葉にならない〝でも……〟が潜んでいた。

「でも、お父さんが賛成してくれない、ということ?」と、フィデルマは言ってみた。

「違います!」と、叫ぶような否定が、返ってきた。「父は、気づいてません」

「ナーが行方不明になっていることは、知っていますね？」

エインダーは、目を伏せて、頷いた。

「あなたは、ブラザー・モナハが殺されたことを、そして、その同じ日に、ブラザー・ナーが姿を消したことも、知っていますね？　ナーにとって、事態は好ましくないようです」

エインダーは、戸惑ったようだ。

「でも、殺したのは、年寄り女のムイレンなんでしょ？」

「私がここに来たのは、それを見つけるためです。ナーの失踪について、どういうことを知っています？」

娘は躊躇い、次いで深い吐息をついた。

「モナハが殺されたことで、ナーは怖がってました。だって、わかるでしょ、モナハが実際は邪悪な男だってこと、誰も知らないですから。ブラザー・フォラモンを陥《おとしい》れて、修道院から追い払われるようにしたのも、モナハだったんですよ」

「そのことを、どうして知っているのです？」

「あたしは、ここで、アルローン院長様の修道院の陰の中で、生まれ育ったんです。父さんは、修道院の庭の面倒を見てます。母さんが死んでからは、あたしが修道院の洗濯をやってます。だから、修道士さんたちを、ほとんど皆、知ってるんです。フォラモンも、ニネンドウも、そしてモナハも、みんな一緒に、ここで育てられたんです。そして、去年、〈選択の年齢〉になっても、みんな、アルローン院長の修道院に留まるって、決心しました。みんな、お互いに、よく知り合ってました。フォラモンと、ナーと、ニネンドウは、あたしの友達になってました」

「でも、モナハは、そうではなかった？」

娘は、身震いをした。

「もちろん、違います！」強い語気だ。強すぎる語気だ。

「どうして、モナハが嫌いだったのです？」

エインダーは目を上げ、フィデルマを見つめた。彼女の頰に、鮮やかな赤い色が広がっていた。だが、彼女は目を伏せ、慎重な表現で、フィデルマに告げた。

「あたし、シスターには、本当のこと、話します。モナハは、殺される前の日、あたしを襲ったんです」

フィデルマは、ひどく驚かされた。

「彼が、あなたを襲った？」

「あいつは、あたしを犯したんです」

フィデルマは、彼女がフォルカー(7)という単語を使ったことに気づいた。これは、暴力による強姦を意味するゲール語（古代アイルランド語）の単語で、法律はこれを、相手の同意なしに行われる強姦以外の全ての性交を意味する単語スレー（本短編訳註7参照）と、区別している。

「その時の状況を、説明して下さい、エインダー。警告しておきますが、これは重大な供述ですよ」

エインダーの顔が、強張った。

「あたしにとっても、重大なんです。だって、今となっては、あたしのコブチャ[8]、誰が払ってくれます？」

コブチャというのは、花婿から贈られる〈花嫁の代価《ブライド・プライス》〉で、花嫁および法で定められている彼女の庇護者、普通、花嫁の父親であるが、この両者の間で分けられる。これは、花嫁の処女性に関わる慣行で、もし花嫁が処女でないとわかれば、経済的損失と不名誉という結果になるのだ。

「わかりました。では、話を聞かせてもらいましょう」

「ちょうど、あたしが、修道院に届けるために、洗濯物が入った籠を取り上げようとした時、モナハが入って来たんです。モナハは、ナーがあたしを愛してることを知ってて、それであたしを憎んでました。あいつ、先ず、あたしに酷い言葉を浴びせて、それから、あたしを殴り倒して、犯したんです。終わってから……あいつ、あたしに言いました。もし、このことを人に言ったって、お前の言うことを信じる者なんて、誰もいないぞって。なぜなら、修道院では、みんな、俺があちこちの修道院長たちや王様たちに信頼されてることを知ってるからなって」

「それは、実際に、肉体的な暴行だったのですね？」と、フィデルマは念を押した。「フォルカーとスレーの違いは、よく知っているでしょうね？」

「相手は、強い男なんです。あたしは、どうしても抵抗できなくて。あれは、力ずくの手籠めでした」

「そのことを、ナーに話しましたか？」

娘は、一瞬、黙り、瞼《まぶた》の陰から上目遣いにフィデルマの顔を窺った。

「わかりました。もちろん、ナーは怒ったでしょうね？」

「ナーが、あんなに怒ったの、見たことありません」

「それは、いつのことでした？　モナハが殺されるより、どのくらい、前でした？」

「ナーは、モナハを殺しちゃいません」

フィデルマは、かすかに微笑んだ。

「そのような指摘を、してはいませんよ。でも、どうして、そのように強調するのです？」

「ナーは、そんなこと、しないからです。ナーは、そんな性格じゃないですから」

「人間は、もし歴《れっき》とした動機があれば、誰しも、そういう性格を発揮しますよ。私の質問に答えて下さい。モナハが殺される、どのくらい前に、ナーに暴行のことを話したのです？」

「モナハが死んだ、あの日の午後でした。一時間足らず、前でした」

「モナハの死を、いつ知りました？」と、フィデルマは続けた。

「ええーっと……」とエインダーは、顔をしかめた。「アルローン院長様や何人かの修道士がたが、あのお婆さんを探しに来た時でした。でも、アルローン院長様は言っておられましたよ……ムイレンは、殺人に使った凶器を手にしてるとこを、見られたんだって」

「その後、ナーに会いましたか？」

エインダーが躊躇っているので、フィデルマは、もう一度、問いなおした。

「その日の夜でした」とエインダーは、渋々それに答えた。「ナーが、あたしに会いに来ました。怯えてました。事件のこと、もう聞いてたんです。そして、自分がどうなるのか、とっても不安がってました」

「ナーは、ムイレンに容疑がかかっていると、知っていたはずです。それなのに、なぜ逃げ出したのでしょう？」

「でも、ナーは、自分が疑われるって、考えたんです。ナーがモナハを嫌ってることは、みんな、知ってましたから。それで、ナーは、もしモナハがあたしに乱暴したことが知られたら、それが信じてもらえるかどうかにかかわらず、自分は殺人の容疑者にされるって、思い込んだんです」

フィデルマは、残念そうに、娘を見つめた。

「確かに、今では、あの老女よりナーのほうに、容疑が傾いています。だから、私は腑に落ちないの。あなたが、どうして、こうしたことを、こんなにすらすらと、私に話してくれるのだろうと。逃亡したせいで、ナーにとって、事態がいっそう不利になっている、この時点で」

エインダーは、この質問を、嘆かわしげに受け止めた。

「あたしがお話ししたのは、これがほんとのことだからです。だって、あたしたち、〝真実は、汎《あら》ゆることに立ち勝る〟って、教えられてるじゃないですか。ナーは、永遠に隠れてはいられないでしょ。あたしも、この先ずっと陰に隠れてなきゃなんない無法者となんて、結婚できないです。だから、あたし、何回も、ナーに、強く言ったんです、修道院に戻るようにって。ほんとのことが、身を守ってくれる盾になるんだって」

フィデルマは、椅子の背に身を凭《もた》せて、考えこみながら、娘を見つめた。

「もしナーが戻って来て私の聴き取りを受けないと、彼にとって状況がどんなに不利になるかを、あなたはわかっているようですね」

「わかってます。ナーはそうしなきゃいけないんだって、今も思ってます。そして、ほんとのことが、彼の無罪を明かしてくれるって、信じてます」

「そう考えているのなら、ナーがどこに隠れているかを、私に教えてくれないかしら？」

エインダーは、視線を足許に落とした。かなり長く、沈黙を続けた。それから、決心がついたかのように、溜め息をついた。

「あたしがナーをここに連れてくるんじゃ、駄目ですか？」

「私は、どちらでも構いません」とフィデルマは、あっさりと答えた。「彼が私の前に出頭してくれさえしたら」

「それなら、夕暮れ時に、ナーを、ムイレンのボハーンに連れていきます」

フィデルマは、その日の夕刻、本当にナーがやって来るとは、実は期待していなかった。何やら、エインダーの安請け合いを、信じきれなかったのだ。ムイレンのボハーンで半時間ほど待ったであろうか、彼女は自分に秘かに呼びかけるエインダーの声に気づいた。

フィデルマは、燃え尽きそうな泥炭《ターフ》(ピート)の残り火を前に、椅子に腰掛けていた。

エインダーのおぼろな姿が、戸口の枠の中に佇んでいた。

フィデルマは立ち上がり、蠟燭《ろうそく》を灯した。

それから、気づいた。蒼ざめた顔をした法衣姿の若い修道士が、不安そうに、エインダーの背後に立っていた。

「では、あなたがナーなのですね」

エインダーが手を伸ばして彼を中へ引き入れ、背後の扉を閉ざした。

「あたし、ナーに、シスター・フィデルマを怖がることないって、説きつけたんです、ただほんとのことを、お話しするようにって」

フィデルマは、若者をじっくりと眺めた。若々しい顔で、髪はひどく乱れていた。自分には制御しようもないさまざまな出来事の奔流に巻き込まれてしまった、というような表情をしている。若者の茫然とした顔は、怖い森の中に一人迷ってしまった幼い子を思わせて、フィデルマに、何かしら母性愛めいた感情を、抱かせた。彼女は頭を振って、そうした感傷を払いのけた。

フィデルマは、若者に、腰を下ろすようにと、手で示した。

「あなたの話を聞かせて下さい」とフィデルマは、自分も腰掛けながら、陳述を促した。

「お話しすること、ほとんどないんです」とナーは、大人しい声で答えた。「私は、エインダーを愛してます。そして、結婚したいと望んでいます。モナハは、いつも私の敵でした。私のだけじゃなく、ほかの修道士たちの敵でもありました。いつだって、弱い者苛《いじ》めをする男でした。子供の頃も、青年になってからも、ずっとです。私たちを苛めることに快感を覚えるんです。そして、苛め屋のご多分にもれず、目上の人間に取り入る術《すべ》も、心得ていました。アルローン院長は、彼への批判は、一切受け入れなかった。モナハは、フォラモンの追放をうまくやってのけたり……」

「そのことは、知っています。すでに、ブラザー・ニネンドウと話しましたから」

ナーは、彼女を強い感情のこもった視線で、じっと見つめた。

「では、ご存じですよね、モナハがどんな人間だったかを？」

「私が知っているのは、私に聞かされたことだけです。エインダーがやって来て、どういうことが起こったかを告げた時、さぞ激しい怒りを覚えたことでしょうね？」

ナーは項垂《うなだ》れ、溜め息をもらした。

「今でも、猛烈に怒っています。私には、モナハの死を悲しむなんてこと、できません、シスター。私たちは、仇《あだ》をなす汝の敵を愛せよ、と教えられています。そんな気持ち、私の胸の中には、一かけらも見つかりません。私は、あいつの死に、大喜びしています。でも、私の心は告げるのです、そんなことは、大いなる神の掟ではない、神の説かれる道ではないと」

「彼を殺害したのですか？」

「してません！」かすれた息のように、言葉が彼の口からもれた。

「では、どうして逃げ出したのです？　ムイレンがすでに捕らえられており、修道院のほとんどの人は、この老女が罪人だと考えているのです。どうして、わざわざ自分に疑いを招くようなことをしたのです？」

ナーは、困惑した様子を見せた。

「ムイレンは無実だと考えている人たちも、大勢いるんです。そうした人たちは、アルローン院長は、モナハの評判を守るために、ムイレンを罪人の身代わりに仕立てているのだ、と見ているんです」

「彼らが、ムイレンを無実だと考えているのであれば、誰かほかに犯人がいると考えるはずです。あなたは、逃げ出したりして、自分でその容疑を招いてしまったのですよ」

ナーは、首を横に振った。「ある人間に殺人を犯すことはできないと知っているからって、真犯人を知っているってことにはなりませんよ」

「それは、そうですね」と、フィデルマはナーの言葉を認めた。「たとえば、あなたは、ムイレンは無罪だと知っている。そして、当然、自分も潔白であると知っている。でしたら、あなたも、その人たちに、ムイレンと同じように、無罪だと信じてもらえるのではありませんか?」

「アルローン院長に言われ……私は、ブレホンの前で自分の陳述をちゃんと聞いてもらえるようになるまでは、こうするのが最善の策だって、考えたんです」

「アルローン院長に、何と言われたのです?」とフィデルマは、鋭く、返答を求めた。

ナー修道士は、躊躇った。

「エインダーから、あの話を聞いて、私は真っ直ぐ院長のところへ、報告しに行きました。でも、前の時と同じで、信じてもらえなかった。院長はカンカンに怒ってしまって、なかなか怒りがおさまりませんでした。院長は、自分のお気に入りに対する悪い話は、何一つ信じようとはしないんです。私は、院長に言われました、出て行け、二度と、この話をするでないって。後になって、モナハの死を知った時、私は怖くなったんです。院長は、私が犯人だと、断言するだろうって」

「それでは、アルローン院長は、エインダーがモナハを強姦の件で責めていることを、知っているのですね?」と、フィデルマは考えこんだ。「そして、ナー、あなたは無分別にも、逃げ出し、身を隠してしまった。あなたの逃亡という事実が、あなたこそ犯人なのでは、という容疑を募らせると、わからなかったのですか?」

「でも、容疑がかかる心配なんて、なかったんです」と、エインダーが口をはさんだ。「だって、誰もが、ムイレンが犯人だって、考えてたんですから」

フィデルマは、考えこみながら、頷いた。

「そこが、私には、訝しく思えたのです。アルローン院長は、私が到着するのを待つことにして、これまでムイレンを監禁してきたようです。ナー、あなたは、さっき、ムイレンを無実だと考えている人たちも大勢いる、と言っていました。でも、修道院では、皆、あの老女を監禁したことで満足し、彼女の容疑の真偽は、私の到着まで待てばいいと考えていたようですよ。ですから、そこが、私には理解できないの。容疑が向けられているのはムイレンだとわかっていながら、ナー、どうして修道院に戻って、ほかの人たちのように私の到着を待とうとしなかったのです？　どうして逃げ出したりして、疑惑の目を自分に引きつけたのです？　逃げる必要はなかったのに……何か、隠すことがあるのでなければ」

ナー修道士は、わけがよくわからないといった、ぼんやりした表情を、面に浮かべた。エインダーのほうは、苛立ち、食ってかかりそうな様子を見せている。

「さあ、本当のことを、ナー！」口を開こうとしない二人を促そうと、フィデルマの声が、ぴしりと飛んだ。「これ以上、あなた方の隠れんぼ遊戯に付き合ってはいられませんよ」

若者は、頼りない様子で、肩をすくめた。

「私たちは、そうするのが、一番いいかと……」

フィデルマは、エインダーのほうを見やった。彼女は、唇をきつく結んで、足許を見つめている。フィデルマは、ふっと思いついた。

「エインダーに、身を隠すようにと、言われたのでは？　違いますか？」フィデルマは、いきなりナーに、鋭く問いかけた。

ナーは、ぎくりとして、頭を上げ、エインダーに視線を走らせた。

「私のほうを、ご覧なさい、ナー！」と、フィデルマの声は厳《きび》しかった。「本当のことを、お話しなさい。何も恐れることはありません」

若い修道士は、項垂れた。

「ええ。これが一番いい手段だって、エインダーが忠告してくれたんです」

「どういうわけで？」

「モナハが殺されたことを知らせてくれたの、エインダーだったんです。私が、すでにアルローン院長のところへ行って、モナハが彼女に乱暴を働いたことを院長に告げたと言うと、エインダーは、私が院長の杯を盗んだ犯人はモナハだと言った時、私を信じる人間は誰もいなかった。それと同じように、この先彼女を信じる人間は誰もいなくなる、と言いました。でも、エインダーは、これで殺人の容疑は私にかかるに違いないと、私のことを心配してくれました。私は院長に、エインダーがモナハから暴行を受けたと告げていますからね。つまり、院長は、私がモナハを憎んでいることを知っているんだからって。だから、事件が解決するまで、あるいは、私の話に理解を見せてくれそうなブレホンが到着されるまで身を隠しているほうがいいという彼女の考えに、私も同意したんです」

「愚かな考えでした。もしムイレンが有罪だという裁決が出されたら、それはあなたの良心に重くのしかかりますよ」

「そうは、させません。そういう裁決が出たら、私は修道院に戻っていきます」と、ナーは断言した。

「戻っていく？　そして、姿を消していたことを、どう説明するのです？　喜んでムイレンと立場を交換する、と言うのですか？　とても、信じられませんね」

「信じて下さろうが、下さるまいが、これが事実なんです」若い修道士は、頑なに、そう言い張った。

フィデルマは、非難の面持ちで、エインダーに向きなおった。

「ナーに、愚かしい忠告をしたものですね」

娘は、反抗的な態度で、顎を突き出して、それに答えた。

「あの時は、それが一番いい手段だって、考えたんです」

フィデルマは、考えこみながら、彼女を見つめた。

「そう考えてのことだったと、信じますよ」

フィデルマは立ち上がり、戸口へと向きなおった。

「私は、これから、アルローン院長のところへ引き返します。あなたも、修道院にお帰りなさい、ナー。本当のことを、よく打ち明けてくれました」

アルローン修道院長は、自分の部屋へ入って来たフィデルマを見て、ぎごちない動作で立ち上がった。

「どうしてモナハを殺害なさったのか、話して頂けますか？　それとも、私がお話ししましょうか？」この思いがけない問いかけに、彼は口を開いたまま、彼女を見つめた。彼女の声は冷やかで厳《いか》めしかった。

フィデルマは、口を閉じることも忘れて自分を見つめているアルローンに、自分は無実だと抗議する暇《いとま》も与えず、強い声で言葉を継いだ。「私は、あなたの犯行だと、知っています。偽りの抗弁を弄《ろう》することなく話を進めて下されば、時間を無駄に費やさずに済みます。私が最初に疑惑を覚えたのは、ブラザー・エイドウは修道院に帰りついてこの知らせを伝えた後、あまりにも取り乱していたため、あなた方を現場に案内できなかった、と聞いたからです。森の中には、同じような空き地や木々に埋もれた小さな窪地が無数にあったにもかかわらず、あなたは修道士たちを、迷うことなくモナハの遺体へと導くことができました。たとえエイドウが、このうえもなく正確に場所を告げていたにせよ、モナハの遺体を見つけることは、かなり難しかったはずですのに」

さまざまな狼狽《ろうばい》の表情が、次々と、アルローンの面に現れた。やがて、フィデルマが冷徹な態度で決然と自分に対していることに気づいたアルローンは、椅子に坐りこむと、もうどうしようもないと諦めて、両手を広げた。

「儂は、モナハを愛していたのだ！」

「憎しみは、しばしば、愛と紙一重です」と、彼女は静かに彼に告げた。

修道院長は、項垂れた。

「儂は、子供の頃から、モナハを育ててきた。儂は、法律上、彼の養父でな。彼は、若者に望ましい美質を、全て備えていた。美貌と才能、そしてあらゆる人を自分に従わせる術と、自分の美質や信仰心の篤《あつ》さをあらゆる人に信じこませる術を、心得ていた……」

「あらゆる人に、ではありませんでしたよ」と、フィデルマは指摘した。

「わかっとります」とアルローンは、肩を丸めて、溜め息をついた。「もっと前に、彼の同輩の見習い修道士たちの言うことを聞いておくべきだった。だが儂の思い込みは深かった。彼らが真実を語っておったのに、それに耳をふさいでしまっていた」

「その思い込みを変えさせたのは、何でした？」

「儂は、長いこと、モナハについて、自分を欺《あざむ》こうとしてきた。そこへ、ナーがやって来たのだ。モナハがエインダーに対してどのような振舞いに及んだかという、恐ろしい知らせを告げに。儂がモナハの内に育ててしまった邪悪な性《さが》を、このまま黙認するわけにはゆかなかった。まだこんなに若いうちから、このようなことができるのであれば、将来、どのような悪が発揮されることだろう」

「何が起こったのです？」

「儂は、ナーが来た時、そのようなことは信じられないという振りをして、彼を追い返した。儂は、モナハが村へ下りていくのを知っていたので、すぐさま修道院を出て、急いで坂を下りてゆき、モナハを待ち受けた。それから後は、簡単な話だ。彼は何の疑いも持っていなかった。儂は、彼の注意を足許に向けさせて、それを調べようとして彼が屈みこむや、拾い上げた岩のかけらで彼を殴りつけた。何回も、何回も。ついに……」

「その時、ムイレンがやって来ようとしたのですね？」

「誰かが、小径をやって来る音がした。儂は、できる限り素早く、その場を立ち去った」

「気の毒なムイレンは、法衣姿の人影がその場から去っていくのを、見ていました。あなたは、老女をその場に残して立ち去り、彼女がモナハ殺しの犯人とされるに任せました」

「そうは、したくなかった。それ以来、儂の魂はずっと煉獄の苦しみの中にある」

「それでも、あなたは、ブラザー・エイドウが彼女を殺人犯だと主張した時に、告白しようとはしなかったのでは？　あなたは、そのまま押し通してしまった。こうして、あなたは、ご自分の邪悪な行為に加えて、彼女を逮捕させ、その裁きを行うためにブレホンを招くということまで、やっていました」

「儂も、人間なのだ」と院長は、叫ぶように言い張った。「自分を守ることが罪だというなら、その罪を犯すしかないではないか！」

フィデルマは、口をすぼめ、強い視線で彼を見つめた。「容疑を無実の者になすり付けようとした。そしてその無辜《むこ》なる者が苦しんでいるのに素知らぬ顔を続けようとした。これは、歴とした犯罪です」

「でも、儂のやったことは、野蛮な行為ではなかった。儂は、かつて自分が誤って善であると信じて育んできた邪悪なるものを、この世から一掃したのですからな」アルローン院長は、落ち着きを取り戻していた。表情も、嘲笑の色に変わり、今やほとんど自慢げでさえあった。

「ムイレンは身の潔白を明かす事ができるはずと、儂は信じておった。だが、ムイレンが無実だとなると、誰かほかの人間が犯人ということになる。その疑いが、儂にかけられては困るのだ。そこで、ナーが唆《そそのか》されて愚かにも姿を隠すということになったのだ。あいつが疑われるはずだったのに。誰もが、あの若者がモナハを憎んでおったことを、知っとりましたからな」

フィデルマは、気持ちが落ち着かなかった。このはめ絵ゲームには、どこか、しっくりこないところがある。謎の構図に中の一かけらが、まだ欠けている気がする。アルローン院長がモナハを殴りつけ、それがモナハの命を奪ったという事までは、よくわかる。しかしアルローンは、それまで、モナハについてのナー修道士の申し立てを信じようとはしていなかった。いや、ナーだけではない。モナハについて院長に警告しようとするほかの人間の言葉も、全て受け付けようとはしていなかった。その彼が、ナーが訴え出たモナハによるエインダー暴行を、どうして急に、いとも簡単に信じたのだろう？　それも、すぐさま彼を待ち受けて殺害してしまうほどの極端さで。何か、おかしなところがある。

突然、フィデルマの口許に、何やら悪戯《いたずら》っ子のような満足の笑みが表れた。

その一時間後、フィデルマはイルランドのボハーンに来ていた。

エインダーが、戸口で彼女を迎えた。

「長くは、かかりませんよ、エインダー」と、フィデルマは彼女に告げた。「一点だけ、はっきりさせたいことがあるのです。ナーはあなたを愛している、と言っていましたね？」

エインダーは、興味をそそられたらしい。彼女は、顔をややしかめて、頷いた。

「でも、あなたのほうは、彼の愛に応えなかった」とフィデルマは、静かに続けた。「あなたは、全く、それに応えなかった。ただ、彼を利用しただけでした」

エインダーは、怒りの視線を、さっと彼女に投げかけた。だが、修道女の目には、全てを見抜いていることを示す厳めしさが、見てとれた。

「アルローン院長は、モナハ殺害の罪で、すでに逮捕されています。ムイレンは釈放され、ナーに容疑がかけられることも、もはやありません。ナーの罪は、ただ、あまりにも容易《たやす》く人に引きまわされた、ということくらいでしょうね」

エインダーは、しばらく口を開かなかった。やがて、感情が堰《せき》を切ったように、彼女の口から言葉が迸《ほとばし》り出た。

「ナーは、弱くて、才能もないもの。アルローンは、族長の息子で、地位も名声も持っている。だから、あたしは、あたしたちは……」

彼女は、自分の今の言葉がどういうことを意味したかに、はっと気がついた。

彼女は肩を落とし、小さな女の子のような声で訊ねた。「あたし、どうなるの？」

フィデルマは、この幼稚な娘に、同情を覚えることはできなかった。エインダーは、ナーを愛していないと同様、アルローン院長も愛していないのだ。彼女は、ただ自分の今の身分から這い上がりたくて、アルローンを利用したのだ。夢中になっていたのは、アルローン院長のほうだった。アルローンは、すっかり彼女にのぼせあがっていたのだ。だから、モナハが彼女を犯したとナーに知らされ、それを彼女の口からも聞かされるや、モナハを待ち伏せて、殺してしまったのだ。ナーが浴びせられたアルローンの激情は、ナーがモナハを誹謗《ひぼう》したという怒りではなく、モナハがエインダーを暴行したことへの激怒だったのである。嫉妬ゆえの怒りだったのだ。

そこまでは、モナハを殺害するのも無理なかったと、理解してやることもできよう。しかし、アルローンとエインダーは、共謀して、無辜の二人の人間に、罪をきせたのだ。彼らは、ムイレンは今は捕らえられているものの、もしかしたら無罪との裁定が出るかもしれないと考えた。

そこで、ナーのエインダーに対する素朴な恋心を利用することにして、いかにも有罪と見えるような行動を彼にとらせようと、彼を操った。エインダーは、自分に夢中になっている若者を欺き、彼の純情を利用したのだ。

「あなたは、モナハ殺害の共犯者として、これから裁判にかけられましょう」と、フィデルマは答えた。

「でも、あたし、まだほんの……」

「ほんの女の子？」フィデルマは、エインダーの言葉を、冷たい声で補った。「いいえ。前に、自分でも言っていたではありませんか、あなたは、もう〈選択の年齢〉に達しています。ですから、法は、あなたを自分の行為の責任が取れる成人と見做します。あなたは、これから、裁きを受けることになるのです」

フィデルマは、娘の顔に浮かんだ憎しみの表情を、じっと見つめた。そして、彼女に熱をあげているナー修道士と、愛に溺れて盲目となったアルローン修道院長へと、思いを向けた。

〝グラー・イス・グローン〈愛と憎しみ〉〟という言葉が、胸に浮かんだ。このゲール語は、二つとも、同じ語源から出た言葉だ。確か、大いなる詩人ダローン・フォーガル[9]が書いていたのでは？――愛と憎しみは、同じ卵から孵《かえ》ると？

不吉なる僧院

Abbey Sinister

鮮やかに際立つオレンジ色の脚をした黒いウミガラスが、物悲しげな声で威喝《いかつ》しながら、カラハ〔皮やキャンバス製の古代アイルランドの小舟〕目指して突き進んでくると見るや、その上をさっと掠《かす》めて飛び去った。腰の辺りだけが白い、もっとずんぐりとした灰色のウミツバメや、地味な色をした大きな鵜《う》たちは、五月の柔らかな青空を背景に、群れを作って旋回したり急降下したり、あるいは翼を忙《せわ》しなく羽ばたきながら飛びまわったりしているのに。ウミガラスは、孤独な旅人なのだ。

修道女フィデルマは、船尾《とも》にゆったりと坐っていた。波飛沫《なみしぶき》のやや刺激的な臭いが、かえって神経を優しく静めてくれる。彼女の前には、二人の水夫たちが坐って、力いっぱいに櫂《かい》を操っていた。彼らの息の合った櫂捌《さば》きで、軽量なカラハは波頭を軽々と踊るように乗り越えて、広い入り江を進んでゆく。海は、至極穏やかに見える。だが、このように機嫌よく凪《な》いでいることは、珍しい。いつもなら、飢えた大西洋は鉤爪《かぎづめ》を振り上げて襲いかかり、今カラハが岩礁の隙間を縫うように進んでいるこの海域の島々を、数週間も、否、数ヶ月も、孤立させてしまうのだ。

彼らは、岩石が荒々しく転がり、草もほとんど生えていない岸辺からカラハに乗り込んで、アイルランド西南部海岸に深く切り込むロアリング・ウォーター湾（アイルランド西南部の湾）を漕ぎ渡ろうとしているところだった。伝説に名高い〝ゲアブラの百島〟[1]なる無数の小島が、巨人の誰かが土塊《つちくれ》や岩石を無造作に海中に抛《ほう》り投げたかのように沖合に散らばっている海域である。だが今は、うららかな空模様のもと、波も穏やかで、日差しも暖かい。辺りの光景は、一幅の絵のように静謐なる美をたたえている。

水夫たちが無数の島々の間を縫うようにしてカラハを漕ぎ進めてゆくと、ふっと波間に好奇心満々のアザラシたちが顔をのぞかせることもある。彼らは、水の世界への闖入者《ちんにゅうしゃ》に、一瞬、驚きの目を向けるが、すぐに、ひらりと水中に潜《もぐ》っていく。

修道女フィデルマは、若い見習い修道女を伴っていた。船尾の彼女の傍らで、怯えたように身を縮めている娘だ。フィデルマは、広い水域に広がるこの群島のもっとも外《はず》れのクリアリー島（ロアリング・ウォーター湾沖。現クレア島）に建つ〝セイガーの聖キアラン〟修道院へ赴《おもむ》くこの娘が無事目的地に着けるよう、自分が面倒を見てやらねばなるまいと考えたのだった。しかし、この見習い修道女の付き添いという役目は、全く偶然の成り行きだった。フィデルマの本来の任務は、クリアリーの僧院長と、これまたこの群島の外れ近い岩島イニシュ・クロックラーンに建つ小さな僧院の院長に、アード・マハ(2)の大司教オルトーン(3)の書状を届けることにあった。

二人の漕ぎ手の頭分《かしらぶん》のほうは、これまでの人生をずっと沿岸の波風《なみかぜ》にさらされて生きてきた者特有の、歳よりも老けて見える容貌の男だった。彼は手をちょっと休めると、隙間だらけの乱杭歯を見せて、フィデルマに笑いかけた。彼は、褐色のなめし皮のような顔の深い眼窩《がんか》に納まった海を思わせる青い目で、この赤毛で長身の若い女性《にょしょう》を好ましげに見つめた。こんなに女らしい様子の尼さんなんて、見たことないな。しかも、こんなに易々と人を心服させちまう尼さんなんて、初めてだ、と。

「ほれ、右手に見える島が、イニシュ・クロックラーンでさ、シスター」水夫は、自分が尼僧と向かい合って坐っているから、彼女から見れば左手だと気づいて、節くれだった手を伸ばして、島の方角を指し示した。「二十分ばかしの距離ですわ。先ず、こっちの島に上陸しなさるかね？　それとも、このままクリアリーに行きますかい？」

「クロックラーンでの用は、長くはかかりません」フィデルマは、ちょっと考えたうえで、そう答えた。「近くまで来ているのですから、初めに、こちらに上陸しましょう」

水夫は、軽い唸り声で、フィデルマに答えた。これが、諒解の印らしい。彼は、手下の水夫に向かって頷いてみせた。二人の櫂は、まるで合図でもあったかのように、見事に揃って波間に下ろされ、カラハはクロックラーン島目指して、ふたたび軽やかに波の上を走り始めた。

クロックラーンは、まるで岩の塊といった島だった。海上から見る限り、海岸はとても接岸など不可能な、険しい絶壁としか見えない。その灰色の花崗岩の岩肌に、ハマカンザシやスイカズラの花房が、わずかに柔らかな彩りを添えていた。

漕ぎ手頭のローカーンは、海面から頭を突き出している無数の鋭い岩の間を縫いながら、熟練の技でもってカラハを走らせた。そうした荒々しい花崗岩の周囲では、海は白い泡となって激しくざわめきつつ、絶えず小さな渦を湧き上がらせている。だが、小さいとはいえ、危険な渦なのだ。彼は慎重に船を操って右へ左へと稲妻《いなずま》状に切り返しつつ、荒波から守られた小さな入り江に入っていった。その奥が、彼らの目指す自然の波止場なのだ。

フィデルマは、彼の腕前に感心した。

「十分な知識を持った者でなければ、このような島にカラハを着けることなど、とてもできないでしょうね」

ローカーンは、嬉しそうに、にやりと笑みを浮かべた。

「儂《わし》は、この島ではどこにカラハを着ければいいか正確に心得とる、数少ない人間の一人なんでさ、シスター」

「でも、ここの修道院に住む人たちなら、むろん、カラハの操り方を、いくらかは心得ているのでしょ？」

「シェルバッハ院長の施設を修道院って呼ぶなんて、大袈裟《おおげさ》すぎまさあ」と、若いほうの水夫が口をはさんだ。本土から漕ぎだしてから、彼が口をきいたのは、これが初めてだった。

「メイナックの言うとおりでさ」とローカーンも、それに同意した。「シェルバッハ院長は、修道士二年前に、十二人ばかりの修道士を引き連れて、ここにやって来たんですわ。院長は、ごく若い子たちを、〝我が使徒たち〟と呼んどりましたが、修道士といったって、ほとんどはごく若い子供たちでさ。少年たちの一番若いのは、十四歳、一番年上の子でさえ、十九になったかどうかってとこだ。院長たちがこの島を選んだのは、ここが人のやって来にくい土地で、どうやって上陸したらいいのか知っとる人間がほとんどおらんからですわ。そりゃ、カラハを一艘、持ってはいるが、シェルバッハたちは、そいつを一度も使っちゃいない。まあ、非常用ってとこですな。年に四回か五回、儂が必要な物資を運んで来てやっとります」

「ああ、隠遁者の庵《いおり》といったところなのですね」とフィデルマは、相槌を打った。アイルランドには、人里離れた土地を見つけ、そこに全く単独で、あるいは同じように孤独を求めるごく少数の者たちと共に住む僧たちが、大勢いる。フィデルマは、隠遁者や、外部の世界から隔絶した僧院での信仰生活といった生き方に、信をおいていない。彼女の考えでは、主のもっとも偉大なる創造物である男たち、女たちから成る人間社会を拒んで閉じこもるというのは、主にお仕えする生き方ではない。

「そう、隠遁者たちの住み処《か》でさ」とメイナックが、嘆かわしげにフィデルマの表現を肯定した。

フィデルマは、不審を覚えて、辺りを見まわした。

「ここは大きな島ではないので、修道士がたの中には、私たちの上陸に気づいた方もありそうなものですけど、誰一人、出迎えに来てくれていませんね」

カラハを舫《もや》い綱で石に繋ぎ終えたローカーンが、舟のほうへ身を屈めて手を差し伸べ、岸に上がろうとするフィデルマを助けてくれた。メイナックも、自分の体重で、小舟の揺れを抑えてくれている。

「私たち、みんな、カラハを下りたほうがよさそうね」とフィデルマは訊いてみたが、これはメイナックにというより、怯えている若い見習い修道女ソーナットを案じての提案だった。まだ十六歳にもなっていないらしいソーナットは、牝鶏の後を追う雛《ひな》のように、大人しくフィデルマに従《つ》いて、何とか岸によじ登ってきた。

後に続いたメイナックは、陸地に上がるや、やれやれとばかりに、手足を伸ばした。

ローカーンは、小さな入り江の岸辺から断崖の上へと花崗岩の岸壁に刻まれた石段を指さして、フィデルマに告げた。

「あの石段を登っていきなさったら、シェルバッハ院長の僧院に出ますよ、シスター。儂らは、ここで待ってますわ」

フィデルマはそれに頷くと、ソーナット修道女を振り向いた。

「ここで待っていますか、それとも、私と一緒に?」

若い見習い修道女は、冷たい風を吹きつけられたかのように、ふっと身を震わせた。いかにも、惨めそうだった。

「ご一緒に行きます、シスター」と彼女は、心細げに鼻を鳴らした。

フィデルマは、そっと溜め息をもらした。この娘は、〈選択の年齢〉はとうに過ぎているらしいのに、すっかり怯えている。まるで、手近な大人にすがりついて、どこかに潜んでいる恐ろしいものから守ってもらおうとする十歳の子供だ。フィデルマは、この娘に好奇心をそそられた。このように幼く、世間や人間について何の経験も持たない娘が、一体何に衝き動かされて修道院に入ろうというのだろう？

「わかりました。では、従いていらっしゃい」と、フィデルマは娘に告げた。

ローカーンが、フィデルマにそっと呼びかけた。

「あんまし、ゆっくりしなさらんほうがいいですぜ」と言いながら、彼は西の空を指し示した。「あの雲の様子じゃ、風向きが変わりそうだ。こりゃ、夜になる前に、時化《しけ》ですわ。できるだけ早くクリアリー島に到着するに越したことない。あそこなら、嵐を避けられますからな」

「長くは、かかりません」と彼に受けあっておいて、フィデルマは、後ろに従いて来る見習い修道女の先に立ち、石段を登り始めた。

「あの人、どうして嵐になるって、わかるんでしょう？」フィデルマに遅れないように、よろよろしながら従いて来るソーナットは、息をはずませながら、それを知りたがった。

フィデルマは、わずかに眉根を寄せた。

「船乗りたちには、わかるのよ、ソーナット。空が、さまざまなことを示してくれるのです。昨夜、月を眺めましたか？」

ソーナットの顔に、戸惑いが浮かんだ。

「明るいお月様でしたけど」と、彼女は答えた。

「でも、もっとよく観察したら、赤みをおびた輝きだったと、気づいたはずですよ。それに、静かで、比較的乾いた空気でした。これは、ほとんど確実に、西から激しい風が吹きつけてくる兆しです」

フィデルマは、ちょっと足を止めて、小径の縁《へり》に生えている野草を指した。

「ここにも、兆しが見えています。三つ葉の植物が生えているでしょ？　ほれ、茎が太くふくれています。それに、その側《そば》のタンポポも、あのように、花弁をすぼめて、閉じようとしています。どちらも、雨が近いという印ですよ」

「どうして、そんなことまでご存じなんですか？」と、若い見習いには、それが不思議らしかった。

「観察したり、古くからの叡智を備えておいでの古老がたのお話を伺ったりして、学んだことです」

二人は、さらに登り続けて、やがて岩壁の上に辿りついた。行く手を見下ろしてみると、窪地になっている島の中央部が見えた。背を屈めたような貧相な数本の木を取り囲んで、いくつかの蜂の巣型の石の庵や小さな礼拝堂が建っている。

「では、これがシェルバッハの僧院なのね？」とフィデルマは、考えこむように呟くと、一塊に寄り添っている建物を眺めながら、しばらく立ち止まって、待ってみた。人の動きも暮らしの気配も、全く感じられない。フィデルマは呼びかけてみた。

「どなたか、おいでですか？」

返ってきた返事は、驚いた海鳥たち、それに夏の営巣地を求めて新たにやって来たばかりのウミスズメたちの、怒りの合唱だけだった。白と黒、あるいは暗褐色の体に、鮮やかな黄色の嘴《くちばし》と蹼《みずかき》付きの脚をしたウミスズメの群れが、突然舞い上がった。ウミガラス、鷗《カモメ》、ウミツバメたちも、それに連れて飛び立って、怒った声でフィデルマたちを叱りつけながら、島のまわりを旋回し始めた。

フィデルマは、訝《いぶか》った。彼女の声を耳にした者がいるはずなのに、何の応答もないとは。

彼女は、雑草の生えた小径をゆっくりと進んで、いくつかの石造の建物が建っている浅い窪地へと向かった。ソーナットも、彼女の傍らを忠実に従いて来る。

フィデルマは足を止め、もう一度、呼びかけてみた。やはり、何の返事もない。

彼女は、建物の間を通り抜け、その角を曲がって、長方形の空き地に踏み込もうとした。ソーナット修道女の口から、悲鳴が迸《ほとばし》り出た。

長方形の小さな広場の中央に生えている木立の中の一本は、大西洋の冷たい風に背を曲げた、貧弱な節くれだった木だった。高さは、十二フィートほどしかない。その細い幹に、男が縛り付けられていた。体が地面にずり落ちないように、両手首が皮紐で木に固定されている。顔は幹のほうへ向けられているので見えないが、すでに絶命していることは、歴然としていた。

ソーナットは、フィデルマに寄り添うように立ったまま、恐怖に震えている。

彼女のことは放っておいて、フィデルマは遺体を調べようと、一歩進み出た。男がまとっている長衣は、血塗《ちまみ》れだった。明らかに、僧侶の法衣である。前頭部の頭髪は、左右の耳を結ぶ線まで剃り上げてあり、後頭部の髪は、長く伸ばされている。アイルランド語でエルバック・グィナイと呼ばれる、ケルト（アイルランド）・カトリック派の剃髪《トンスラ》(4)で、古くドゥルイド(5)の風習にまでさかのぼるものだ。死者の年齢は、六十代であろう。黄色がかった肌色をした、肉薄《にくうす》の鋭い容貌で、口許は捩《ね》じれている。フィデルマは、男が、かなり高価な磔刑像十字架《クルシフィックス》を首から皮紐で吊るしていることに気づいた。入念な細工の銀の十字架だ。法衣の背中は、血塗れだった。法衣というより、細く裂けた紐状の襤褸《ぼろ》と化して、その背中を覆っていた。

フィデルマは、裂けた血染めの法衣の下からのぞく肩の肉が、いくつものぎざぎざの傷口を見せていることも、見てとった。小さな突き傷も数ヶ所あるが、肌を切り裂いているこの無数の傷は、男が息絶える前に鞭打たれていたことを、はっきりと物語っていた。

彼女は、驚きに目を瞠《みは》った。彼が縛られている木には、木片が添えられていた。それに、何か文字が記されている。ギリシャ語だ。〝狂風《あらし》のすぐるとき悪者《あしきもの》は無に帰せん……〟何だか、聞き覚えがある。どうしてだろう？　そして、思い出した。『箴言』の一節（第十章二十五節）だ。

　この男が、木に結わえられたまま鞭打たれて殺されたことは、歴然としていた。

　娘の嘆き声に気を逸らされて、フィデルマは煩《わずら》わしい思いを抑えて振り返り、彼女に告げた。

「ソーナット、入り江に下りていって、ローカーンをここに連れて来てちょうだい」だが、見習い修道女は、ぐずついている。フィデルマは、「さあ、早く！」と、ぴしりと言いつけた。

　ソーナットは、くるっと振り返り、慌てて立ち去った。

　フィデルマは、両手首を縛られ、木に半ば吊るされた状態になっている修道士のほうへ、さらに一歩近づき、もっと情報が見つからないものかと、遺体に目を走らせた。だが、この人物が初老の修道士であること、また高価な磔刑像十字架からすると、何らかの地位に就いている聖職者であること以外には、何の知識も得ることはできなかった。次いで彼女は、少し後ろへ退《しりぞ》いて、辺りを見まわした。漆喰《しっくい》を使わずに、ただ石材を積み上げて造った礼拝堂は、五、六人入れるかどうかといった小さなもので、六軒の石積みの蜂の巣型庵の中央に建っていた。これらの庵は、修道士たちの宿泊所であるようだ。

　フィデルマは礼拝堂に近づき、中をのぞいてみた。

　薄暗い明かりで見た限りでは、聖壇の上に、何か襤褸の塊のような物が載っているようだ。だが薄暗がりに慣れてくるにつれ、それが若い修道士の死体であると、見てとることができた。まだ成人にもなっていない少年だ。法衣は、びっしょりと濡れていた。明るい茶色の髪は、乾いて、顳顬《こめかみ》に貼りついている。顔に浮かんでいる表情は、死の平安とは、ほど遠いものであった。奇妙に歪んだ顔つきは、少年が苦痛の中で死んでいったことを物語っている。フィデルマは、さらに調べてみるために、遺体にもっと近寄ろうとした。だが、また別の襤褸の塊めいた物に躓《つまず》いて、危うく転びそうになった。

これまた、修道士だった。まるで聖壇へ向かって嘆願の祈りを捧げているかのように、両手を差し伸べて、俯《うつぶ》せに横たわっている。暗褐色の髪の、法衣をまとった修道士だ。彼は、もう一人の若者よりは、年長であった。

彼女はその傍らに跪《ひざまず》くと、その首を二本の指で触れて、脈を探った。体は異様に冷たかったが、脈はかすかながらも感じられる。顔をよく調べようと、彼女はさらに身を屈めた。おそらく、四十歳前後だろう。意識を失ってはいても、なかなか美男子だ。フィデルマの目に、かなり好感のもてる容貌と映った。だが、広い額の片側には、傷がある。そのまわりの血は、固まっていた。

彼女は、男の肩を揺すってみた。だが、深い昏睡《こんすい》から目覚める気配はない。

大きく吐息がもれそうになるのを抑えて、フィデルマは立ち上がり、ほかの庵を一つずつ、のぞいてみた。だが、どれも似たり寄ったりで、中には誰も隠れてはいなかった。僧院の庵のいずれからも、住人が消えうせていた。

そこへ、下の舟着き場から、ローカーンが駆け足でやって来た。

「あの若い尼さんは、メイナックのとこに残してきましたよ」彼は、フィデルマの前にやって来ると、喘《あえ》ぎながら、先ず、そう報告した。「すっかり動転しとりましたからな。でも、誰かが死んどると、言っとりましたが……」

彼は言葉を切って、辺りを見まわした。彼の立っているところからは、陰惨な死体が縛り付けられている木は、見えない。

「みんな、どこですかね？」

「まだ息のある人が一人、ここに残っています」フィデルマは、問いかけに直接は答えず、先ず、そう告げた。「その人には、今すぐ、手当てをする必要があります」

フィデルマは彼を礼拝堂へと案内すると、頭を屈めて入口をくぐって中に入り、後に続くローカーンを通すために、身を片寄せた。

ローカーンは、少年僧に目をとめるや、喘ぎ声をもらして、膝を折り、胸に十字を切った。

「儂は、この若者を知っとります。イニシュ・ビョッグ（ゲール語で〝小さな島〟）から来たサカーンですわ。何しろ、この僧院に入るというこの若いのをここまで乗せてきたのは、この儂ですからな。ほんの六ヶ月前のことだった」

フィデルマは、まだ気づいていないローカーンに、床に横たわる褐色の髪をした人物を指し示して、訊ねてみた。

「こちらの修道士殿も、知っていますか？」

「聖者がたよ、我等を守り給え！」と唱えながら、カラハの漕ぎ手ローカーンは、跪いた。

「ブラザー・スペイラーンですわ」

フィデルマは、口許をすぼめた。

「ブラザー・スペイラーン？」と彼女は訊ねるまでもないことながら、問い返していた。

ローカーンは、沈み込んで、頷いた。

「シェルバッハ院長の執事《ドミヌス》を務めとりました。誰の仕業なんです？　ほかの人たちは、どこに？」

「その質問の答えは、やがてわかりましょう。今は、彼をもっと心地よい場所に移して、意識を取り戻させることのほうが、大事です。少年のほう――サカーンと言っていましたね？――彼のほうには、もはや私どもの助けは、届かないようですから」

「シスター」とローカーンは、それに答えた。「儂の相棒のメイナックは、いささか医術の心得がありますんで、あいつを呼ばせて下され。きっと、スペイラーンの手当てをするのに役立ちますわ」

「時間がかかりそうね」

「瞬《また》く間に、やって来まさあ」ローカーンは、そう受けあうと、腰に下げた革のマルスピウムから、巻貝の殻を取り出して、礼拝堂の入口に立ち、それを長く響く大きな音で吹き鳴らした。まるで谺《こだま》のように、驚いた海鳥たちの騒々しい大合唱がそれに答えた。ローカーンは、ちょっと待ってから、笑顔を見せて、フィデルマの前へ戻って来た。「メイナックが、あの若い尼さんと一緒に、崖の上に姿を見せましたわ。すぐ、こっちへやって来ます」

「では、私に手を貸して下さい。この修道士殿を手近な庵に運んで、寝台に寝かせてあげましょう。この硬い床《ゆか》より、ましでしょうから」と、フィデルマはローカーンに指示した。

修道士を抱え起こそうとして屈みこんだフィデルマは、ふと、スペイラーンの傍らに転がっている小さな木のカップに気がついた。彼女は手を伸ばしてそれを拾い上げると、腰に下げているマルスピウムの中にしまい込んだ。後で、ゆっくり調べてみることにしよう。

二人は、かなり重いスペイラーン修道士を抱えるようにして、一番近くの庵に連れていった。中には、寝台が二つ備えつけられていたので、その一つに、彼らはスペイラーンを横たえた。

そこへメイナックが、彼の袖にほとんどかじりつくようにして従いてきたソーナットと共に、やって来た。ローカーンは彼に、意識不明の修道士を指し示して、訊ねた。

「正気づかせること、できそうか？」

メイナックはスペイラーンの上に屈みこみ、意識を失っている彼の瞼《まぶた》を開いて、眼球を調べた。さらに、脈拍も確かめた。

「ごく深い昏睡におちいっとるようだ。まるで、ぐっすり眠りこんどるみたいだ」と言いながら、彼は傷を調べ始めた。「妙だな。この程度殴られただけで、こんなにしっかりと気を失っちまったのかなあ。傷はごく浅いし、脈も乱れちゃいないんだが。まあ、もうすぐ、気がつくはずでさ」

「では、できるだけの手当てをしてあげて下さい」と告げると、フィデルマは、蒼い顔をして震えながら庵の入口の前でうろうろしている見習い修道女に、「シスター・ソーナット、この人の手伝いをしておあげなさい」と命じた。

そのうえで、フィデルマは、カラハの漕ぎ手のローカーンの腕に手をかけて彼を庵から連れ出し、長方形の広場へと導くと、無言で木に縛り付けられている死体を指し示した。

一歩踏み出した途端、ローカーンの口から驚愕の叫びがもれた。彼は、この時初めて、この死体を目にしたのであった。

「主よ、我等を見そなわし給え！」と彼は、十字を切りながら、ゆっくりと祈りの言葉を唱えた。「シェルバッハ院長の僧院に、死体が二つも！」

「この人を、知っているのですか？」

「知っとるかって？」彼は、フィデルマの問いに、驚いたかのように、そう問い返した。「もちろんでさあ！　シェルバッハ院長ですって？」フィデルマは、意外な事実に口許をすぼめて驚きながら、院長の遺体を、もう一度、検分した。それから顔を上げ、人影の全くない僧院周辺をじっと見まわした。

「先ほど、シェルバッハ院長は十二人の修道士を引き連れてこの島にやって来られたと、言っていましたね？」

ローカーンも、フィデルマの視線を追って、不安げに周辺を眺め渡した。

「はあ。でも、島には、誰もおらんようだ」と、彼は呟いた。「ここには、どんな恐ろしい不思議が潜んどるんですかね？」

「私ども、これから、それを見つけ出さなければ」というフィデルマの返事には、彼女の意思が、はっきりと聞き取れた。

だが、ローカーンは、彼女に注意した。「儂ら、今すぐ本土に引き返さにゃなりませんわ。ドゥーン・ナ・シェードに戻って、オー・ヘイダースコイルに報告すべきでさ」

オー・ヘイダースコイルは、この地方の族長である。

ローカーンは、後ろへ向きなおって、スペイラーン修道士を残してきた庵に戻ろうとしかけた。フィデルマは片手を上げて、それを差し止めた。

「待って、ローカーン。私は〈ブレホン法〉に基づいて開かれる法廷に立つことができるドーリィー〔弁護士〕であり、さらにはアンルー〔上位弁護士〕の資格も持っています。ここに留まり、どうしてシェルバッハと若いサカーン修道士が殺害されたのか、なぜスペイラーンは傷を負わされたのか、僧院のほかの人々はどこに消えうせたのか、それを発見することは、私の務めです」

ローカーンはびっくりして、若い修道女をまじまじと見つめた。

それでも彼は、このドーリィーに異議を申し立ててみた。「それとおんなし危険が、儂らを待ち受けとるかもしれんのですぜ。まるで、そこらの罪人並みに死んだ院長を木に縛り付けたままにしといたり、若者を殺したり、執事を襲って気絶させて放っといたり、残りのみんなをかき消してしまったり、一体どんな魔術なんですかね？」

「これを魔術と呼びたいのでしたら、人の手になる魔術です」と、フィデルマは苛立たしげに、彼に答えた。「私は、アイルランド五王国（アイルランド全土）の法廷に立つ弁護士として、あなたに、私の手助けをするように、命じます。私は、〈ブレホン法〉によって、あなたにこう命じる権威を与えられているのです。ローカーン、全ブレホン〔裁判官〕の長《おさ》によって授けられている私のこの権威を、拒むつもりですか？」

ローカーンは、一瞬、驚いてこの修道女を見つめたが、すぐにゆっくりと頷いた。

「わかりました。修道女殿は、確かに、その権威をお持ちですわ。でも、ご覧なされ、シェルバッハ院長は、亡くなってから、そう時間が経ってませんぜ。もし院長を殺した連中が近くに隠れとったら、どうされますかね？」

フィデルマは、彼の問いには答えず、木から半ば吊り下げられているシェルバッハ院長に向きなおり、首を傾《かし》げて考えこんだ。

そして、ローカーンに問いかけた。

「ローカーン、院長は亡くなってからそう時間が経っていないと言ってましたけど、どういう理由でかしら？」

水夫は、歯がゆげに肩をすくめてみせた。

「遺体は、もう冷たくなっとりますが、まだ強張っちゃいませんからな。それに、まだ腐肉漁りどもに荒らされていないし……」

ローカーンは、旋回している鳥たちのほうを身振りで指し示した。彼の視線を追ったフィデルマも、海鳥の群れの中に、背の黒い大きな鷗が何羽か交じっていることに気づいた。彼らは、この沿岸で見られる鳥たちの中でも、もっとも獰猛《どうもう》な腐肉漁りなのだ。やはり死肉を狙っているハシボソガラス（キャリオン・クロウ）の真っ黒な姿も、いくつか見える。今は、嗄《しわが》れ声で鳴きたてている猛禽《もうきん》たちの卵が、断崖の上の巣の中で、ちょうど孵《かえ》る時期なのだ。雛たちは、雑食性の両親に盛んに餌をねだり、ほかの鳥の卵や、どうかすると小型の哺乳《ほにゅう》動物さえ、餌として与えられる。それだけではなく、動物や鳥たちの死骸の腐肉も、よく彼らの食料となるのだ。鷗や鴉たちは、今はまだ彼らの頭上を旋回しているだけだが、やがて遺体の上に舞い下りるのだということに、フィデルマも気づいた。幸い、彼らはまだ、その行動に移ろうとはしていない。

「見事な観察ね、ローカーン」と、フィデルマは感想を述べた。「それに、スペイラーン修道士の昏睡も、そう長くは続きますまい。でも、院長のご遺体について、ほかにも何か気づいたことがありますか？」

水夫は、顔をしかめてフィデルマを見やったものの、すぐに視線を吊り下げられている院長の遺体に戻した。彼は、しばし、それを見つめていたが、やがて頭を横に振ってみせた。

「シェルバッハ院長は、さんざん鞭で打たれたうえで、背中を三ヶ所、刺されとります。おそらく、即座に死ぬようにと、肋骨の合間から、ナイフを上向きに突き立てたんでしょうな。殺す前にそんなふうに相手に罰を加えるなんて、何ということだ。そんな奇妙な儀式かなんか、あるんですかね?」

ローカーンは、さらにじっくりと見つめたうえで、深く溜め息をついた。

「儂には、いっこう、わかりませんわ」

「もう少し、観察してほしいの。後日、こうしたことについて、あなたに証言してもらうことになるかもしれませんのでね。私たち、綱を切って、ご遺体を下ろし、鳥たちがやって来ることのできない礼拝堂の中に、お運びしたほうがよさそうね」

ローカーンは、水夫用ナイフを取り出して素早く綱を切ると、フィデルマの指図に従って、遺体を礼拝堂へと引きずっていった。

これでフィデルマも、やっと、若いサカーン修道士の遺体を、さらに注意深く検分することができるようになった。

「サカーンがしばらく海水に浸かっていたことは、確かですね。そう長い時間ではなさそう。せいぜい、数時間というところかしら」と、彼女は自分が見てとったことを告げた。「直接の死因となるような傷は、どこにもないようです。突き傷も、鈍器による殴打の跡も、見当たりません」

次に、彼女は、遺体を俯せにした。その途端、はっと息を呑んだ。

「でも、鞭打たれています。見てご覧なさい、ローカーン」

水夫も、はっきりと見てとった。少年の法衣の上半身は、引き裂かれていた。その下からのぞいている背中を、鞭打ちによるみみず腫《ば》れが覆っていた。皮膚が裂けている箇所もある。古い傷もあれば、真新しい傷もあった。

「儂は、イニシュ・ビョッグの、この子の家族をよう知っとります」と、ローカーンは、囁《ささや》くような声で、フィデルマに告げた。「ごく幸せそうな、大人しい子だった。儂が、ここに送り届けた時には、この子の体には、痣《あざ》一つ、ついとらんかった」

フィデルマは、少年僧の水に浸かった法衣を調べてみた。乾きかけた海水が、すでに白い縞や染《し》みの模様を、法衣に描いていた。そのフィデルマの目が、帯として上に締められている〈祈禱用の細帯《プレイヤー・コード》〉(6)を調べていた時に、ぎゅっと細められた。細帯には、小さな金属の鉤でもって、革の鞘《さや》に入った小さなナイフが吊るされていた。田舎の人たちが、肉を切ったり、日常のちょっとした作業に使ったりしている、ごくありふれたナイフである。だが、この鉤の部分に、羊毛の布の切れ端が絡まっていたのだ。フィデルマは、それを慎重にはずして、摘《つま》みあげた。

「それ、何ですかな、シスター?」と、ローカーンが訊ねた。

「さあ、何でしょう？　鉤に絡んでいた布の切れ端なのですけど」と答えながら、彼女はざっと調べてみた。「この少年の法衣の布地ではありませんね」フィデルマは、先ほどの木のカップと同じように、この布の切れ端も、マルスピウムにしまい込んだ。そして、最後にもう一度、遺体に視線を向けてから、その若々しい体を覆ってやった。「さあ、ほかに何か見つけられるかどうか、やってみましょう」

「でも、何かって、何ですかね、シスター？」と、ローカーンは訊ねた。「儂らに、何ができますかな？　直《じき》に、嵐になりますぞ。嵐に捉まっちまうと、それが過ぎ去るまでは、ここから出て行けませんぜ」

「嵐が近づいているのは、知っていますよ」とフィデルマは、動揺も見せずに、それに答えた。「でも、その前に一つ、どうしても確かめておかなければならないことがあります。ここには、シェルバッハ院長のほかに、十三人の修道士がいたはずですね。私たちにわかっているのは、たった二人、スペイラーンとサカーンだけです。でも、私たちが取るべき道は、はっきりしています――島を調べて、彼らが私たちから身を隠しているのではないかどうかを、確かめなければ」

ローカーンは、不安げに、唇を嚙んだ。

「もし、こんな非道をやってのけたのが海賊どもだったら、どうなさるんで？　サクソンの海賊が細長い船でやって来て、沿岸の村を荒らしまわっとるって話、聞いてますぜ」

「そういうことも、ありましょうね」と彼女は、彼の言葉に同意した。「でも、これは、そうではないようですよ」

「どうしてです?」と、ローカーンはわけを聞きたがった。「サクソン人どもは、もう何年も前から、ブリトンやゴール(7)やアイルランドの海岸を、盛んに荒らしたり殺したりしてまわって……」

「そのとおりね」とフィデルマは、皮肉っぽい笑みを顔に浮かべた。「略奪したり、修道院を焼き払ったり。あるいは、家畜たちを連れ去ったり、奴隷狩りをして人々を拉致したり、していますね」

そして彼女は、人の姿が全くない、しかしひっそりと静まりかえっている庵や礼拝堂のほうを、身振りで指し示した。

ローカーンは、フィデルマが何を言おうとしているのか、はっと気づいた。破壊や略奪や暴力行為が修道院に対して行われた痕跡は、ここには何一つなかった。礼拝堂の背後の斜面では、山羊が三、四匹、長閑《のどか》にヒースの葉《は》を食んでいるし、よく肥えた牝豚も、子豚たちに取り巻かれて、鼻を鳴らしたり鳴いたりしている。それだけではない。ローカーンは思い出した。銀の磔刑像十字架も、院長の遺体の首にそのまま残されていたではないか。そう、ここでは、略奪行為は、全くなかったのだ。ということは、この無防備な僧院に、海賊の襲撃はなかったのだ。ローカーンは、かえってわけがわからなくなってしまった。

「一緒に来て下さいな、ローカーン。修道士がたの庵を、一つずつ見てまわりましょう」とフィデルマは、彼に告げた。

彼らは、スペイラーンをそのまま寝かせておいて、先ず隣りの庵に行ってみた。入口の上部《リン》横木《テル》には、ラテン文字が彫りこまれていた。

〝オラ・エト・ラボラ（労働と祈り）〟――いかにも立派な標語だことと思いつつ、フィデルマはその下に立ち止まった。庵室の内部は、がらんとしていた。家具も、ごく簡素だった。地面を叩き固めただけの床には、敷物代わりに藺草《いぐさ》が敷かれており、木の寝台が二つに食器棚が一つ、置かれているだけだ。壁には、中に小型福音書が数冊入っているティアグ・ルーヴァー〔書籍収納鞄〕(8)が二、三個、鉤に吊るされていた。装飾的な彫刻をほどこした大型の十字架も、掛かっていた。

ほかの壁面には、また別のラテン語格言が刻まれていた。

〝アニミ・インディケス・スント・エクリ〟

〝眼《まなこ》は、心の内を暴く内報者〟――僧院の人々にキリストへのより深き帰依《きえ》を促す格言にしては奇妙な言葉だとしか思えない標語だ。寝台の一つに目を向けた時、フィデルマは、その側に、何か文字を記した上質皮紙《ヴェラム》の断片が落ちていることに気づいた。書かれていたのは、『詩篇』

からの引用であった。〝ねがはくは悪《あ》しきものの臂《かひな》をとりたまへあしきものの悪事《あしきわざ》を一《ひと》つだにのこらぬまでに探究《たずねいだ》したまへ〟（第十篇十五節）という詩句だった。フィデルマは、かすかに悪寒を覚えた。これを、慈しみの神の教えにふさわしい格言と言えるだろうか？

続いてフィデルマは、寝台の脚の側に置かれている箱に気づいた。箱の蓋の上にも、文字が刻まれていた。

〝パテーマタ・マテーマタ（苦行は学びなり）〟というギリシャ語であった。

彼女は屈みこんで、蓋を開けてみた。そして、驚きのあまり、目を見張った。中に入っていたのは、鞭と杖だったのだ。懲罰と苦行の道具の一式だ。蓋の内側にも、文字が記されていた。簡明なアイルランド語で、

〝神よ、我が罪を覆うべく
しとどなる涙を我に与えたまえ
その涙なくして、いかにして我が身、清められん〟

と書かれている。フィデルマは驚いて、ローカーンに視線を向けて、訊ねた。

「ここは、誰の庵なのか、知っていますか？」

即座に、返事が返ってきた。「もちろん、シェルバッハ院長が、執事スペイラーンと一緒に

住んどる庵ですわ。儂らは、今、一番礼拝堂に近い庵にスペイラーンを寝かせてきましたが、あそこは、ほかの二人の修道士たちが使っとった庵でさ」

「シェルバッハ院長がどういう人物だったか、知っていましたか？　人に罰を加えたがるような、暴君的な人だったのかしら？　この僧院の宗規は、ごく厳格なものだったのでしょうか？」

ローカーンは、肩をすくめた。

「そういうことは、儂には、わからんですな。この僧院のこと、それほどよくは知らんのです」

「この僧院には、苦痛と懲罰の痕跡が見られます」フィデルマは、背筋にちりちりとする冷たい戦慄を感じていた。「でも、それが何なのか、私にはわからないの」

フィデルマは、壺や瓶類が五、六個並んでいる棚に気づいて、そちらへ近寄り、その中身の臭いを嗅いだり、さらには中の液体に指先を浸してちょっと味わってから慎重に口にふくんでみたりして、それらを一つ一つ調べ始めた。次いで、礼拝堂の床から拾い上げておいた木のカップをマルスピウムから取り出した。カップにまだ湿り気が残っていたところを見ると、少し前に使用されたもののようだ。フィデルマは、カップの臭いを嗅いでみた。いく種類かの刺激的な臭いが奇妙に混ざり合って、鼻につんとくる。フィデルマは、ふたたび棚に戻って、薬草液が入っている壺や瓶を、もう一度調べてみた。その中に、乾燥したムラサキツメクサの頭《フラワ》状花《ー・ヘッド》、乾燥したトチノキの葉やモウズイカなどの匂いを嗅ぎ取ることができた。

その様子を、ローカーンはじれったそうに見ていたが、「スペイラーンは、僧院の薬師《くすし》でもあったから、こうした薬草を使っとったんですわ」と、フィデルマに告げた。「前に一度、ここで手に怪我したことがありましてな。その時、薬草を使って湿布してくれたのは、スペイラーンでしたよ」

フィデルマは、出て行く前にもう一度庵室を見まわして、ふーっと溜め息をもらした。

だが、彼女もやっと外へ出て、ほかの庵の検分に当たり始めた。あまり嬉しくなさそうではあったが、ローカーンもその後に従った。しかし今度の検分は、前のより注意深いものとなった。庵の中には、衣服やその他の私物を慌ただしく持ち去ったらしい痕跡と思えるものが一つ二つ、あったのだ。とは言え、僧院が何らかの外部者の襲撃を受け、強奪行為の犠牲になったと断じるほど、著しいものではなかった。

フィデルマは、戸惑いを抱いたまま、長方形の広場へと戻った。

ローカーンは、その傍らで、懸念の色を面《おもて》に浮かべながら空模様を振り仰いで、見つめていた。

フィデルマは、彼が接近しつつある嵐を心配していると、十分承知していた。だが、何者かが僧院長と若い修道士を殺害し、僧院執事を失神するほど強く殴りつけているのだ。そのうえ、その何者かは、ほかの十一人の修道士たちまで、かき消してしまったのだ。

「僧院は、カラハを一艘持っていると、言っていましたね？」彼女は、突然、そう問いかけた。

ローカーンは、浮かぬ顔で、頷いた。

「私たちが上陸した時、入り江には、見当たりませんでしたけど」

「はあ、見えなかったはずですわ。海岸のもっと先の、波風の強く当たらないところに引き揚げとくんでさ。この岬を回ったとこに、それに都合のいい砂利の浜辺がありますんでな」

「案内して下さい。意識を取り戻したスペイラーンから話を聞くまで、ほかにすること、ここには何もありませんから」

気懸りそうに、もう一度西の空へ視線を投げかけてから、ローカーンは入り江へ向かう小径に、彼女を案内し始めた。少しすると、岬のように突き出して、二つの入り江を隔てている大きな岩のところに出た。フィデルマは、先ほど、これに沿って登って来たのであるが、今度はその道から逸れて、岩の反対側の小径を下っていくことになった。

こちらの道は、その大きな岩の先で列柱のような花崗岩の間を通る下り坂となり、岸壁に激しく波が打ち寄せる荒々しい海へと向かう。その少し手前にさしかかった時、フィデルマは異様な気配を感じた。下の海岸で、何か異常な事態が起こっているらしい。上空を、黒いものが、きらめくように旋回していた。

漆黒の背中をした鷗たちだった。さまざまな種類の鷗の中でも、ひときわ堂々とした連中で、彼らは、しばしばクロックラーン島のような岩島に巣作りをする。腐肉を漁るだけでなく、時としては、猫ほどの大きさの哺乳動物さえ襲ってのける肉食猛禽である。その彼らが、今、岸辺に何かを見つけたらしい。鴉でさえも、自分たちより大きなこのご同類には太刀打ちできないようだ。いく番《つが》いかの鴉たちが、大物の猛々しい狼藉を眺めながら、その上空で旋回し、自分たちの機会を待っていた。

フィデルマは、固く唇を引き結んだ。

ローカーンは、岩石の間の小径を、先に立って進み続けた。辺りには、夥《おびただ》しい海鳥たちが巣籠りをしていた。五月は、黒い背をした鷗を初め、さまざまな海鳥たちの抱卵の時期なのだ。彼らにとって、この岸壁は、絶好の営巣地なのである。フィデルマたちがその中に踏み込むや、雌の海鳥たちが騒々しく鳴きたて始めた。ローカーンは、そうした威嚇《いかく》的な騒動を無視して進んでゆくが、フィデルマのほうは平然と、というわけにはゆかなかった。

「修道士たちは、僧院のカラハを、すぐそこんとこに引き揚げとくんでさ……」ローカーンは、岩だらけの岸辺の上十二フィートほどの高さに壇状に広がっている大きな岩場までやって来た時、そう説明しかけた。が、そのまま立ち止まって、目を瞠った。

フィデルマが見やると、木造の台架が見えた。おそらく、岸に引き揚げたカラハを載せておくための台なのであろう。しかし今は、カラハは見当たらない。

「僧院では、カラハをいつも、あそこに引き揚げとくんですがね」と、彼は説明した。「雨風にさらされて傷《いた》まないように、裏返しとくんですわ」

その時、フィデルマが鋭い叫び声をもらした。二人の下のほうは、幅三フィート、長さ十フィートほどの、小さな砂利の海岸になっていたが、そこに、何かが群がっていた。鳥たちが狂おしく旋回していた理由は、これだったのだ。大型の鴎が十数羽集まって、互いに叫び声をあげて、争っているのだ。さらに数羽が、それを遠巻きにしている。興味津々と、見物しているらしい。真っ黒なハシボソガラスも、そこかしこに舞い下りていた。黒い目で熱心に見守りながら、自分たちの出番を待っている。まだ空を飛びまわっている連中もいた。大きな鴎たちは、磯の何かに群がっている。それが何であるか、フィデルマには察しがついた。

「行きましょう!」そう叫んで、彼女は磯へ向かって険しい小径を駆け下りた。そして、立ち止まると、数個の石を拾い上げ、腐肉漁りの黒い群れめがけて、投げつけた。彼らは怒りの叫びをフィデルマに浴びせかけ、大きな翼を威嚇的に羽ばたいて、それに応じた。ローカーンも、フィデルマと共に石を拾っては、彼らに激しい勢いで投げつけた。

ほどなく、群がって奪い合いを演じていた獲物から、彼らを追い散らすことはできた。だが、彼らが舞い上がりはしたものの、さほど遠くまでは退却しようとはせずに旋回していることに、フィデルマは気づいた。鴎たちは、フィデルマたちの頭上を旋回したり、舞い下りて来て黒いビーズのような目で機会を窺いつつ二人の近くを平然と歩きまわったり、している。

とにかく、彼女は意を決して、小石の海岸を横切り、近づいていった。

若い修道士だった。ごく若い、金髪の修道士だ。

彼は、仰向けに倒れていた。身にまとった法衣は、無残に引き裂かれ、ほつれており、血塗れであった。フィデルマは、激しく息を吸い込んだ。鴎どもは、たっぷり一時間以上、妨害されることなく、作業をやってのけていたのだ。顔は突かれて血に塗れ、片方の目は、失せていた。頭蓋骨の一部は叩き割られて、血と骨のぐざぐざな塊と化していた。だが、こちらのほうは、決して鳥によって加えられた損傷ではない。

「これが誰だか、わかりますか、ローカーン？」とフィデルマは、静かに問いかけた。

水夫は、用心深く鴎の群れに目を配りながら、進み出てきた。鴎たちは、間近までやっては来ないものの、自分たちを彼らの忌まわしい宴の席から追い払った人間どもに、悪意に満ちた目をじっと向け続けているのだ。ローカーンは、遺体に目を向け、その惨状に顔を引き攣《つ》らせた。

「この僧院で、見かけたことがありますわ。名前は知りませんな。シスター、儂は、おっかなくなってきました。この修道士で、三人目ですぜ」

フィデルマは、それには答えず、気持ちを引き締めて、遺体の傍らに屈みこんだ。革のクルーメナ（財布や小さな鞄）は、まだ彼の腰のベルトにしっかりと吊るされていた。彼女は、修道士の傷つけられた顔と、残っているほうのきらりと光っている訴えかけるような目から視線を逸らすようにして、クルーメナの中を探ってみた。中には、何も入っていなかった。

フィデルマは身を起こして、頭を振った。

だがすぐに、ある事を思いついた。

「手伝って下さい、この亡骸《なきがら》を俯《うつむ》けにしたいの」とフィデルマは、ローカーンに頼んだ。

好奇心を抑えて、彼はその指示に従った。

法衣は、鴎たちの攻撃にさらされて、少年の背から、ほとんど剝《は》ぎ取られていた。襤褸と化した法衣を掻き寄せてみるまでもなく、古傷の痕や、最近出血したことを示している新しい傷痕が、少年僧の背中に斜め十字状に走っているであろうことは、容易に推察できた。

「これを、どう見ます、ローカーン？」とフィデルマは、水夫の意見を聞こうとした。

彼は下唇を突き出し、片方の肩をすくめてから、それを大袈裟にすとんと落としてみせた。

「儂にわかるのは、この若者は、鞭で打たれていた。それも、幾度となく、長い期間にわたってだった、ということだけでさ」

フィデルマは頷いて、それに同意を表明した。

「これも、あなたに証人になってもらいたい、新たな事実です、ローカーン」

彼女は、石を二、三個拾い上げながら立ち上がり、距離をゆっくりと縮め始めた二、三羽の大きな鴎に向かって、それを投げつけた。鴎たちは、大声で憤懣《ふんまん》を浴びせかけてはきたものの、より安全な距離へと、引き下がっていった。

「僧院のカラハは、どのくらいの大きさなのかしら？」突然、フィデルマは、ローカーンにそう問いかけた。

ローカーンは、彼女の問いの意味を、すぐに悟った。

「残りの修道士全員が十分乗れるだけの大きさは、ありますわ」と、彼は答えた。「もう、今頃は、遠くに行っとりましょうな。この辺りのどの島にだろうと、本土にだろうと、もう着いとるでしょうよ」だが彼は、そこで言葉を切って、フィデルマを見つめた。「しかし、自分から進んで、島を出たんですかな？　それとも、無理やり連れ去られたんだろうか？　そんなこと、誰にできたんですかね？」

フィデルマは、それには答えず、遺体を元の姿勢に戻すのを手伝ってほしいと、ローカーンに身振りで告げた。そのうえで、もう一度、叩き潰された修道士の頭部に、目を凝らした。

「これは、はっきりと意図した一撃による傷です」と彼女は、自分の判断をローカーンに告げた。「つまり、この若い修道士は、殺害されたのです。そのうえで、この海岸に置き去りにされたのです」

ローカーンは、すっかり戸惑って、頭を振った。

「ここには、邪悪なものが潜んどりますよ、シスター」

「私も、そう思います」とフィデルマは、彼に同意した。「さあ、鴎たちにこれ以上貪られないよう、誰であるかわからないこの修道士のために、石を積んで、ここに塚を築いてあげましょう――僧院まで、運んでゆくことはできませんから」

その仕事をやり終えて、二人が僧院に戻ってみると、顔に安堵の色を浮かべたメイナックが、広場で彼らを待っていた。

「ブラザー・スペイラーンが、意識を取り戻しかけてますぜ。今、若いシスターが世話をしとります」

フィデルマは、それに翳《かげ》りの漂う微笑で、応えた。

「では、この不可解な出来事を解く鍵を、少しは得ることができましょう」

庵に入ってみると、スペイラーン修道士は、枕に凭《もた》れて横たわっていた。まだ意識が覚めきらない様子だが、フィデルマを見ると、彼女をはっきり見てとろうとするかのように、暗褐色の目を、二、三度、瞬《しばたた》かせた。

フィデルマは、ソーナット修道女に脇へ下がるようにと身振りで指示すると、スペイラーンの寝台の端に腰を下ろした。

「この人に、水だけあげときました、シスター」と娘は、褒め言葉を期待するかのように、熱心に報告した。そして、今はローカーンと一緒に出入口近くに立っているメイナックのほうを指して、「傷口を洗って包帯をしてあげたのは、あの船乗りさんです」と、付け加えた。

フィデルマは、励ますように、修道士に微笑みかけた。

「ブラザー・スペイラーンですね?」

スペイラーンは、ちょっと目を閉じてから、弱々しい声で、彼女に答えた。

「ああ、そうですわ。だが、修道女殿は？　ここで何をしておられる?」

「私は、〝ギルデアのフィデルマ〟です。〝アード・マハのオルトーン〟大司教殿の書簡をシェルバッハ院長殿にお届けするために、こちらに伺ったのです」

スペイラーンは、彼女をじっと見つめた。

「オルトーン大司教殿の手紙を？」彼は、戸惑った声で聞き返した。

「そうです。そのために、私どもは、この島に上陸したのです。ここで、何があったのでしょう？　あなたの頭を殴ったのは、誰だったのです？」

スペイラーンは呻き声をあげて、片手で額を押さえた。

「思い出した」声に力が戻り、強い命令口調になった。「院長が、亡くなられたのだ、修道女殿。ドゥーン・ナ・シェードに戻って、ブレホンを一人、ここに派遣してほしいと、伝えてくれ。ここで、途方もない犯罪が発生したのだ」

「この件は、私が引き受けましょう、ブラザー・スペイラーン」とフィデルマは、確信をもって彼に答えた。

「その方が？」とスペイラーンは、戸惑って問い返した。「わかっておらぬようだな。必要とされているのは、ブレホンなのだ」

「私は、ブレホンの一人、ドーリィーです。アンルーの資格も持っております」

スペイラーンが、かすかに目を見張った。この若い修道女が持っているというアンルーとは、裁きの庭で、王と、それどころか大王《ハイ・キング》(9)とさえも、共に坐ることができる資格だと、彼も承知していたのだ。

「ここで何が起こったのか、聞かせてもらえますか？」とフィデルマは、彼を促した。

スペイラーンの褐色の目がソーナットを求め、水が欲しいと身振りで伝えて、先ずは与えられたカップから、いく口か、続けざまにそれを飲んだ。

「ここには、悪しきものが巣くっておったのです、修道女殿。悪は、私の気づかぬうちに増大し、ついには我々全てを、その胃の腑に呑みこんでしまった」

フィデルマは、無言でその先を待った。

スペイラーンは、しばし考えをまとめるかのように、沈黙した。

「そもそもの始まりから、お話しすることにします」

「話を始めるのに、もっとも適切な出発点です」とフィデルマは、重々しくそれに賛成を示した。

「私は、二年前にシェルバッハと出会い、彼に誘われました。シェルバッハは、人里離れた閑寂の地にこもり、ひたすら創造主の御業《みわざ》を熟慮瞑想するための僧院を、その地に設立しようとしておったのです。私のほうは、以前は、本土のある修道院で、薬師をしていました。だが、そこは汚《けが》れた、罪の家だった——高慢、貪欲、その他もろもろの罪が、誰はばかることなく横行していた。私は、シェルバッハの中に、互いに考え方を分かち合える、自分と同質の魂を見出した、と信じたのです。我々は、しばらくの間、探し求めた末に、ついに、我々の目指す生き方に自分の身を捧げようとする十一人の若者に出会うことができた」

「どうして、そのように若い者たちを?」とフィデルマは、質問をはさんだ。

スペイラーンは、目を瞬いた。

「僧院を発展させてゆくには、我々の力となってくれる若者たちが必要だった。若者には、この苛酷な土地に立ち向かう力がありますからな」

修道士が言葉を切ったので、フィデルマは「それで?」と、彼を促した。

「〝アード・マハのオルトーン〟大司教の祝福と、この辺りの族長オー・ヘイダースコイルの許可を得て、我々は、この僻遠の地へとやって来ました」

彼は、ここで言葉を切り、ふたたび水を飲んだ。

「しかし、あなた方の中に蔓延《はびこ》り始めた悪とは、どういうものだったのです?」とフィデルマは、ふたたび彼を促した。

「今、それを話そうとしとるところですわ。禁欲主義を奉じるキリスト教修道士の中には、肉の苦しみを通してこそ、つまり永遠なる神の御子が耐えられた肉体的苦悩と同じ痛みを通してこそ、我々は贖《あがな》いと救済への道を辿れるのだ、と考える者たちがいます。苦行と受苦《じゅく》が、魂の救済への道である、と考えられておるのです」

フィデルマは、賛同しかねるとばかりに、鼻を鳴らした。

「聖職者の中に、そのような誤れる考えに従う愚か者がいることは、私も知っています」

スペイラーンは、たじろいで、目を瞬いた。

「愚か者ではありませんぞ、シスター」と彼は、フィデルマの言葉を訂正した。「祝福された多くの聖者がたも、苦行の効能を信じておられましたぞ。彼らは、永遠の天国を求めたいのであれば、自分も、イエスと同じ苦痛をひたすら求めねばならぬという、純なる信仰を抱いておるのです。常に茨《いばら》の冠を頭に頂いたり、体を鞭打ったり、掌《てのひら》に釘を打ち込んだり、脇腹を刺したりして、イエスの受苦を身をもって感じようとする人々は、大勢おるのです。そう、修道女殿は厳《きび》しすぎますぞ。彼らは、決して愚か者ではない。瞑想者なのだ——そうですとも。もっとも、中には道を踏み誤っておる者も、いるかもしれないが」

「わかりましたわ。この問題を論じ合うのは、今は止めておきましょう、ブラザー・スペイラーン。でも、このことが、ここで起こった事件に、どのように関わってきたのです?」

「私の言葉を、誤解して下さるな、シスター」スペイラーンは、言いすぎを取り繕おうとするかのように、彼女に答えた。「私は、苦痛を受けることを求めるゴーティギッド〔苦行者〕の擁護者ではありませんぞ。私も、修道女殿と同じように、彼らの考え方を批判しています。ただ、苦しみを自らも体験したいという彼らの望みは、人々の罪を贖うために救世主が味わわれた苦痛を自分も分かち合いたいという、純粋な熱望ゆえなのだと、私は認めてやっております。だから、私は、彼らを愚か者とは呼びませんな。だが、話を元に戻しましょう。しばらくの間、我々は、安らかな僧院生活を送っていた。我々の中の一人が、苦痛こそ救済への道だと信じるゴーティギッドであるとは、思いもしなかった」

「あなた方の中に、一人、ゴーティギッドがいたと？」

僧院執事スペイラーンは、頷いた。

「これに至るまでのさまざまな出来事は省くとして、簡単に言いましょう、その人物は誰あろう、我らのシェルバッハ院長だったのです。しかし、シェルバッハ院長は、こうした苦痛や罰を我が身にのみ受けようとする苦行者ではなかった。彼は、我々がここに連れてきた若い修道士たちに、イエスが耐えられた大いなる苦痛を彼らも体現すべきだと称して、鞭や杖を己《おの》が身に揮うようにと、説きつけたのです。その実、人に苦痛や傷を負わせたいという、彼自身の加虐的な欲望を満たすためであったのに。彼は、このおぞましい行為を、人目につかぬよう密やかに行い、このことを人にもらせば、永遠の魂を得ることはできないぞと脅して、若者たちに秘密を守らせておったのです」

「その秘密が表に現れたのは、いつでした？」かすかな恐怖を覚えつつ、フィデルマは彼の返答を待った。

スペイラーンは、答える前に、一瞬、唇を噛んだ。

「明確な形で、ということですか？ つい、今朝のことです。私は、何も知らなかった。これは、誓って本当です。サカーンの死体が発見されたのは、今朝早くのことだった。サカーンは、この僧院の中で一番若い修道士でした。十四歳の少年だった。ほかの若い修道士たちが、死んでいる彼を見つけたのです。そして、シェルバッハが、昨夜、島のもっとも外れの一画へとサカーンを連れ出し、儀式の一つとして少年に鞭打ちの苦行を耐えさせた、ということが、わかって来ました。あまりにも酷く鞭打たれたため、サカーンはショックと苦痛のせいで、死んでしまったのです」

スペイラーンは、膝を折り、胸に十字を切った。

フィデルマの口許が、厳しく引き結ばれた。

「先を。この僧院の執事であるあなたが、院長の行為を今朝まで知らなかったというのは、どういうことなのですか？」

「シェルバッハは、狡猾だったのです」と、すぐに返事が返ってきた。「彼は、若い修道士たちに、この鞭打ちの儀式のことは誰にも話してはならぬと、毎回、命じていたのです。彼が、島の外れのその場所に若者を連れ出すのは、一度に一人ずつだった。それで、僧院は、すっぽりと沈黙に包まれていたのです。私は、おめでたいことに、何一つ知らないで過ごしてしまった」

「先を」

「シェルバッハは、自分の罪を隠そうと、昨夜、哀れな少年の死体を、断崖から海へ投げ込んだのです。だが、潮流が僧院の下の岩だらけの岸辺に、死体を打ち上げた。我々の日々の食事のために、二人の修道士が、いつも釣りをする場所があるのだが、今朝早く、ちょうどその地点に、遺体は打ち寄せられていたのですわ」

彼は、話を中断して、もう一口、水を欲しがった。

フィデルマの後ろに立っていたローカーンが、低く呟いた。

「いかにも、岬から流れ込む潮なら、遺体を砂利の浜に打ち上げますわな」

「騒ぎが聞こえてきた時、私はまだ、ぐっすりと眠っていた。庵から出てみると、怒りを爆発させた若い修道士たちがシェルバッハを捕らえ、広場の木に縛り付けていた。彼らの一人が、自分の鞭でシェルバッハを打ちすえており、彼の皮膚は破れて……」

スペイラーンは、ふたたび口を閉ざした。

「彼らを、止めようとはしなかったのですか?」と、フィデルマは訊ねた。

「むろん、止めようとしましたとも」と、スペイラーンは憤然と答えた。「私は、諫《いさ》めようとした。もう一人の若い修道士スナゲイドも、私と一緒に説得しようとした。彼は、仲間の修道士たちに、法を自分たちで行おうとしてはならない、シェルバッハを罰することも、彼らがやっていいことではないのだと、説きつけようとした。君たちは訴えをドゥーン・ナ・シェードの族長オー・ヘイダースコイルのブレホンに提出すべきだ、と説いた。だが、若い修道士たちはひどく激昂《げっこう》しており、耳を傾けようとはしなかったのだ。それどころか、スナゲイドと私まで捕らえて縛りつけ、我々の説得を無視して、シェルバッハを鞭打ち始めた。若者たちの怒りは、それほど激しく燃え上がっていたのですわ。そして、私が気づく前に、彼らの一人が、シェルバッハの背にナイフを突き立てていた。それが誰だったのか、私には見えなかった。

私は、彼らに向かって、叫んだ。お前たちは、犯罪を犯しただけではない。今や、由々しい神聖冒瀆まで働いてしまったのだぞ、と。この暴挙を止めて、私と修道士スナゲイドに身を委ねなさい、と。さらには、私が彼らをドゥーン・ナ・シェードに連れてゆこう。彼らは、そこでブレホンの尋問に答えねばならないだろうが、私が彼らのために弁じてやる、とさえ約束してやった」

　スペイラーンは言葉を切ると、ふたたび側頭部に手をやり、その痛みに顔をしかめた。

「彼らは、仲間内で相談し始めた。そして、ああ、何ということか、フォーガッハという修道士を、自分たちの断固たる代弁者に選んでしまった。彼は、自分たちは、神の目から見て、正しく正当なることをしたのであって、そのために罰を受けるべきではない、と主張した。ほかの若者たちも、目には目を、歯には歯を、と言い張り始めた。シェルバッハが死ぬことになったのも、サカーンの死への償いであって、当然の報《むく》いなのだ、と言うのだ。フォーガッハは、私に、この島で起こった事件については決して口外しない、また、この複数の死も、全て事故として記録する、と誓うことを強要した。もし私がそれに同意しないなら、彼らはカラハに乗り込んで、自由に幸せな暮らしができる土地を探す。私とスナゲイドは、ローカーンが次にやって来るまで、あるいは本土から誰か船乗りがやって来るまで、ここに置き去りになっているがいい、と言うのだ」

「それから、どうなったのです?」とフィデルマは、またも言葉を切ったスペイラーンを、促した。

「それから？　修道女殿には推察おできだろうが、私には、そのような誓言を立てることはできなかった。私が懸命に説得を続けているうちに、彼らの募り続けた怒りは、とうとう堰《せき》を切ってしまった。彼らの中の一人が、私の頭を殴りつけた。私は昏倒《こんとう》した。その後のことは、何もわからない。気がついてみると、あの若い修道女と船乗りが、私の上に屈みこんでいたのだ」

フィデルマは、しばらく沈黙していたが、やがて彼に訊ねた。

「教えて下さい、ブラザー・スペイラーン。あなたの仲間であった修道士スナゲイドは、どうなったのです？」

スペイラーンは顔をしかめたが、隅のほうに彼の姿が見えるものと思っているらしく、庵室を見まわした。

「スナゲイド？　わかりませんな、シスター。怒鳴ったり、大声で何か言い張ったり、辺りは騒然としていた。そして、私は、暗黒の中に引き込まれていったのでな」

「スナゲイドは、若い人ですか？」

「私とシェルバッハ以外は、皆、若者たちだった」

「金髪でしたか？」

スペイラーンは、フィデルマの予期に反して、首を横に振った。では、海岸に横たわっていた死者は、スナゲイドではなかったのか。

「いいや」と、彼は繰り返した。「彼は黒い髪をしとりましたよ」

「まだ一点、わからないことがあるのです、ブラザー・スペイラーン。ここは、小さな島、小さな僧院です。二年間、あなた方は、この閉ざされて緊密に結びついた場所に暮らしてきました。それなのに、お話によると、あなたはシェルバッハ院長の加虐的な性向に気づかなかった。毎晩、院長が僧院の若い修道士たちを島の外れの、人目につかない場所に連れ出して苦痛を与えていたというのに、そのことを知らなかった、と言われる。私には、そこが奇妙に思えます」

スペイラーンは、不機嫌に顔をしかめた。

「たとえ奇妙に思えようと、それが真実なのですわ。この僧院の修道士は、私ら二人以外は、全員、若者たちだった。シェルバッハは、そうした若者たちに君臨したのです。若者たちは、苦痛が自分たちを救済に近づけてくれる、と信じ込まされていた。院長に、自分が彼らに与える鞭打ちの行《ぎょう》のことは決して人に言わないと、神聖なる十字架にかけて誓わされていたため、彼らは沈黙を守っていたのです。おそらく、私もこのことを承知している、と考えていたのでしょうな。ああ、何と哀れな若者たち。彼らは、じっと黙って耐えてきたのだ……あの大人しい、小さなサカーンの死に出会うまでは。ああ、哀れな少年、哀れなサカーン」

スペイラーンの目から、涙があふれた。

ソーナット修道女が、そっと彼に水の入ったカップを渡してやった。

フィデルマは、黙って立ち上がり、庵を後にした。ローカーンも、その後に従った。彼女は広場に出て、しばらく無言のまま佇み、思いに耽っていた。

「全く、なんという恐ろしい話だ」ローカーンは、漫然と上空に視線を向けながら、そう感想をもらした。「だが、あの修道士の具合もよくなってきたようですから、カラハに乗りなさる気なら、すぐにでも出発できますぜ」

フィデルマはそれに気づかぬかのように、両手を胸の前で固く握りしめて、何を見るでもなく視線を地面に向けたまま、立ちつくしていた。

「シスター？」と、ローカーンが促した。

フィデルマは頭を上げ、はっと彼に気づいた。

「ごめんなさい。何か、言いました？」

カラハの船頭は、肩をすくめた。

「すぐにも出発したほうがいい、と言っただけでさ。あの気の毒な修道士殿も、できるだけ早くクリアリー島に連れていくほうがいいですぜ」

フィデルマは、ゆっくりと吐息をついた。

「私には、あの気の毒な修道士殿は……」と言いさして、彼女は口を閉ざして、眉をひそめた。

「ここには、私たちが解明しなければならない謎が、まだいくつも残っている気がします」

ローカーンは驚いて、彼女を見つめた。

フィデルマは、静かに彼を見つめ返した。

「よく考えてみたいのです。しばらく歩いてみますわ」

ローカーンは、がっくりとして、両手を広げた。

「でも、シスター、天気は、すぐにも……」

「もし嵐になるのでしたら、嵐が過ぎ去るまで、ここに留まりましょう」そしてローカーンが異を唱えようとする前に、付け加えた。「私は、これを法廷のドーリイーとして言っているのです。この権威には、従ってもらいます」

ローカーンは、呆気にとられて、口を開いた。だが、諦めたように肩をすくめて、立ち去った。

フィデルマは、僧院の背後の小径を辿り、岩の間を縫って、島のさらに淋しい場所へ向かった。シェルバッハ院長が自分の犠牲《いけにえ》を伴ったとスペイラーンが言っていた道は、これに違いない。スペイラーンによって明かされた実情は、二人の若い修道士の傷ついた背中という証拠を目にして、ある程度、予想はしていたものの、吐き気を催すものだった。彼女は、自分をゴーティギッドと称する苦行者たち、自らにもほかの人々にも苦痛を強いようとする者たちに、嫌悪を覚えていた。多くの修道院長や司教たちも、ゴーティギッドを非難して、彼らを人里離れた地の孤立した僧院へと、追放してきたのだった。

しかし、ここでは、一人の邪悪な男が、やっと少年期を脱したかどうかという一団の若者たちに、自分の信念を押し付け、支配してきたようだ。信仰生活に入ることを望んでいた、ごく若い少年たちだった。彼らは、この男に屈服することしか、知らなかった。――仲間の一人の死に直面するまでは。今、彼らは、島から脱走している。怯えながら、混乱して。そして、おそらく、イエスの愛と平和の御言葉の真実を見失って。

しかし、広く禁じられているにもかかわらず、膝をついての拝跪《はいき》や床に平伏《へいふく》しての祈り、あるいは断食といった、あまりにも厳しい数々の宗規を強制している院長や司教がまだ大勢いることも、フィデルマは承知していた。スレインの司教アークは、聖なる〝グロンファートのブレンダン〟[10]の後援者であったが、新参の修道僧を冷たい渓流に伴い、夏冬を問わず、日に四度《よたび》、祈りや聖歌を唱えながら、氷のような流れに身を浸すことを求めていた。自分の体に蚤を飼い、さらに苦痛が募るようにと、決して肌を掻こうとしなかったマク・タルハンという苦行僧もいた。〝クロナードのフィニアン〟[11]も、苦痛に耐えることによって魂の救済を得ようとして、瀕死の子供の病《やまい》に故意に感染しようとしたではないか？

苦行と受苦。〝アード・マハのオルトーン〟大司教は、とめどなく嗜虐《しぎゃく》へ向かおうとする者たち、狂信的に肉体を痛めつけ、異常なまでの欲求と緊張と身体的受苦をもって救済を捥《も》ぎ取ろうとする禁欲主義者たちに、節度を説こうとしている聖職者たちの一人であった。

フィデルマは足を止め、両手を慎ましく胸の前で組んで、岩に腰を下ろすと、さまざまな証拠に考察を集中した。全ては、スペイラーンの説明と合致している。それなのに、どうして、何かおかしいと感じるのだろう？　彼女はマルスピウムを開けて、自分が見つけた布の切れ端を取り出した。少年僧サカーンのベルトの鉤に絡まっていたものだ。何かから無理やりちぎり取られている。だが、サカーンの法衣からではない。それに、木製のカップもある。礼拝堂の床に転がっているのを見つけた、あのカップだ。今は乾いているが、明らかに、薬草《ハーブ》の煎じ薬が注がれていたらしい。

突然、岩石の間に、何かがちらっと動いた。それが、彼女の視野の端をかすめた。さっと振り向いたフィデルマの目は、法衣の頭巾《カウル》を目深《まぶか》に被った若者のぎょっとした黒い目にぶつかった。だがすぐに、若者は岩の間に駆け入ってしまった。

「待って！」立ち上がり、カップと布切れをマルスピウムに押し込みながら、フィデルマは叫んだ。「待って、ブラザー、あなたを、どうかしようというのではないの！」

だが若者は、岩地を飛び跳ねるように駆け抜けて、姿を消してしまった。フィデルマは、苛立たしい思いで溜め息をつきながら、その後を追おうとした。だが、その時、自分の名前が呼ばれるのを耳にして、立ち止まった。

喘ぎながら小径をやって来たのは、ソーナット修道女だった。

「ブラザー・スペイラーンとローカーンに言われて、来ました」と彼女は、説明した。「ローカーンは、近まってきた嵐のことを、どうかお忘れなくって言ってます、シスター」

フィデルマは、ローカーンの気の揉みように、何か皮肉を言おうとしたが、ソーナットは、さらに先を続けた。

「ブラザー・スペイラーンも同じ考えで、私たち、すぐに島を出て、ここで起こったことを、クリアリーの司教様に報告しなければならないって、言っておられます。ブラザーは、もうすっかり良くなって、何もかも取り仕切っておいでなんです。そして、シスターがここに来られたのは、オルトーン大司教様の手紙をシェルバッハ院長に届けるためで、もうシェルバッハ院長は亡くなられていて、自分は執事なのだから、その手紙は自分に渡すようにって、言っておられます。島を出る前に、何かやっておくことが、それに書いてあるかもしれないからだそうです」

フィデルマは、追いかけようとしていた若者のことを、忘れてしまった。

彼女は、じっとソーナットを見つめていた。

若い見習い修道女は、どうして見つめられているのかと訝って、不安げに、フィデルマの返答を待った。

「シスター……」ソーナットは、おずおずと、フィデルマに声をかけた。

フィデルマは、突然、岩に腰を下ろした。

「私ときたら、なんて馬鹿だったのでしょう」そう言いながら、彼女はマルスピウムから、ここに携えてきた二通の手紙を取り出した。その中のクリアリーの修道院長宛のほうは、ふたたび鞄に戻し、シェルバッハ院長宛の手紙を、驚くソーナットの目の前で、開封した。彼女は、素早く書面に目を走らせた。その顔に、暗い微笑が浮かんだ。

「行きましょう、シスター」フィデルマは立ち上がり、この手紙もマルスピウムに戻しながら、ソーナットに告げた。「スペイラーンのところにお戻りなさい。そして、スペイラーンとローカーンの二人に、私もすぐに来る、と言っておいて下さい。私たち、嵐が来る前に、島を出られそうよ」

ソーナットは、腑に落ちない顔で、彼女を見つめた。

「わかりました、シスター。でも、どうして、今、私と一緒にいらっしゃらないのです?」

フィデルマは、微笑んだ。

「その前に、話してみたい人がいるの」

その少し後、フィデルマは石の庵へ入っていった。スペイラーンは、今は寝台に坐っており、ローカーンとメイナックが、そのまわりをうろうろしている。ソーナット修道女は、壁際の木の腰掛に坐っていた。入って来たフィデルマを、ローカーンはほっとした顔で見上げた。

「もう、出掛けられますかね、シスター? あんまり時間、ないんで」

「ほんの数分だけです、ローカーン。いいでしょ?」と彼女は、彼に穏やかに微笑みかけた。

だが、スペイラーンが、さっと立ち上がった。

「我々は、ただちに出発すべきですぞ、シスター。私は、クリアリーの修道院長に報告することが、いろいろありますのでな。それに……」

「どうして、法衣に鉤裂きを作られたのです、スペイラーン？」

フィデルマは、この質問を、さりげない顔で、訊ねた。だが、その表情の下で、彼女の胸は激しく躍っていた。これは、彼女が暗闇の中へ放った、戦闘開始の第一矢《だいいっし》だった。

スペイラーンは、フィデルマをじっと見つめ、次いで自分の法衣に視線を向けた。明らかに、法衣が裂けていることに、気づいてはいなかったようだ。右袖の引きちぎったようなほつれが目にとまっても、ただ肩をすくめて、「気がつきませんでしたな」と答えただけだった。

フィデルマはマルスピウムから布の切れ端を取り出して、机の上に置いた。

「この布切れ、あのほつれに、ぴったり合うのではありませんか、ローカーン？」

水夫のローカーンは、眉をひそめながら、それを摘《つま》みあげ、スペイラーンの袖のほつれに当ててみた。

「ぴったしですわ、シスター」ローカーンは、静かに、そう答えた。

「私が、それをどこで見つけたか、覚えていますか？」

「覚えとります。あの若者、サカーンの細帯につけた鉤に、絡まっとりました」

スペイラーンの顔から、さっと血の気が引いた。

「私が死体を海岸から運んだ時に、絡まったのかも……」と、彼は言いかけた。

「あなたが、遺体を海岸から運んで来た？」とフィデルマは、念を押した。「あなたは、先ほど、釣りをしていた若い修道士たちがそれを見つけて、ここに運んで来たのだ。あなたが目を覚ました時には、怒った若者たちは、すでにシェルバッハ院長を木に縛り付けていた。その後、彼らは院長を殺害してしまったのだ、と説明していましたね？」

スペイラーンは、唇を動かそうとした。だが、声にはならなかった。

「この島で、実際は何が起こったのかを、私が話してみましょう」と、フィデルマは続けた。「この島には、確かにゴーティギッドがおりました。苦行と受苦に喜びを見出し、ひたすら、それに耽っていた人間が。ただし、それは、より深い信仰の理想を求めてのことではなく——単に、その人物の常軌を逸した嗜好からだったのです。このようなおぞましい加虐的な嗜好を満たすのに、隠棲的な信仰生活を営む若者たちの集団ほど都合のよい世界が、ほかにありましょうか。そのような世界で、その男は、若者たちの上に君臨し、さらなる嗜虐の方法を考案し、ただこのような苦痛によってのみ真《まこと》の信仰は得られるのだと彼らを説きつけて、自分の性向を恣《ほしいまま》に募らせていったのです」

スペイラーンは、悪意も露《あら》わに、彼女を睨みつけた。

フィデルマは、言葉を続けた。「いくつかの重要な点は、あなたの説明通りでしたわ、スペイラーン。若い修道士たちの間で、このことは秘密にされてきました。彼らの加虐者は、若者たちの中でも、ごく若く、もっとも傷つきやすい者たちを一人ずつ、島の一番外れに連れ出し、これこそ永遠の栄光に至る道なのだと信じ込ませておいて、彼らに笞《しもと》を揮ってきたのです。ところが、若者の一人、可哀そうな一番若い少年サカーンは、あまりにも酷《むご》く鞭打たれて、死んでしまいました。狼狽《ろうばい》した男は、自分の邪悪な行為を隠蔽しようと、少年の亡骸を、断崖から海へ投じたのです。少年の細帯の鉤に男の法衣が絡まり、その一部がちぎれたのは、その時です。翌朝、遺体は海岸に打ち上げられました」

「何と、ばかげたことを。こうした事をやっていたのは、シェルバッハだったのですぞ」

「シェルバッハは、自分が設立した僧院の中に、ゴーティギッドが紛れ込んでいるのではと、疑念を抱き始めていたのです」

スペイラーンは、顔をしかめた。

「全て、推測ではないか」と、彼は嘲笑した。だが、その褐色の目には、恐怖が潜んでいた。

「推測とばかりは、言えません」とフィデルマは、平静に、それに答えた。「あなたは、賢い人です、スペイラーン。サカーンの遺体が海岸で発見された時、発見者である少年たちは、そのまわりに集まりました。若者たちは、彼らの僧院長シェルバッハは温厚な人物であったことを、知りませんでした。シェルバッハ院長は、最近になって、この僧院に何が起こっているのかに気づいたばかりであり、もちろん、このようなことを容認などしていなかった、ということも、知らないままでした。あなたが語っていたように、秘密は固く守られていたのです。そして、若者たちは、あなたがやっていたことは、シェルバッハ院長の承認のもとに行われているのだと思い込んでいました。つまり、こうした苦行は、この僧院の、口にしてはならない規則なのだと、信じていたのです。そこで彼らは、ただちにこの島から逃亡するしかないと、決断しました。九人の若者たちが、カラハに乗り込み、彼らにとっては呪われた場所となったこの島から逃げ出そうと、海に漕ぎだしました……」

フィデルマの説明に、かなり驚きつつも、じっと聞き入っていたローカーンが、そっと口笛を吹いた。

「若者ら、一体どこに行っちまったんでしょうな、シスター？」

「どうしたでしょうね。彼らに、もし分別があれば、クリアリーに行ったかも知れません。あるいは、さらに遠く、ドゥーン・ナ・シェードにまで。でも、おそらく、僧院の院長や執事の言葉と秤にかけられたら、自分たちの言い分など、とても信じてはもらえないと考えたことでしょう。あの初心《うぶ》な若者たちは、今なお、苦行はキリスト教の中での歴《れっき》とした規律なのだと思い込んでいるのでしょうから」

「その初心な若者たちに、私は殴られ昏倒したのだ。そのことを忘れられては困りますな」とスペイラーンが、彼女に嘲笑を浴びせた。

メイナックも、大きく頷いた。

「ほんとに、そうでしたわ、シスター。そこは、どう考えればいいんで？」

「今、その点に触れますよ。でも、先ずは、ここでどういう事が起こったのかを、説明させて下さい。九人の若い修道士たちは、ほかの人々は全て、この苦行の規律を受け入れているのだと信じ込んでいたので、誰かに相談することもできずに、ただ島から逃げ出しました。フォーガッハ修道士がやって来て、サカーンの遺体を見つけたのは、その直後だったのです。彼は、亡骸を礼拝堂へ運んでいきました。あなたは、それを見て愕然としたのです」

「どうして、彼がそんなことをすると言うのだ?」

「なぜなら、ブラザー・フォーガッハは、あなたの敵ではなかったからです。ブラザー・スナゲイドも、同様でした。二人とも、あなたのお気に入りの助手で、それまで、あなたの加虐的な振舞いの手伝いをしていたのです。この二人もまた、信じやすい若者たちで、あなたの指示を、教会の教えと主の御言葉にかなうものだと、信じていましたのでね。でも、仲間の修道士の背に苦行を加えることと殺人とは、全く別のことでした」

「そうしたことを証明するのは、さぞや大変でしょうな」とスペイラーンは、ふたたび嘲笑った。

「そうかも知れません」と、フィデルマは答えた。「まだその時点では、フォーガッハもスナゲイドも、喜んであなたの手助けをしていました。でも、あなたは、早く手を打たねばならないと、気づいたのです。もしほかの九人の修道士たちの報告が届こうものなら、教会裁判所のドーリィーが、島に派遣されましょう。あなたは、それに対する弁明を講じておかねばなりません。そこで、あなたは邪悪な方策を思いついたのです。まだ、朝まだきといった時刻で、シエルバッハ院長は熟睡していました。あなたは、ほかの若者たちに、シェルバッハは苦行を奨励していると説いていましたが、この二人の修道士にも、同じように、シェルバッハこそ、この張本人なのだと、思い込ませたのです。あなたは彼らに、サカーンは夜の間にシェルバッハに鞭打たれたのだと、説明したのです——あなたにだったとは、むろん、言いはしなかった。あなたたちは、シェルバッハ院長を起こして、木に縛り付けました。あなたは、彼をどうするかは、もう決めていた。だが、先ず第一段階として、この敬虔な老修道士を、鞭打ったのです。

苦痛に喘ぎながら、老院長は、二人の若者に呼びかけ、真相を告げました。二人はそれを聞き、自分たちが偽りを信じ込まされてきたことを知って、震えあがりました。それを見て、あなたは、シェルバッハ院長の口を封じるために、いきなり彼を刺殺しました。もちろん、いずれは、殺害するつもりでいたのです。自分にとって不利な証拠を全て消し去り、自分は愚かしくもシェルバッハに操られていただけだと見せかけようというのが、あなたの計画でしたから。

スナゲイドとフォーガッハは、さっと逃げ出そうとしました。今や、この二人も、沈黙させねばなりません。あなたは、フォーガッハを捕らえ、石で頭蓋骨を叩き潰して、殺害しました。次いで、スナゲイドの追跡にかかろうとしたその時、あなたは、カラハが島へやって来ようとしていることに気づきました。ローカーンの舟でした。でも、あなたは、その舟を、九人の修道士たちの報告への答えだと、思ったのです。

あなたは、薬学の心得があると、認めていましたね。あなたは、急いで自分の庵に戻り、薬草を調合して、飲めばたちまちに昏睡する、強い睡眠薬を用意しました。そのうえで、石を拾い上げ、惨《むご》たらしく見える傷がつく程度に、自分で自分の顳顬を殴ったのです。でも、医療の心得が少々あるメイナックは、その傷で昏倒するとは思えないがと、私たちに不審をもらしていましたよ。それもそのはず、あなたは顳顬を殴った後で、用意した煎じ薬を飲んで、礼拝堂の床に横たわったのです。私たちは、それを発見させられたわけです。あなたは、打撲傷のせいで気を失ったのではなかった。ただ単に、自分で調合した薬を飲んで、熟睡していたのでした。あなたは、私たちに聞かせる話も、考えていました。殺人は、全て、あの哀れな若者たち、すっかり動転している若い修道士たちによるものだ、という物語でした」

フィデルマは、ゆっくりとカップを取り出して、机の上に置いた。

「これは、礼拝堂で、私が見つけたものです。あなたのすぐ傍らに転がっていましたわ。まだ、モウズイカの一種のマランやムラサキツメクサの葉といった薬草の香りが残っています。強力な睡眠薬となる薬草です。この成分の煎じ液が入った水差しも、あなたの部屋で見つかりました」

「こんなばかげた話を、それだけで立証することはできないぞ」

「立証できると思いますよ。いいですか、シェルバッハ院長は、自分の僧院の中で、ゴーティギッドが活動しているのではと、疑念を抱いただけでなく、〝アード・マハのオルトーン〟大司教殿に、自分の疑惑のあらましを記した書簡を送っていたのです」

彼女は、オルトーンからの手紙を取り出した。

スペイラーンは、目許をきつく緊張させた。フィデルマは、彼の額に汗が小さな粒となって滲みだしたことに気づいた。彼の詭計《きけい》を暴き始めた彼女に、スペイラーンが今初めて見せる姿だった。フィデルマは、手紙をまるで見せつけるかのように、自分の胸の前に掲げてみせた。

「いいですか、スペイラーン、私は、あなたがこのオルトーン大司教の手紙を懸命に私から取り上げようとするのを知って、これこそ私が探している証拠なのだと、悟りました。実は、今まで、見逃していたのです。これは、あなたについて懸念を抱いたシェルバッハ院長の相談に対する、大司教からの返事でした。この手紙で、驚くほど、いろいろなことがわかってきましたよ」

スペイラーンの顔面が、蒼白になった。彼は、フィデルマが机の上に置いた手紙を、愕然として見つめた。

「シェルバッハは、オルトーンに私の名を告げたのか？」

フィデルマは、手紙を指し示した。

「自分で、見てご覧なさい」

激昂し、彼ら全員が思わず身を竦《すく》ませるほどの喚き声をあげつつ、スペイラーンは両手を伸ばして、フィデルマに飛びかかろうとした。

だが、わずか一、二歩進んだだけで、彼はまるで巨人の手でもって背を摑まれたかのように、立ち止まった。ほんの一瞬、彼は驚愕に目を剝いて立ち竦んだが、次の瞬間、もはや声を立てることなく、床にくずおれた。

その時になって初めて、人々は、ナイフの柄《つか》が彼の背に突き刺さっていることに気づいた。血が、みるみる法衣を染めていった。

扉の辺りで、人影が動いた。法衣をまとった若い黒い髪の修道士が、躊躇《ためら》いがちに、庵室に入って来ようとしていた。最初に正気を取り戻したのは、ローカーンだった。彼はスペイラーンの傍らに跪き脈を探ったが、すぐに視線を上げて、首を振ってみせた。

フィデルマは、今は身を震わせている、ナイフを投げた若者に向きなおり、その震える腕に、そっと手をかけた。

「どうしても」と、若者は呟いた。「どうしても、こうせずにはいられなかった」

「わかっています」とフィデルマは、彼を落ち着かせようとした。

「私は、どうなってもいい。罰を受ける覚悟は、できています」と若者は、背筋をきりっと伸ばした。

「あなたは、苦しんでいました。もう、それで十分、罰を受けていますよ、ブラザー・スナゲイド。ここにいる人たちは皆」とフィデルマは、ローカーン、メイナック、ソーナットの三人を身振りで示しながら、先を続けた。「この人たちは皆、スペイラーンが今どのような行動をとったかを、見ていた証人です。全て、彼の有罪を物語る行動でした。あなたは、この件で、クリアリーのブレホンの前に呼び出され、聴取を受けることになるでしょうが、私があなたの弁護人を務めます。古代から伝わるブレホンの法典は、自らを法の外におく者は、何人《なんぴと》であれ、法の庇護を受けることかなわず、と記しています。あなたが殺《あや》めたのは、法を踏みにじった男でした。したがって、あなたが犯したのは、我が国の〈ブレホン法〉によれば、正当とされる殺人だったのです」

フィデルマは、若者を連れて、庵を後にした。何でも信じ込む、世慣れていないソーナット見習い修道女と同じくらいの年齢の少年だ。フィデルマは、深い溜め息をついた。いつの日にか、アイルランドのブレホンがたの総会において、法についての発言が自分に許される機会が訪れたなら、二十五歳以下の若者には修道院生活に入ることを禁じる、という法律を提出したいものだ。若者は、島や人里離れた地に立つ僧院に入って俗世界から隔絶された信仰生活を送ろうと決断する前に、人間として十分に成長して、人生を味わい、世の中について幾許《いくばく》かの知識を身につけておくべきなのだ。権威に大人しく従う純真無垢な若者たちがこのように隔離された暮らしをしていたからこそ、スペイラーンのような邪《よこしま》な人間が力を恣に揮えたのだ。フィデルマは、胸を引き裂くようにむせび泣いている若者の肩に、慰めるように腕をまわした。

「さあ、ローカーン」と、彼女は肩越しに呼びかけた。「カラハのところへ下りていって、あなたが心配している嵐がやって来る前に、クリアリー島まで行きましょう」

フィデルマが机に置いた手紙を手にして、ソーナット修道女が庵から出てきた。

「シスター……」彼女は、言いにくそうに続けた。「この、シェルバッハ院長様宛のオルトーン大司教様の手紙……スペイラーンのことに、全然、触れてませんよ。シェルバッハ院長様は、スペイラーンを少しも疑っていません。苦行のことを、若い修道士たちの間の流行にすぎないって、考えていらしただけだったようですけど……」

フィデルマは、顔色を変えることなく、平然と答えた。

「シェルバッハ院長には、自分のお仲間を疑うことなど、とてもできなかったのでしょうね。スペイラーンが、このことに気づかないでくれて、よかったこと」

道に惑《まど》いて

Those that Trespass

「事件は、きわめてはっきりしていると、儂《わし》は思っておりますぞ。修道院長殿が、あなたをこちらに寄こされるほどこの件を気にしておられるとは、なぜなのやら、儂にはさっぱりわかりませんな」

フェバル神父は、苛立たしげだった。自分の小さな僧院へ弁護士がやって来たことに、かなり気を悪くしているようだ。しかも、鬱陶《うっとう》しいこの聖具室で、今、目の前に坐っているその弁護士というのが、赤毛の魅力的な修道女だとは。それが、ますます気に食わないらしい。彼女の、おしとやかなと形容してもよさそうな、ゆったりとした物腰とは対照的に、神父のほうは落ち着きを欠いていた。彼女に向けている顔にも、猜疑《さいぎ》の色が濃い。くすんだ肌をした、背の低い男だ。その血色の悪い顔は、何やら死人のそれを思わせる。顎や頬には髭の剃り跡が青く、髪も鴉の翼のように黒い。窪んだ眼窩《がんか》からは、黒っぽい目がのぞいている。相手を見通すような鋭い目である。全身がこれ猜疑心、といった感じだ。

「神父様は、事件を、はっきり決着していると見ておいでのようですが、おそらくこの僧院を管轄なさる修道院の院長様は、それほど明瞭ではないとご覧なのでしょう」と修道女フィデルマは、さらりと受け流した。彼女は、神父の突っかかるような態度にも、いっこう動じていないようだ。

フェバル神父は、顔をしかめた。彼は目を細めて、相手の顔を、さっと見まわした。今の言葉には、何か含みがあるのだろうか？ だが、修道女の顔は、何の他意もなさそうな素直な表情を見せている仮面だった。彼は、不機嫌そうに、口を引き結んだ。

「では、もう戻って、院長殿に何のご心配もないと、報告なさるがよい」

フィデルマは、穏やかに微笑んだ。肩をかすかにすくめたのだろうか、その辺りがわずかに動いたようだ。

「修道院長様は、羊の群れの司牧者《ファーザー》としてのご自分の立場(1)をきわめて真剣にお考えになっておいでですので、何の心配もないと得心なさる前に、この悲劇について、もっと詳細に知りたいと、お思いになりましょう。神父様は、ごく明確に事態を把握しておいでのご様子。でしたら、それを私に十分にご説明頂けましょうね？」

神父は、彼女の物静かな声に、この時初めてひやりとする厳《きび》しさを聞き取って、まじまじと修道女を見つめなおした。

彼は、修道女フィデルマが単なる修道女ではなく、アイルランド五王国（アイルランド全士）の〈ブレホン法〉に基づく全法廷に弁護士として立つことができる法官であることを、知っていた。さらに、彼女がキャシェルの王城におわすコルグー王の妹であることも、承知していた。そうでなければ、この若い女性に対する彼の対応は、もっと素っ気ないものであったろう。彼は、一瞬、躊躇《ためら》いをのぞかせたものの、すぐに、無造作に肩をすくめた。

「事情は、簡単至極ですわ。儂の次席に、イボールという若い神父がおるのだが、怠惰な男でしてな、一昨日から、姿を消しております。儂は、少し前から、彼が何やら悩んでいる、そのせいで司祭としての務めから気持ちが逸れがちだと、気づいていた。そこで、彼と話さなければならぬと考えていたのだが、あの男、儂から忠告されることを拒んでおったのです。一昨日の朝、儂は、礼拝堂に入ってすぐに、聖壇に置かれていた磔刑像十字架《クルシフィックス》と、我々が信徒に聖餐を授けるために用いていた銀の聖餐杯《チャリス》が、二つながら失せていることに気づいた。その後で、イボール神父が我らの小さな僧院から姿を消していることも判明した。となると、この二つの出来事を結びつけるに、法律的な知識など、必要ありませんわな。イボールがこの二つの神聖なる品を盗んで逃亡したことは、火を見るより明らかですわい」

フィデルマは、ゆっくりと頷いた。

「その結論をお出しになってから、どうされました？」

「ただちに捜索を始めましたとも。この僧院には、二人の修道士、フィンラッグとアダッグがお仕えしておるので、儂は彼らを呼びつけ、捜索を手伝わせることにしました。フィンラッグは、宗門に入る前には、メイン公の狩人頭《かりうど》をしておって、獲物を追跡するにも仕留めるにも、いい腕をもった男でしてな。我々は、イボールの逃走の痕跡を発見して、それを追って森に入っていったのだが、深く入り込むまでもなく、イボールの死体にぶつかった。自分の法衣の〈祈禱用の細帯《プレイヤー・コード》〉を輪にして、それを枝に掛け、首を吊っとったのですわ」

修道女フィデルマは、考えこんだ。

「神父様は、それを、どう解釈なさいました？」

フェバルは、それに戸惑いを見せた。

「これを、儂がどう解釈したか、と言われるのかな？」と言う彼の声には、非難が響いた。

フィデルマの顔色は、いささかも変わらなかった。

「神父様は、イボール神父が磔刑像十字架と聖餐杯を盗んで逃亡したと信じている、と言われましたね？」

「そのとおり」

「木の枝に紐を掛けて首を吊っているイボール神父を発見された、とも言っておられました」

「これまた、そのとおりじゃ」

「このように高価な品々を盗んで逃亡しておいて、なぜ神父は首を吊ったのでしょう？　そのような行動、筋が通りませんわ」

フェバル神父は、冷笑を隠そうともしなかった。

「儂同様に、修道女殿にも、よくおわかりのはずじゃ」

「私は、神父様のお考えが、伺いたいのです」フィデルマは、神父の嘲笑には、取り合おうともしなかった。

だが、神父は、薄笑いを浮かべた。

「そりゃ、後悔に駆られたからですわ。我々がすぐに後を辿って追いついてくると気づき、さらには、キリストの教えに対して自分がいかに厭《いと》わしい罪を犯したかを悟って、あの男は絶望に駆られ、自らに罰を与えようとした。それで彼は、首を吊った。だが、まだ息があるうちに我々に発見されることを、ひどく恐れたのでしょうな。イボールは、法衣の〈祈禱用の細帯〉で首を絞めつけられていながら、ナイフを取り出して心臓に突き立てる事まで、やっておった」

「そのような傷であれば、夥《おびただ》しい出血があったはずです。地面には、大量の血が流れておりましたか？」

「儂の記憶する限りでは、ありませんでしたな」神父は、この修道女はグロテスクな細部に必要以上に関心を持っている、と感じたらしい。彼の声には、嫌悪感がにじみ出ていた。「だが、ナイフは、彼の死体の下の、ちょうど彼の手から滑り落ちるであろう場所に、転がっておりましたぞ」

フィデルマがふたたび口を開くまでに、かなり間《ま》があった。彼女は考えこみながら、じっとフェバル神父を見つめ続けていた。神父のほうも、挑むようにフィデルマを睨み返した。

やがてフィデルマは、「イボール神父は、そのように気弱な若者だったのでしょうか？」と、静かに問いかけた。

「もちろん、気弱な若者だったのですわ。そうでなくて、どうして、あのような行動に出ますかな？」と、突っかかるような反問が返ってきた。

「そうでしょうか？　では、磔刑像十字架と聖餐杯は、彼の身辺から取り戻されたのですね？」

神父は、一瞬、躊躇いを見せた。束の間、渋面となったが、すぐに片手を曖昧《あいまい》に動かした。

どうやら、否定の動作であるらしい。

フィデルマの目が、大きく見張られた。彼女は、身を乗り出した。

「紛失した二点の品は、まだ取り戻していない、ということですか？」と彼女は、鋭く返事を迫った。

「まあな」と神父は、それを認めた。

「では、この件は、全然はっきりしていないようですね」と彼女は、厳しい口調で、彼に告げた。「この消えうせた二点の品がまだ発見されていないのであれば、修道院長様が安堵なさるだろうなどと、よもや期待はなさいますまい？　これらの品を盗んだのはイボール神父であると確信しておいでなのは、なぜです？」

フィデルマは、神父の説明を待ったが、何の返事も返ってこなかった。

「この事件ははっきり決着がついていると、どうしてお考えになったのか、私にお話し下さるほうがいいのではありませんか？」彼女の声が、鋭くなった。「私は、この事件を明確に修道院長様にご報告しなければならないのです。そのためには、私自身も、事態を明確に理解しておかねばなりません。イボール神父は、自分を探しておられる神父様がたが近づいて来たのに気づいて、逮捕は必定《ひつじょう》と悟り、自分に死という罰を与えるしかないと感じた、とおっしゃるのですね。その時、イボール神父は、盗んだ十字架と聖餐杯を、どうしたのでしょう？」

「一つだけ、筋が通る答えがあるが」とフェバル神父は、確信なさそうに、もぞもぞと呟いた。

「どういう答えでしょう？」

「彼が首を吊った後で、たまたま、放浪の盗っ人が通りかかり、我々がやって来る前に、それらを持ち去ったのだ」

「何か、それを証拠立てる痕跡が残っておりましたか？」

神父は、渋々、頭を横に振った。

「では、ただ、神父様のご推測ということですね」今や、フィデルマの声には、かすかな嘲りが表れていた。

「ほかに、どんな説明がありますかな？」フェバル神父は、苛立たしそうに問い返した。

フィデルマは、蔑《さげす》みがのぞく視線を、神父に投げかけた。

「修道院長様に、そうご報告して、何もご心配なさる必要はありませんと申し上げよ——そう、おっしゃるのですか？　修道院長様が管轄しておいでの僧院の一つから、高価な磔刑像十字架と聖餐杯が盗まれ、司祭が一人、縊死体で発見されましたが、ご心配には及びません、と申し上げるのですか?」

フェバル神父の表情が、強張った。

「儂は、イボール神父が聖具二点を盗み出し、後悔の揚句《あげく》、自ら命を絶った、という解釈に、満足しとりますぞ。これらの品は、彼が自殺した後、何者かが盗み去った、という解釈にもな」

「私は、満足しておりません」とフィデルマは、ぴしりとそれに答えた。「フィンラッグ修道士を、ここへ寄こして下さいませ」

フェバル神父は、フィデルマの厳しい口調の指示に、反射的に立ち上がった。だが彼は、聖具室の扉の前で、躊躇った。

「儂は、このような扱いには……」と彼は、憤然と、言いかけた。

「私も、待たされることには、慣れておりません」フィデルマは、氷のような声で彼の言葉を断ち切ると、もう用はないとばかりに、彼から顔をそむけた。

神父は激しく目を瞬《しばたた》かせたが、扉を荒々しく閉めて、立ち去った。

フィンラッグ修道士は、痩せて筋張った体格の男だった。風雨にさらされ、日に焼けた筋肉質の体つきは、どこかの回廊をめぐらせた僧院にこもっていた人物というより、あらゆる天候の中、屋外で過ごしてきた人間を思わせた。フィデルマは、聖具室に入って来たフィンラッグに、挨拶の声をかけた。

「私は、〝ギルデアのフィデルマ〟……」

フィンラッグ修道士は、親しげな微笑をさっと浮かべて、彼女の言葉をさえぎった。

「どなたか、よく知っとりますよ、修道女殿」と、彼は答えた。「修道女殿や、兄上のコルグー王は、一緒に狩りをなさろうと、私の主《あるじ》だったメイン公を、幾度も訪問なさっておられました。だから、修道女殿をお見受けしとりました」

「では、私が法廷に立つ弁護士であることも、私の質問には正直に答えねばならないことも、承知しておいでですね？」

「よく、わかっとります。こちらには、イボール神父の悲劇的な死について調べるために、お出でになったんですよね？」フェバル神父とは違って、彼はごく率直な親しげな口調で、フィデルマに応じた。

「どうして、これを悲劇的な死と？」

「どんな死だって、悲劇的じゃないですか？」

「イボール神父を、よく知っていたのですか？」

元狩人は、首を横に振った。

「あんまり、知らんのです。最近司祭に叙任されたばかりの、若い人ですが、自分の生き方に、ひどく迷っとるようでしたな。この僧院に来てから、まだ、ほんの一ヶ月ってとこでしたよ」

「わかりました、この僧院の一番新しい聖職者なのですね？　フェバル神父のほうは、どのくらいにおなりなのでしょう？」

「ここに来られて、七年になられますよ。私は、一年前にやって来ました。アダッグ修道士は、その少し前からですわ」

「ここは、小さな僧院ですから、聖職者同士、親しくしておられたのでしょうね？」

フィンラッグ修道士は、わずかに顔をしかめただけで、それに答えることはしなかった。

「あなた方四人の間には、反目などなかったに違いないと思いながら、伺ってみたのですけど？」とフィデルマは、説明してみた。

フィンラッグは、渋い顔を見せた。それが何を語っているのか、判断しかねる表情だった。

「正直言って、フェバル神父には、自分はお前たちより上位の人間だってことを強調したがるところがありましたんでね。確か、宗門に入る前は、名門の人だったようで。そのことを、いまだに忘れてないんですわ」

「そのような態度は、あなた方に不快感を抱かせたでしょうね？」

「私は、そんなこと、ないですね。メイン公にお仕えしとりましたから、命令されたり、それに従ったりすることには、慣れとりました。自分の分《ぶん》を、弁《わきま》えてますからね」

その声に、かすかに苦々しさが潜んでいたのでは？　フィデルマは、そのような響きを聞き取った気がした。

「はっきり記憶していませんが、確か、メイン公は寛容なお人柄で、お仕えする者たちにも、よく気を配って下さるとか。そのようなご主人の許を去って聖職者の道を選ぶというのは、あなたにとって、かなり辛いことではなかったのですか？」

フィンラッグ修道士は、ふたたび顔をしかめた。

「精神的な報酬は、しばしば、仮の世における報酬を上回りますよ。でも、今も言いましたが、私は、人に仕えることに慣れてますからね。これは、アダッグ修道士も同じだと思いますよ。彼もまた、別のご主人に仕えとった男ですから。もっとも、あの男、いささか、ここが鈍くはありますがね」と言いながら、彼は自分の額を叩いてみせた。「でも、そうした人間は、主の祝福を受けているんだって、よく言われてますな」

「イボール神父は、フェバル神父と、よい関係をもたれていたのですか？」

「ああ、それは私には、わかりませんな。静かな若者でしたからね。自分の中に引っこもってるって感じの。でも、フェバル神父を好きだったとは、思えませんね。彼の目には、敵意が見てとれましたからね」

「どうして、敵意を抱くのです？　フェバル神父は、この僧院で一番上位の聖職者です。イボール神父は、その権威を無条件に認めるべきでしょうに」

フィンラッグ修道士は、肩をすくめた。

「私に言えるのは、イボール神父が、フェバル神父のその権威に反感を抱いていたってことだけですわ」

「あなたは、イボール神父がどうして僧院からあのような品々を盗んだと、考えました？」フィデルマは、鋭く、この質問を放った。

だが、フィンラッグの顔色は、全く変わらなかった。

彼はただ、両手を広げてみせただけだった。

「何が人をあんな行為に走らせるかなんて、誰にわかります？　人間の胸の奥底に、何が潜んどるやら、わかる者なんぞ、いやしませんや」

「それを見つけるために、私はここへ来ているのです」とフィデルマは、素っ気なく答えた。

「むろん、何か考えがおありでしょう？　たとえ推測にすぎないものであろうと？」

「フェバル神父は、何と言われましたか？」

「神父がどう言われたかが、気になるのですか？」

「私やアダッグより、神父さんのほうがイボール神父ともっと親しいって、思っとりましたんで」

「もっと親しい？　でも、あなたは、二人の間には反目があったと言っていましたよ」

「何も、友達のような親しさっていう意味で言ったんじゃありませんよ。でも、二人とも司祭さんですからね。私らと違って、二人は似たような地位を持った者同士ですわ。私やアダッグは、この僧院のただの修道士で、やっている仕事と言《い》や、僧院の召使い程度のもんでさあ。フエバル神父やイボール神父とは、おんなし身分じゃないってことです」

「わかりました」フィデルマは、眉をひそめて、考えこんだ。「この僧院が、そのような形で管理されていることをお聞きになったら、ここを管轄しておいでの修道院長様は心をお痛めになりましょう。私どもは皆、主にお仕えする僕《しもべ》であり、全ての聖職者は主の至高の御稜威《みいつ》の下《もと》にあるのですから」

「イボール神父が信奉しているのは、必ずしも信仰じゃありませんや」彼の声には、今や、はっきりと、辛辣な響きが聞き取れた。

「なぜイボール神父がその品々を盗んだのか、あなたには、わからないと言うのですね？」

「そりゃ、二つとも、ごく高価な品ですからね。あれを金にすりゃ、連中、金に困りゃせんでしょう」

「連中？」

「あれを盗んだ奴らって意味ですわ」

「と言うと、あなたは、イボール神父があれを盗んだという見方に疑問を抱いているわけですか？」

「鋭いですな、修道女殿。情けないことに、私は、修道女殿のように明確に意見を述べることが苦手なもんで」

「イボール神父は、そのように高価な品を折角《せっかく》盗み出したのに、どうして首を吊ったと思います？」

「逮捕を免れるためでは？」

「疑問形のお答えですね。この点についても、確信はないということですか？」

フィンラッグ修道士は、肩をすくめた。

「それに答えるの、難しいですよ。どんな場合であろうと、聖職者が自分で命を絶つなんて、私には理解できませんからな。聖職者は、自殺なんて大罪、犯さないもんでしょう？」

「では、イボール神父が自殺したとは、確信できない、と言うのですか？」

フィンラッグ修道士は、びっくりした。

「そんなこと、言っては……」

「暗に、そう言っていましたよ。イボール失踪をはさむ二日間に、どういうことがあったのかを、あなた自身の言葉で、聞かせて下さい。イボール神父とフェバル神父、あるいは、ほかの誰かとの間に、何か張りつめた関係が生じていたのでしょうか？」

フィンラッグは、ぐっと口許を引き締め、一瞬、フィデルマをじっと見つめた。

「イボール神父が、姿を消す前の晩、言い合いをしとられたのを、聞きました」

フィデルマは、促すように、身を乗り出した。

「言い合い？　フェバル神父と、かしら？」

フィンラッグは、首を横に振った。

「確かじゃないんで。イボール神父の部屋の前を通りかかった時、神父の声が大きくなったんですわ。相手のほうは、静かで、くぐもったような声だった。イボール神父はかっとなってたけど、相手は静かな態度をとっているみたいでしたよ」

「相手の人物が誰だったのか、見当はつきませんか?」

「わかりませんな」

「口論の内容は、何も聞き取れなかったのですか?」

「途切れ途切れに、ほんのちょっとしか、聞こえなかったもんで」

「どんな断片でした?」

「意味が摑めるようなことは、何も。イボール神父が、〝これしか、方法はないんだ〟とか言って、黙ってしまった。すると、相手が何か言って、それに対してイボール神父が、〝駄目だ、駄目だ。もし、これを止めるにしても、私はそれに承服はしていない〟と答えた。聞き取れたのは、それだけでしたよ」

フィデルマは、無言のまま、それについて思いをめぐらしてみた。

「そうした言葉を、あなたは、どう解釈しました? とりわけ、その後に起こったことと思い合わせてみて?」

フィンラッグ修道士は、首を横に振った。

聖具室の扉がさっと開いて、フェバル神父の姿が扉框《かまち》に現れた。その面《おもて》には、何やら満足げな色が浮かんでいた。明らかに、望ましい知らせを受けた表情だ。

「儂らは、イボール神父から磔刑像十字架と聖餐杯を奪った盗人を見つけましたぞ」と彼は、フィデルマに告げた。

フィンラッグ修道士はさっと立ち上がり、視線を神父からフィデルマへと、ちらっと走らせた。彼の目には、何かがあった。だが、それが何であるのか、フィデルマは摑みかねた。恐怖だったのだろうか？

フィデルマは、「盗人を、こちらへ」と、静かに指示した。

フェバル神父は、首を横に振った。

「それは、不可能ですわい」

「不可能？」その声には、危険な気配が潜んでいた。

「盗人は、死んどりますのでな」

「ご説明願いましょう。詳細に。その盗人には、名前があるはずでしょう？」

フェバル神父は、頷いた。

「テイチャという名の女ですわ」

大きく息を吞む音がした。フィンラッグだった。

「その女性を知っているようですね、ブラザー・フィンラッグ？」とフィデルマは、問いかけるように、顔を彼へと向けた。

「儂らは皆、知っとります」

「どういう女性なのです？」

「この僧院にほど近い森の中で暮らしておる若い洗濯女で、我々の法衣を縫ったり洗ったりといった世話をしとったのです」

「どこで発見され、どういう次第で、盗人と断定されたのでしょう？」

「娘が住んでおる小屋は、イボール神父が発見された地点からさして離れていない場所にありましてな」と、フェバル神父が説明し始めた。「儂がアダッグ修道士から聞いたところによると、娘は、昨日、僧院から何枚か法衣を持ち帰った。今朝、それを届けに来なかった。自分で、そうすると言っておったのにな。そこでアダッグが娘の小屋へ行ってみて、発見したのだ……」

フィデルマは、片手を上げて、神父の話をさえぎった。

「アダッグ修道士を寄こして頂きましょう。その先は、彼の口から聞くことにします。直接彼から話を聞くことが、適切なやり方だと思いますので。神父様とブラザー・フィンラッグは、外でお待ち下さい」

フェバル神父は、躊躇いを見せた。

「修道女殿、前もってご注意しておくほうがいいと思うのだが……」

「ご注意?」フィデルマは、さっと顔を上げて、神父を見つめた。

「アダッグ修道士は、性格がいささか単純でしてな。いろんな点で、一人前の大人とは言えぬところがある。僧院でのアダッグの仕事は、単純な作業だけです。あの男は……何と言えばいいかな?……そのう、子供の心を持ったままなのですわ」

「企《たく》み多い大人になっていない、子供の心のままの人間と話すことができれば、いい気分転換になりましょう」とフィデルマは、かすかな笑みを浮かべた。「彼を、寄こして下さい」


アダッグ修道士は、整った顔立ちの若者だったが、自分でいろいろ考えるより、誰かに命令されて行動するタイプであることは、すぐに見てとれた。大きく見開かれた丸い目には、無邪気な表情が常に浮かんでいるようだ。和やかで純真な表情だった。両手の皮膚が厚いところを見ると、体を使う労働もやっているのだろう。

「あなたが、テイチャという娘の死体を、彼女の小屋で見つけた、と聞いているのですが?」

若者は、質問をよく考えてみようとするかのように、眉を寄せてから、フィデルマに答えた。

「そうです、シスター。テイチャは、昨日、法衣を何枚か持って帰ったんですけど、それを今日届けに来ると言ってたのに、お昼になっても現れないもんで、フェバル神父様に、取りに行って来いって、言いつかったんです。それで、テイチャの小屋へ行ってみると、床に倒れてました。服に、血がついてて、何回も、突き刺されてました」

「そうでしたか？　では、フェバル神父様がテイチャの小屋へ行くように、おっしゃったのですね？」

若者は、ゆっくり頷いた。

「テイチャは、何歳だったのかしら？　知っていますか？」

「誰でも知ってますよ、シスター。十八歳と三ヶ月でした」

「ずいぶん正確に、知っているのですね」とフィデルマは、一言一言、よく考えながら口にしている彼に、微笑みかけた。

「テイチャが、そう言ったんです。そして、シスターがこのこと、お訊ねだったから、そう答えたんです」ただ事実を告げたのだ、といった返事だった。

「きれいな娘さんでしたか？」

若者の頬が、かすかに赤くなった。彼は目を伏せて、答えた。

「とってもきれいでした、シスター」

「テイチャを、好きだったのですね？」とフィデルマは、さらに質問を続けた。

若者は、困惑の色を見せて、「いいえ、そんな。違います」と、打ち消した。顔を、真っ赤に染めていた。

「どうして、〝いいえ、そんな〟なのです？」

「神父様の規則ですから」

「フェバル神父様の?」

アダッグ修道士は項垂《うなだ》れて、それに答えようとはしなかった。

「規則であろうとなかろうと、あなたは、今も、テイチャが好きなのでしょ? 私に、話してもらえないかしら?」

「テイチャは、私に親切でした。ほかの人たちみたいに、私のことを、馬鹿にしませんでした」

「それでは、どう考えて、テイチャがフェバル神父様の十字架と聖餐杯を盗んだと、思い込んだのです?」

若い修道士は、ごく無邪気に、顔を上げてフィデルマを見た。

「だって、聖餐杯が、小屋で倒れてたテイチャの死体のすぐ側《そば》に転がってましたから」

フィデルマは、驚きの表情を、辛うじて抑え込んだ。

「聖餐杯だけ?」彼女は、大きく息を呑んでから、そう訊ねた。「小屋に入り込んだのが誰であれ、その人間はテイチャを殺したうえで、どうして高価な聖具を残したまま、立ち去ったのでしょう?」

アダッグ修道士には、フィデルマが何を問題としているのか、全くわかっていないらしい。

彼は、何も言わなかった。

「死体を発見した後、どうしました?」ややあってから、フィデルマは、そう訊ねた。

「もちろん、フェバル神父様に知らせようと、帰っていきました」

「聖餐杯を、その場に残したまま？」

アダッグ修道士は、詰《なじ》られたかのように、鼻を鳴らした。

「私は、それほど、馬鹿じゃありません。もちろん、持って帰りました。この二日間、フェバル神父様は、それを探しまわっておいでしたからね。だから、ちゃんと納《しま》っておけるように、フェバル神父様に返してあげました。十字架のほうも探したんですけど、そっちは、あそこにはなかったです」

「もう、結構ですよ、アダッグ。フェバル神父様に、こちらへ来て下さるよう、伝えて下さい」とフィデルマは、若者に告げた。

神父はすぐにやって来て、フィデルマの勧めを待たずに、腰を下ろした。

「嘆かわしいことですわい。だが、少なくとも、事の次第は、これではっきりしましたな。修道女殿も、ご満足なさったろう。帰って、修道院長殿に、そう報告なさるがいい」

「このテイチャという娘を、どの程度、ご存じでした？」フィデルマは、説明なしに、そう訊ねた。

神父は、一瞬、眉を吊り上げたが、溜め息をついて、それに答えた。

「ごく小さな頃から、知っとりますよ。母親が死んだ時に、弔いの儀式を執り行ってやったのも、儂だった。あの娘が、やっと〈選択の年齢〉に達したかどうか、といった頃でしたわ。しかし、針仕事が上手でな、お針子として暮らしを立ててゆけた。儂の知る限りでは、四年ほど前から、森の中に住んでおり、僧院の法衣を洗ったり縫ったり繕ったりしておった」

「イボール神父も、この娘を知っていましたか？」

フェバル神父は、やや躊躇ってから、軽く否定するかのように、片手を振った。

「若者ですからな。若い男は、しばしば、若い娘に惹かれるものですわ」

フィデルマは、好奇心をそそられて、神父を見守った。

「では、イボール神父は、この娘に心を惹かれていたのですね？」とフィデルマは、少しそれに強調をおいた口調で、問い返した。

「イボールは、儂にはいささか頻繁すぎると思えるほど、あの娘と会っておった。彼に、その点を譴責《けんせき》したこともありましたわ」

「譴責？　何だか、厳しそうに聞こえますね」

「儂には、イボールが、あの娘と一緒に時間を費やし自分の義務を怠っている、と思えたのでな」

「イボール神父とその娘は関係をもっていた、とおっしゃるのですか？」

「儂は、そのようなことには疎《うと》い人間だ。ただ、このことは言える。二人は、この三週間ほど、頻繁に会って、共に過ごしておった。ほとんど、イボールが我らのこの小さな僧院にやって来た直後からだった。あの男は、この僧院に対する自分の義務を蔑《ないがし》ろにしておった。そういうことですわ」

「イボール神父は、あなたの譴責を根に持っていたのでしょうか？」

「あの男が儂の叱責を恨んでおったかどうかなど、知りませんな。そのようなことに、儂は関心を持ってはおらぬ。儂の関心は、あの男に、この僧院で自分に何が求められておるのかを、自覚させることだった」

「そのことで、口論になったことは？」

「口論？　儂は、あの男の上位にある神父ですぞ……でしたぞ。儂は、彼に儂が抱いておった憂慮を言って聞かせた。それで、その件は決着だ」

「明らかに、決着とはならなかったようですね」と、フィデルマは指摘した。

フェバルは、フィデルマに、憤《いきどお》りの視線を投げかけた。

「何を言っておられるのか、わかりませんな」

「あなたがイボール神父に、テイチャと共に時間を過ごしすぎるとお叱りになった後に展開した事態は、この件がそれで決着したわけではなかったことを示しておりますよ」とフィデルマは、冷静に指摘した。「それとも、ほかの解釈がおありですか？」

フェバルは、躊躇いを見せた。

「言われるとおりじゃ。こう言っておられるのですな、二人は、この僧院の高価な聖具を盗もうと計画し、それをやってのけた。だが、イボールは悔恨の思いにひしがれて、自らの命を絶った、と指摘しておられるのですな」だが、突然、フェバルは目を見張った。「いや、先ず娘を殺してから自分の命を絶ったのだな」と、彼は付け加えた。

フィデルマは、人差し指で鼻の脇を擦りながら、考えてみた。

「それも、考えられる解釈ですね」と、彼女は同意した。「でも、私には、あまり納得できませんわ」

「なぜ、できんのです?」と神父は、食ってかかった。

「今の仮説ですと、若い神父はその娘にすっかり夢中になり、二人で逃げることにして、その後の貧困生活に備えて、高価な品々を頂戴していく気を起こした、ということになります。それだけでなく、二人で娘の小屋までやって来た時、若い神父は、急に鋭い後悔に駆られた、という断定も、必要です。そうなると、彼は娘と口論した揚句、彼女を何回も刺して殺害してしまった。そのうえで、貴重な聖餐杯を死体の傍らに残したまま、だが奇妙なことに磔刑像十字架のほうは隠しておいて、森の中にふらふらと入り込み、しばらく歩いた後、あまりにも気落ちして、とうとう首を吊ってしまった、というのでしょうか? まだ、ありますよ。彼は、首を吊り、窒息して死にかけていながらナイフを取り出して、自分の胸を刺した、ということにもなりますわ」

「その要約の、どこがいかんのです?」

フィデルマは、かすかな笑みを浮かべた。

「もう一度、アダッグ修道士を呼び戻しましょう。どうぞ、ご同席下さい、神父様」

若い、純真な修道士は、何の作為もない無邪気な顔をフィデルマからフェバル神父へと移しながら、二人の前に立った。

「昨日、テイチャが僧院へやって来た時、あの娘に会ったのは、あなただったそうですね？」

若者は、考えながら、それに答えた。

「そうです。洗濯や繕い仕事の必要がある法衣を集めて、それをテイチャに渡すために、まとめておくの、私の仕事ですから」

「昨日の朝も、そうしたのですか？」

「はい」

「テイチャは、それを受け取ったのですね？　その法衣は、全部、繕い仕事用だったのですか？」

「洗濯用が、二枚ありました。フェバル神父様のと、フィンラッグ修道士のでした。二着とも、裂けていて、一着のほうには、血がついてました。イボール神父様の捜索の時についたんです」

「そこのところを、はっきりさせておきたいのです」とフィデルマは、彼をさえぎった。「テイチャは、その一まとめにした法衣を、昨日の午前中に受け取ったのですね？」

アダッグ修道士は、ちらっとフェバル神父を見やり、すぐに目を伏せて、もじもじと足を踏みかえた。

「はい。昨日の朝でした」

「テイチャが法衣を受け取ったのは、イボール神父様の探索が行われた後だった。それは、確かですか?」

「はい。探索が行われてイボール神父様が見つかったのは、その前の日でしたから」

「よく考えるんだ」フェバル神父が、苛立たしげに、ぴしりと命じた。「もう一度、慎重に考えてみなさい」

若い修道士は赤くなり、肩をすくめた。

神父は、うんざりしたように、鼻を鳴らした。

「こういうことですわ、修道女殿。この愚か者の記憶は信用できないと、おわかりになりましたろう。洗濯物は、我々がイボールを発見する前に、テイチャが持ち帰ったのですよ」

若い修道士は、くるっと神父に向きなおった。彼が固く握りしめた両の拳を振り上げようとしかけたので、フィデルマは、一瞬、彼が神父に飛びかかるのではないかと恐れた。だが彼は、むしろ身を守るかのように、その拳を胸に当てがっただけだった。しかし、その顔は紅潮し、目には怒りが浮かんでいた。

「私は愚か者かもしれないけど、少なくともテイチャのことを大事に思ってました」その声は、涙に湿っていた。

神父は、思わず一歩、身を引いた。

「誰が、大事に思っていなかったのです?」とフィデルマは、穏やかに、アダッグを促した。

「イボール神父様かしら?」

「もちろん、イボール神父さんは、テイチャのこと、大事に思ってはいませんでした。でも、テイチャのほうが、神父さんのこと、思ってたんです。神父さんを、愛してたんです。私とは……」

若者は、突然、口を噤《つぐ》んだ。

「儂なら、この若者の戯言《たわごと》など、気にとめませんな、修道女殿」と、フェバル神父が無愛想な声で、口をはさんだ。「我々は皆、何が起こったのか、よく知っとるのですぞ」

「そうでしょうか? 私どもは、この若い娘に心を惹かれた人たちのことを話題にしていますが、フィンラッグ修道士も、この娘に惹かれていたのですか?」

「フィンラッグが?」アダッグ修道士は、あっさりと、それを退《しりぞ》けた。「あの人は、女なんか、目もくれません」

フェバル神父は、苦い顔を見せた。「フィンラッグ修道士には、いくつか、芳しくない面もあるが、女の問題は、なかったな」

「芳しくない面?」フィデルマは興味を覚えて、さらに問いかけた。「どのような?」

「残念ですよ、あの男に精神的な資質さえあれば、それが欠点の埋め合わせになってくれるだろうに。フィンラッグがこの僧院に貢献しておるのは、ただ、狩猟の腕と、我々の食卓に載せる食品を集める才覚だけですのでな。あの男は、信仰生活には、適していない。さあ、我々は、もう十分話し合いましたぞ。この不幸な事件は、遺憾な話題をこれ以上続けることなく、これで幕引きとしようではないか」

「この事件は、ことの真相が明らかにされた時に初めて、幕引きとなります」フィデルマは、きっぱりと神父に答えた。「真実は、決して遺憾とされるものではありません」と告げると、彼女は若者を振り向いた。「あなたがテイチャという娘を好きだったことは、わかっています。でもテイチャは、すでに亡くなっているのです。殺害されたのです。あなたは、もうフェバル神父様の規律に従わなくていいのですよ。あなたがテイチャに抱いていた思いのためにも、私に真相を聞かせて下さるべきですよ」

若者は、顎を突き出した。

「私は、真実を話しています」

「もちろん、そうですね。あなたは、イボール神父はテイチャを好きではなかった、と言うのですね?」

「イボール神父は、私のようには、テイチャを愛していませんでした」

「それで、テイチャのほうは、イボール神父様をどう思っていたのです?」

「テイチャは、頭のいいイボール神父に、夢中でした。自分はあの神父さんを愛しているんだって、思い込んでいたんです。でも、二人が話しているのを、聞いたことがあります。イボール神父が、言ってました、止めろって……私に付きまとうのは止めろ……そう言ったんです……付きまとうなって。テイチャは、フェバル神父様はあたしを好きだって言っているけど、あたしはイボール神父様のほうが好きなんだって、言ってました」

フェバル神父が、憤然と立ち上がった。

「若者よ、何を言っておる！」と、神父は雷を落とした。「頭が、どうかしておるぞ」

「お前を愛してるって、テイチャに言っておられたじゃないですか。否定なさっても駄目ですよ」とアダッグ修道士は、神父の怒りに縮みあがることなく、そう答えた。「イボール神父さんが亡くなる前の日、テイチャと言い争っていらしたのを、ちゃんと聞きました」

フェバル神父は、目をぐっと細めた。「ほう、お前は、今やそれほど馬鹿ではなく、場所や日時や出来事を覚えていられるようになった、と言うのか？　修道女殿、この若者の言うことは、信頼できませんぞ。儂なら、彼の証言など、取り上げませんな」

「私は、テイチャを愛してたんです。そして、嘘なんか、言ってはいません！」

「儂は、テイチャに愛情など抱いてはいなかったぞ……」と、神父は言い張った。「儂は、誰も愛してはおらぬ」

「司牧者《ファーザー》は、自分が導く羊の群れの全てを、愛すべきなのではありませんか？」とフィデルマは、微笑みながら、彼を軽く窘《たしな》めた。

「儂は、女性《にょしょう》に対する、淫《みだ》らな感情のことを言っておるのだ。儂は、テイチャの母親が死んだ時に、あの娘の面倒を見てやっただけだ。儂がいなかったら、あの娘は生きてこられなかったはずだ」

「どうやら、テイチャは自分に何らかの恩義を感じるべきだ、と感じておいでのようですね?」

フェバル神父は、彼女を苦々しげに睨みつけた。

「我々は、イボール神父が犯した罪について論じようと、ここに顔を揃えておるのだ。テイチャのことでは、ありませんぞ」

「イボール神父が犯した罪? いいえ、我々はここに、イボール神父によってではなく、彼に対して犯された犯罪について論じようとして集まっているのだと、私は思っております」

フェバル神父の顔が、さっと蒼ざめた。

「何を言っておられるのだ?」

「テイチャは殺されました。でも、殺害したのは、イボール神父ではありません。磔刑像十字架であれ、聖餐杯であれ、それらの盗みに、テイチャも、何ら関わりを持ってはいません。聖餐杯が彼女の死体の近くに転がっていたなど、あまり都合よすぎるではありませんか」

「どうやって、そのような解釈を出されたのだ?」

「フィンラッグ修道士を、お呼び下さい。そのうえで、この事件をじっくり論じ合いましょう」

小さな聖具室で、フェバル神父、フィンラッグ修道士、アダッグ修道士は、フィデルマと向かい合って坐った。一同の顔には、好奇心が浮かんでいた。

「人間が奇妙な行動をとるものだということは、私も認めます」と、フィデルマは口を切った。「ごく普通の状態にあってさえ、人は奇妙な振舞いに及ぶことがあります。でも私には、この件において、彼らが報告されているような行為を行ったとは、とても思えないのです」

フィデルマは、微笑を浮かべた顔を、一人ずつ、彼らに向けた。

「この事件を、一体、どう解釈しておいでなのかな？」とフェバル神父は、嘲笑的に問いかけてきた。

「殺人者が首を吊って自殺した後にも彼に殺されたはずの犠牲者が元気に生きていた、という事態は、神父様の解釈では説明がつきますまい」

フェバル神父は、驚きに、目を瞬いた。「それは、多分、アダッグ修道士の思い違いだ」

「いいえ。一昨日、イボール神父の姿と見事な作りの磔刑像十字架や聖餐杯が消えうせていると、わかったのでしたね？　あなたは、ただちに人々を呼び集め、フィンラッグ修道士も森を探しまわった。そして、木の枝に紐を掛けて縊死を遂げたイボール神父を発見した。そうですね？」

「いかにも、そのとおり」

「今推測されているように、もしイボール神父が、一昨日、自害する前にテイチャを殺害していたのであれば、彼女には、その翌日の午前中、手入れの必要がある法衣を受け取りに、僧院にやって来ることはできなかったはずです」

「アダッグが日にちを間違えているという可能性を、どうして軽視なさるのじゃ？」

「なぜなら、アダッグ修道士は、イボール神父探索の際に裂けたり汚れたりした法衣を、昨日、テイチャに渡しているからです。あなたとフィンラッグ修道士が、イボール神父の縊死による遺体を発見された時に、お二人が着用していた法衣です。この二枚の法衣は、調べてみれば、間違いなくテイチャの小屋で発見されましょう。そして、これが、今述べました私の解釈を、証明してくれるはずです」フィデルマは、ちょっと言葉を切った。「きっと、イボール神父の縊死体がすでに発見されていることを、誰もテイチャに告げてやろうとはしなかったのでしょうね。あの娘は、自分は彼を愛していると、思い込んでいましたのに」

「儂は、あの娘と会わなかったのでな」と、神父は急いで口をはさんだ。「娘と会ったのは、アダッグ修道士だ」

「アダッグは、自分はあの娘を愛していると、認めている癖にな」と、フィンラッグも、皮肉な言葉を付け加えた。

若いアダッグは、挑むように、顔を上げた。「そのことを、否定なんかしませんよ。でも、テイチャのほうは、私に応えてはくれなかった。テイチャは、イボール神父を愛していたんです、自分を拒んでる相手だっていうのに」

「それで、怒りを覚えたのですか？」と、フィデルマは訊ねた。

「ええ、すごく腹が立ちました！」と言うアダッグの語気は激しかった。

フィンラッグ修道士は、疑わしげな顔で、同僚に視線を向けた。

「二人を殺してしまうほど、かっとなったのか？」

「違いますね」とフィデルマが、アダッグが否定しようと口を開く前に、それに答えた。「イボール神父とテイチャは、かっとなった者に殺されたのではありません。冷静な者の手によって、殺害されたのです。そうではありませんか、ブラザー・フィンラッグ？」

フィンラッグ修道士は、さっと彼女に振り向いた。

「そんなこと、どうして私が知ってるってんです、シスター・フィデルマ？」

「二人を殺したのは、あなただからです」とフィデルマは、静かにそれに答えた。

「ばかばかしい！　どうして、私が、そんなこと、するんです？」フィンラッグは、驚愕のあまり、一瞬、茫然と言葉を失っていたが、すぐに怒鳴り返した。

「なぜなら、教会から磔刑像十字架と聖餐杯を盗み出そうとして、イボール神父に見つかったからです。そこで、あなたはイボール神父を殺す羽目になり、彼の心臓を刺したのです。そして、遺体を森に運び、首吊り自殺に偽装しました。でも、ナイフの傷は偽装しようがなかったので、ナイフを遺体の傍らに転がしておいたのです。あたかも、枝に紐を掛けて首を吊った人間が、絶命寸前に、ナイフを取り出して自分の胸を突き刺すことができたかのように。ついでに触れておきますけれど、この哀れな犠牲者、どうやって枝からぶら下がることができたのでしょうね。枝によじ登る手段が近くにあったという説明は、誰からも聞いておりませんよ。これが、どのように難しい行為であるか、考えてご覧なさい。そう、遺体は、誰かの手で、そこに吊るされたのです」

フィデルマは、深く考えこんでいるフェバル神父を見守った。彼は、ほかに何も説明が思いつかずに、頭を振った。

次いでフィデルマは、フィンラッグに強い視線を戻した。

「あなたは、真相が誰にも見抜かれないようにと、入念に策を練ったのです」

今や、聖具室には、緊張が張りつめていた。

「どうかしてるんじゃないんか？」とフィンラッグは、歯切れの悪い口調で、呟いた。

フィデルマは、落ち着いた微笑を彼に返した。

「あなたは、メイン公のお抱え狩人でした。私たちは、すでに、そのことは話題にしましたね。メイン公が、お仕えしている者たちにどんなに寛容な方であったかを。どのような不作の年にも、メイン公の領民で困窮に苦しむ者は一人もいなかったとか。そのようにありがたい主の許をどうして去ったのかという私の問いに、あなたは、信仰上の信念が自分を衝き動かしたのだと、答えました。今も、その信念を持っているのですか？　仮のこの世の生活を捨てて精神的な生き方を選ぶという信念を？」

フェバル神父は、どう考えてよいのか戸惑うように、彼を見つめた。だが、フィンラッグは、何も言おうとしなかった。

「おそらく、つい口から出たのでしょうが、あなたは、この僧院での身分制についての不満も、もらしていました。あなたが求めていたのが精神的な生き方なのでしたら、そのようなことは、問題ではないはずでしょうに？」

フェバル神父が、そっと言葉をはさんだ。

「実を言うと、フィンラッグは、盗みの咎で、メイン公に解雇されたのですわ。それを、我々が、ここに受け入れたのでしてな」

「だからって、それが何の証拠になるんです？」と、フィンラッグは問い返した。

「私は、何かを証明しようとしているのではありません。あなたがしたことを、あなたに話して聞かせようとしているのです。あなたは、初めは、盗品を持って逃げ出そうとしていた。動機は、単純でした。前に、私に話していたように、これらの盗品を売れば、一生、楽に暮らせるほどの金が手に入るはずですから。ほかの人間が自分には授かることのない権力と財貨を持っているというあなたの不満も、これで癒されるはずでした。しかし、今言いましたように、イボール神父に見つかってしまったために、あなたは彼を刺殺し、死体を森に運んでいきました。法衣に血がついていることに気づいたのは、戻って来てからでした。

ところが、フェバル神父が盗難に気づいてしまい、その探索に加わるよう、命じられてしまった。多分、あなたは外套を羽織って、血痕を誤魔化したのでしょうね。血痕は、見つからずに済みました。当然、あなたは、フェバル神父を死体のほうへ誘導したのでしょう。万事、あなたの目論見通りに進みました。イボール神父が、盗難の犯人とされたのです。今や、フェバル神父は、イボールは後悔の念に駆られて自殺したのだ、と信じ込まされてしまった。イボールの体にナイフによる刺創があったことも、説明をつけられてしまい、地面に血痕がほとんどなかったことさえ、疑問とはされずに終わりました。あなたは、法衣の血痕は、イボールを探索している際についたものだ、と装っておくことができました。フィンラッグ、おそらく、あなたは、その時考えついたのでしょうね、まだ見つかっていない磔刑像十字架と聖餐杯は、どこかの盗人がイボール神父の遺体から奪い去ったことにすればいいのだ、と。

その翌日、テイチャは何も知らずに、繕い物や洗濯物を受け取ろうと、僧院へやって来ました。アダッグ修道士は、いつも通り、彼女に渡す法衣を取りまとめていました。その中に、血痕がついたあなたの法衣も、入っていました。それをテイチャに運び出されようとは、あなたの誤算でした。あなたは、テイチャが血痕に疑問を抱かなかったかどうか確かめようと、彼女の小屋に駆けつけました。おそらく、その時にはすでに、打つ手を考えていたのではありませんか？　あなたは娘を殺し、聖餐杯をわざと死体の傍らに残しておきました。磔刑像十字架一つで、金や家屋敷を手に入れるに十分なのですから。皆は、イボール神父とテイチャが何らかの関係をもっていると承知していました。ですから、誰もが、最悪の事態を想像してくれるに違いありません。あなたは僧院に戻り、何ら疑いを招くことなく僧院から立ち去ることができる日が来るまで、何食わぬ顔で、待っていればいいのです」

フィンラッグの顔は、蒼白となっていた。

「それを証明できるんですかい？」と彼は、覚束《おぼつか》ない口調で、異を唱えた。

「その必要が、ありますか？　皆で、磔刑像十字架を探すとしましょうか？　それがどこにあるのか、言ってくれますか……それとも、私が指摘してみせましょうか？」フィデルマは、部屋を出てゆこうとするかのように、さっと立ち上がった。

フィンラッグは、両手で頭を抱え込んで、呻き声をもらした。

「いいです、もう、いいです。そのとおりですよ。もう、わかってなさるんでしょう、十字架がまだ私の部屋に隠してあるって？　これは、絶好のチャンスだったんだ、ここから逃げ出すための……富を摑むための。いい暮らしをするための」

フェバル神父は、僧院のいく棟もの建物の間を通って、フィデルマ修道女と共に正面の門へと向かっていた。

「フィンラッグが磔刑像十字架をどこに隠したのか、どうしておわかりになったのですかな？」と、彼は問いかけた。

修道女フィデルマは、フェバル神父のしかつめらしい顔をちらっと見やってから、悪戯《いたずら》っぽい微笑を面に浮かべて白状した。

「わかっては、いませんでしたわ」

神父は、眉をしかめた。

「では、どうやって、お知りになったのです……フィンラッグの仕業であることや、あの男が何をしたのかということを？」と彼は、どうしても聞きたがった。

「ただの勘です。もちろん、いくつもの事実を正しく見てとり、その事実から導き出した勘ではありますけれど。でも、もしフィンラッグに、自分が犯人だという告発を証明してみせろと迫られましたら、法廷の厳格な訴訟手続きに則《のっと》った形で証明することは、できなかったでしょう。確証を手に入れるという仕事を進めていく際には、時として、こちらに知られていると臆測する犯人の不安に負うことも、ありましてね。こちらが実際にはまだ証拠立てられずにいる事まで、もう証拠を握られているに違いないと思い込む犯人の心理に助けられることさえも。もしフィンラッグ修道士が白状してくれなければ、私には、この件を解決することはできなかったかもしれませんわ」

別れの挨拶に片手を上げながら、王都キャシェルへ向かう道を颯爽と歩み始める修道女フィデルマの後ろ姿を、フェバル神父は、ぞっとした表情で、いつまでも見つめ続けていた。

ウルフスタンへの頌歌《カンティクル》

A Canticle for Wulfstan

ダロウ[1]の修道院長にして司教でもあるラズローン[2]は、満面に笑みをたたえていた。背は低く、丸々とした体軀《たいく》に、赤ら顔。その顔には、ほとんど絶えることなく朗らかな表情が浮かんでいる。ユーモアの感覚に加えて、この世は人に楽しみを与えるために存在していると考えることができる、稀《まれ》なる生得《しょうとく》の才能に恵まれた人なのだ。彼の笑みは、唇からおずおずと歯をのぞかせるといったものではない。胸の底から湧き上がる、明るく、全てを包み込むような笑いだ。大地もそれに唱和して律動しそうな笑い声だ。

「またお目にかかれるとは、嬉しい限りじゃ、シスター・フィデルマ」豊かに響くその声は、これが単なる社交辞令ではなく、再会を喜ぶ心からの挨拶であることを告げていた。

修道女フィデルマも、尼僧という身分と法衣には不似合いな、悪戯《いたずら》っ子を思わせる微笑で、院長の笑顔に応えた。実際、彼女をしげしげと見つめ、被り物の下からこぼれ出ている一房の赤毛、緑の瞳にきらめく笑い、若々しく魅力的な顔に浮かぶ楽しげな色に気づいた人は、これほどきれいな若い女性がどうして修道生活に入ったのかと、訝《いぶか》るに違いない。長身の、均整のとれた姿態は回廊《クロイスター》に囲まれた修道院生活よりも、もっと生き生きした人生を望んでいるかに見えるのに。

「私も、ふたたびお目にかかれて、嬉しうございます、ラズローン院長様。ダロウに伺うのは、私にとって、とても楽しみなのです」

ラズローン院長は、フィデルマが差し伸べている手を両手で受け止めた。二人は、古くからの付き合いであった。フィデルマが〈選択の年齢〉に達した時に、大王都タラへ行きブレホン〔古代アイルランドの裁判官〕のモラン師の許でアンルー〔上位弁護士〕の資格を取るまで法律の勉学を続けるようにと助言したのも、彼であった。アンルーとは、学術分野での最高位オラヴに次ぐ、きわめて高位の資格である。彼は、フィデルマがドーリィー〔弁護士〕の資格を取得してブレホン法廷に立つことができるようになった時にも、この先、聖ブリジッド[3]が設立したキルデアの修道院に所属するよう、助言してくれたのであった。キリストの光がエール〔アイルランドの古名の一つ〕の岸辺に到達する以前には、専門家はドゥルイド〔賢者〕と呼ばれる階級《カースト》の一員であったが、やがてその社会的地位がキリスト教の聖職者や修道院に取って代わられた時、知的階級[4]は、新たに設立されつつあったキリスト教修道院の中に自分たちの新たな地位を確立していったのである。

「ここに、しばらく滞在おできかな?」とラズローン院長は、彼女に訊ねた。

フィデルマは、首を横に振った。

「これから、アード・マハ（現在のアーマー）の聖パトリック(5)の寺院を訪ねるところなのです」

「では、今夜、夕食を共にしようではないか。久しく、刺激的な会話に飢えておるものでな」

フィデルマは、からかうように顔をしかめてみせた。

「お師匠様は、付属の学問所でも高名な大修道院の一つ、このダロウの修道院の院長でいらっしゃいますのに。ここには、あらゆる分野の教授がたや国中から集まってくる学生たちが、暮らしておられるではありませんか。刺激的な議論の相手に事欠くとは、どういうことですの？」

ラズローンは、くすりと笑い声をもらした。「教授連中ときたら、すぐに講義を始めよる。てんで、会話になりはせぬ。そうした独演の退屈なことと言ったら。時には、学生の中に、もっと知的な人間が見つかりますぞ」

ダロウとは、〝オークの森の広がる地〟を意味する地名で、この修道院は、そこに設立されてまだ一世紀に満たないのだが、学問所としての名声は、すでに大陸にまで広がっていた。そもそも、〝学者の島〟(6)と呼ばれるアイルランドのエイリーン湿地にこの修道院を設立されたのは、聖コルムキルであった。やがてこの聖者は、アイルランド全土を統《す》べる大王《ハイ・キング》にエールの岸辺から追放されてダール・リアーダ(7)（大ブリテン島北西部の小王国）に渡り、ダロウに劣らぬ名声を馳せる修道院をアイオナ島に設立することになったが、ダロウの修道院にも、今もなお、夥《おびただ》しい学生たちが押し寄せて来ている。

修道女フィデルマは、ラズローンと並んで高い丸天井の回廊を進み、院長室へと向かった。修道士や平信徒の学生たちが、それぞれの教室や勤行《ごんぎょう》に出席しようと、面《おもて》を伏せながら、静かに、だが足早に、回廊を行き交っていた。ダロウの修道院は、神学、医学、法学、人文学の四学部を擁しているのである。

今は午前の半ば。人々をアンジェラスの祈禱へ呼び集める朝の鐘と昼の鐘との中間といった時刻となっていた。フィデルマは、今朝、夜明けと共に起きだして、ダロウへの十五マイルの道を馬でやって来たところだった。普通の聖職者には許されない騎馬の旅ができるのも、ブレホン法廷の弁護士という地位ゆえに、彼女に許されている特権なのである。二人の行く手に、生真面目な顔つきの修道士がさっと現れて、躊躇《ためら》いを見せながら、頭を下げた。痩身で浅黒い肌と暗褐色の目をした修道士で、ラズローン修道院長の面に絶えず微笑が漂っているのと同じように、いつも彼の顔には渋い表情が浮かんでいるようである。ラズローンは片手で彼の辞儀に応えたが、挨拶というより、むしろ下がれと指示しているかのような奇妙な仕草であった。修道士はそれに応じて、回廊沿いの小部屋の一つに引き下がった。

ラズローン院長は、やや弁解気味に、フィデルマに説明した。「いい男なのだが、ユーモアの感覚に全く欠けておってな。よく考えさせられますわい、この男、自分の天職を間違えたのではなかろうか。本当は、哀悼歌《クイーン》(8)を歌いながら泣くために葬儀の席に雇われる職業的哀悼者となるべきではなかったのか、となﾞ」

　そう言って、彼は悪戯っぽい微笑をフィデルマに向けた。

「でも、あの〝ダロウのフィーナーン〟は、ブレホンがたの敬意を集めておられる学者ですわ」とフィデルマは、真面目な顔を保とうと努めながら、かつての師にそう答えた。ラズローンと一緒だと、しかつめらしい顔を続けるのは、なかなか難しい。

「やれやれ」とラズローンは、溜め息をついた。「あなたがここの教授陣に加わってくれると、我々の世界も少しは明るくなるのだが。フィーナーンは、法律書の文面を教えている。だが、あなたなら、法というものは、賢い人々には指針となってくれるが、暗愚な者には、絶対服従すべき枷《かせ》となってしまう惧《おそ》れがあるのだと、学生に教えてくれることができように」

　修道女フィデルマは、唇を噛んだ。

「法を超えて解決しなければならない倫理の問題も、時には生じますものね」と、彼女もラズローンに同意した。「現に、法か人としての正義か、その何《いず》れをとるべきか、決断を迫られたこともありましたわ[9]」

「いかにも、そのとおりじゃ。フィーナーンの学生たちは、法律に関する立派な知識を学んで、ここを巣立ってゆく。だが、しばしば、正義については、白紙のままじゃ。今の儂《わし》の提案、考えてみて下さるだろうな？」

　フィデルマも、これに即断はできなかった。

「多分」と、彼女は慎重に答えた。

ラズローンは微笑み、頷いた。

「見まわしてご覧なされ、フィデルマ。学問の中心地としての我々の評判は、ローマにまで達しておりますぞ。ご存じかな、我々の学生たちの間では、少なくとも十八ヶ国語が話されていることを。そこで、全ての人々に通じる共用語として、ここではラテン語とギリシャ語を使わねばならぬ。ここに来ている学生は、ゲール（アイルランド、スコットランド等に渡ったケルト人の一派）の若者だけではない。フランキアの若い王子ダゴバートと彼の側近たち、ウルフスタン、エイドレッド、リードヴァルド、といった王子たちを始めとする二十人にも及ぶサクソン人たち、さらには、ケルト系の王国ラゲッド（大ブリテン島中部の西海岸に位置するブリトン人の小王国）の王子タローゲンに……」

「サクソン人たちは、領土拡大をもくろんで、ラゲッド王国に絶えず戦いを挑んでいると聞いております」とフィデルマが、意見をはさんだ。「学生たちも、互いに打ち解けあうことは、なかなか難しいでしょうね」

「ああ、そうなのだ。我々アイルランドの修道士たちは、ブリトンの島のノーサンブリア王国へ赴《おもむ》き、サクソン人たちにキリストの教えを伝えるとともに、学問を授け、敬神の心を植えつけようと努めてきた。だがサクソン人たちは、いまだに侵寇《しんこう》、略奪、征服のみを目指す、猛々しい戦闘の民でな。ラゲッドも、ブリトン人の諸王国と同様、やがてサクソン族によって滅ぼされよう。儂の子供の頃、ブリトン系の王国エルメットも、滅亡した。かつてエルメットのブリトン人が暮らしていた土地は、今やサクソン人の農民や領主のものとなっている」

二人は、院長室の前へやって来ていた。ラズローンが扉を開けて、フィデルマを中に招じた。

フィデルマは、なおも眉をひそめていた。「過去二世紀半もの間、ブリトン人とサクソン人の間で、絶えることなく戦いが続いております。そうした中で、学問所にブリトン人とサクソン人を同時に迎え、同じ教場で教育をお授けになるのは、定めし困難なお仕事でしょうね？」

二人は、ラズローンが大修道院の運営に関するもろもろの仕事を執り行う院長の執務室の中へと進んだ。院長は、泥炭《ターフ》の火が燻《いぶ》るように柔らかく燃えている暖炉の前の椅子を指し、それに坐るようにと身振りで告げると、テーブルの上の陶器の水差しからワインを二つの高杯《ゴブレット》に注いだ。彼は、その一つをフィデルマに渡し、もう一つを掲げると、ラテン語で祈りの言葉を厳かに唱えた。

「全能なる神よ、あなたの賜物《たまもの》に感謝いたしまするる」だが、その目には、愉快そうな色が、きらめいていた。

フィデルマも、「アーメン」と応じながら、ゴブレットを口へ運び、ゴール産の芳醇な赤ワインを味わった。

ラズローン院長も椅子に腰を下ろし、ゆったりと足を炉の火のほうへ伸ばした。

「学問所にブリトン人とサクソン人を共に迎えることは困難だろう、とな？」ややあってから、ラズローンが考えこみつつ、そう呟いた。フィデルマ自身、自分が問いかけたことを忘れかけていた質問であった。「そうなのだ。ここで、ブリトン人とサクソン人の諍《いさか》いは、すでに幾度も起こっている。我らのこの聖域には武器の携帯が禁じられておるからこそ、これまでのところは刃傷沙汰《にんじょうざた》に及ばずに済んでおるが」

「どうして、どちらかのグループを別の学問所にお移しにならないのです？」

ラズローンは、鼻をくすんと鳴らした。

「そのことなら、すでにフィーナーンにも、示唆されておる。適切にして実現可能な、理にかなった提案であろうな。問題は……どちらのグループを移すかだ。ブリトン人側もサクソン人側も、もしどちらかがダロウを出るのであれば、それは相手のほうだと主張して、自分たちが出て行くことを拒否しますわい」

「となると、難しい問題を抱え込んでおいでですわね」

「そのとおり。どちらも激昂《げっこう》しやすく、侮辱は、現実のものであろうと思い込みであろうと、なかなか忘れようとはしない。特に、サクソンの王子ウルフスタンは、きわめて傲慢な若者でな。常に十人の従者を従えている。サクソン系の小王国の一つ、南サクソン王国からやって来ているのだが、その物言いを耳にすると、彼の国は全世界を擁しておるのかと思いますわい。とにかく、高慢の罪にひどく毒されている若者だ。ブリトン人相手に初めて諍いを起こした後、彼は儂に、格子付きの窓と内側から閂《かんぬき》が掛けられる扉を備えた部屋をもらいたいと要求してきおった」

「〝神の館〟に住むにしては、奇妙な要求ですわね」

「儂も、彼にそう告げたとも。だが、ウルフスタンは、命を狙われているのだと言い張った。現に、ひどく不安がっている様子で、その恐怖も本物らしいので、安心させるために、罪を犯した者を拘束しておくために使っている、窓に格子のはまった部屋を、提供してやりましたわ。そのためには、修道院の大工に、内側から掛ける閂を扉に取り付けさせねばならなかったが。ウルフスタンは、おかしな若者だ。院内をさえ、五人の従者の護衛なしには歩きまわらぬし、晩禱《ヴェスパー》が終わると部屋に引きこもるのだが、先ず従者に検分させてから部屋に入り、内側から自分で閂を掛け、翌朝のアンジェラスの祈りの時間まで、部屋を出ようとしない」

フィデルマは口許をすぼめ、不審げに、頭を振った。

「本当に、ひどく怯え恐れているようですね。ブリトン人たちとも、話されましたか？」

「ああ、話したとも。たとえばタローゲンだが、全てのサクソン人は、我が民族の血にとっての敵《かたき》だと、公然と言ってのけておる。だが、サクソンの血を、この神の館の中で流すようなことは決してしないとも、断言しておったが。実を言えば、儂は、この若いブリトン人にかえって咎められてしまった。彼らラゲッド王国の民は、もう何世紀も前からキリスト教徒となっており、サクソン人どもと違って、不可侵の地への侵攻など一度もしていないではないか、と言ってな。彼の言葉で、儂も思い出した。わずか半世紀前、まだそのことを記憶している人々がいるほどの近い過去に、ノーサンブリアのエセルフリス率いるサクソン軍はカエル・リージアンにおける戦闘でポウイス王国（現ウェールズの中部にあったブリトン人の小王国）のシェリフ・マップ・キナンを打ち負かしたが、彼らはバンゴール・イス・コオドから来ていた千人ものブリトン人修道士たちをも虐殺し、それによって自分たちの勝利を汚《けが》してしまった。タローゲンは断言しておった。サクソン人は、物の考え方においても、現実の言動においても、到底キリスト教徒とは言えない、とな」

「ということは……?」ワインを啜ろうと言葉を切ったラズローンを、フィデルマは促した。

「つまり、タローゲンは、聖域である修道院の中でサクソン人に危害を与えることはしないと言っておるのだが、修道院の壁の外であれば躊躇いなくウルフスタンを殺害するに違いない、ということだ」

「彼のキリスト教徒としての慈悲と愛と赦《ゆる》しも、その程度のことですか」とフィデルマは、溜め息をついた。

ラズローンは眉根を寄せて、それに答えた。「ブリトン人がこの数世紀、サクソン人の手で酷い目に遭わされてきたことを、思い出してやる必要があるだろうな。ともかく、サクソン人は後から侵入してきて、ブリトンの土地の大部分を征服したのだから。アイルランドは、ブリトンの島におけるサクソン人のこうした侵略を逃れてやって来たブリトン人避難者の集団を、いくつも受け入れて来ておる」

フィデルマは、からかうような微笑を彼に向けた。「お師匠様は、タローゲンの態度を是認なさっておいでだ、と見てもいいのでしょうか？」

ラズローンも、にやりと面に笑みを浮かべた。「キリスト教徒として、儂が彼を是認するかとのお訊ねであれば、それはむろん、否ですわい。しかし、遙か昔、遠い従兄弟分であるブリトン人と共通の起源と信仰と法律を分かち合っていたアイルランドの民（ブリトン人もアイルランド人も、ケルト民族）の一人として答えるのであれば、儂はタローゲンの怒りに秘かな同情を覚えておりますわい」

その時、突然、扉が激しく叩かれた。ラズローンもフィデルマもぎょっとするほどの、唐突で騒々しい音だった。すぐに、院長の許可を待つことなく扉がさっと開き、ここまで駆けて来たらしく赤い顔をして、法衣も乱れている中年の僧が、息をはずませて飛び込んできた。

彼は、二、三歩室内へ入って来ると、肩で大きく息をつき、喘《あえ》ぎながら立ち止まった。

ラズローン院長は、彼にしては珍しく、煩《わずら》わしげに眉をしかめながら、立ち上がった。

「一体、どうしたのじゃ、ブラザー・オルトーン？　分別を失ったのか？」

僧は、目を剝いたまま、頭を横に振り、動悸を静めようと、大きく息を吸い込んだ。

「神よ、我らを悪より守り給え」と、彼はやっと言葉を口にした。「殺人が行われたのです」

ラズローンの落ち着きも、大きく揺らいだ。

「殺人、そう申したのか？」

「サクソン人のウルフスタンです、院長様！　寝室で刺殺されました」

ラズローンの顔から、さっと血の気が引いた。彼は、驚愕の視線をフィデルマに走らせた。だがすぐに、厳《きび》しい表情となって、オルトーン修道士に視線を戻した。

「気を静めるがいい、ブラザー」と院長は、穏やかにオルトーンに話しかけた。「そして、儂に、ゆっくりと、注意深く、聞かせなさい。何が起こったのじゃ？」

オルトーン修道士は、神経質に生唾を飲み込むと、乱れた思いをまとめようと努めた。

「午前も半ばにさしかかった頃、ウルフスタンの学友でもあり従兄弟でもあるエイドレッドが私のところへやって来ました。心配そうでした。ウルフスタンが、朝の礼拝にも、午前の授業にも、出席していなかったそうで。昨夜、晩禱の後で自分の部屋に戻って以来、誰も彼を見ていないと知って、エイドレッドがウルフスタンの部屋に行ってみると、扉は閉まっていて、彼の呼びかけに何の反応もなかったとか。それで彼は、ここの執事《ドミヌス》である私のところへやって来たのでした。私は、彼と一緒にウルフスタンの部屋へ行ってみました。確かに、扉は閉まっており、明らかに中から閂が掛かっていました」

彼はちょっと言葉を切ってから、ふたたび説明を続けた。

「私は、しばらく扉を叩き続けた後、エイドレッドの手を借りて、それを力ずくで開けようとしてみました。でも、いくらやっても開かないもので、さらに二人の修道士を呼びつけ、彼らの助けで、やっと扉を閉ざしている閂を壊すことができました。部屋の中には……」オルトーンは、その情景を思い出して蒼い顔になり、唇を噛んだ。

「続けなさい」とラズローンが命じた。

「部屋の中には、ウルフスタンの死体がありました。寝台に仰向けに倒れていました。寝間着姿で。すでに乾いている血で、寝間着は赤く染まっていました。胸と腹部には、何ヶ所もの刺し傷がありました。何回も、刺されたのです。殺害されたことに、間違いはありません」

「それから、どうしたのじゃ？」

オルトーン修道士も、この時にはすでに落ち着きを取り戻していた。

「私は、二人の修道士に部屋の見張りを言いつけ、エイドレッドには、自室に戻り、私が使いをさし向けるまで、この件を誰にももらさぬよう、命じておきました。その後すぐ、こうしてご報告にあがったのです、院長様」

「ウルフスタンが殺害された、だと？」ラズローンは、この事件がどういう意味を持つかを考えこむかのように、呟いた。「となると、神よ、どうかご庇護を給わらんことを。南サクソン王国そのものは小国であるが、彼らサクソン人諸国は、サクソン族以外の者には団結して立ち向かう。この事件は、サクソン諸王国と我らエールの国との間に、軋轢《あつれき》を引き起こしかねない」

修道女フィデルマは椅子から立ち上がり、眉をひそめて執事を見つめつつ、前へ進み出た。

「この点を、はっきり聞かせて下さい、ブラザー・オルトーン。部屋の扉は、内側から閉ざされていた、と言われるのですね？」

オルトーン修道士は、うるさそうに顔をしかめながらフィデルマをじろりと見つめた後、彼女を無視するかのように、ふたたびラズローン院長に視線を戻した。

「フィデルマ修道女殿は、ブレホン法廷のドーリィーなのだ、ブラザー」と、ラズローンは、穏やかにオルトーンを咎めた。

オルトーンは目を見張り、敬意の表情を浮かべつつ、慌てて顔をフィデルマに向けなおした。

「そうです。ウルフスタンの部屋の扉は、内部から閂を掛けられておりました」

「窓には、格子が取り付けられていたのでしたね？」

質問の意味を理解したらしい表情が、オルトーンの顔にちらっと現れた。

「あの窓からは、誰も出入りはできません、修道女殿」ある考えが彼の胸の中で形をとりつつあるらしく、彼は強く息を呑みこんで、ゆっくりと答えた。

「でも、誰も扉から出ては行かなかったのですね？」とフィデルマは、執拗《しつよう》に念を押した。

オルトーンは、頷いた。

「ウルフスタンの傷は、自分でつけたものではないと、確かに言い切れますか？」

「めっそうもない！」自死は、神に対する大罪である。オルトーンは膝を屈め、急いで十字を切ると、囁《ささや》くように否定した。

「では、それが何者であるにせよ、殺人者はどうやって部屋に入り、ウルフスタンを殺害し、内側から閂を掛けておいて部屋を立ち去れたのでしょう？」

「神よ、助けたまえ。修道女殿！」とオルトーンが叫んだ。「誰であろうと、できません。これは妖術です！　石の壁をすり抜けることができる、邪悪なる悪霊です！」

ラズローン院長は、回廊の端まで来た時、気懸りそうに足を止めた。そこには、好奇心をそそられた修道士や学生が入り込むのを防ぐために、二人の修道士が見張りに立っていた。噂が広がるのを抑えようとしたオルトーン修道士の努力にもかかわらず、ウルフスタンの死は、すでに回廊のあちこちで囁かれていた。両手を法衣の陰で慎ましく組んで、落ち着いた静かな態度で自分のすぐ後ろに従《つ》いてくるフィデルマを、ラズローンは振り返った。

「本当に、この事件を扱われるおつもりなのかな、フィデルマ？」

フィデルマ修道女は、眉をひそめた。

「私は、ブレホン法廷の弁護士ではありませんか。ここに、この件を扱える人間が、私以外に誰かおりましょうか、お師匠様？」

「しかし、彼の死に方が……」

彼女は顔をしかめて、彼の言葉をさえぎった。

「私は、これまでに数多くの死体を見て参りましたけれど、穏やかな形で死を迎えた死者など、ほとんどおりませんでしたわ。こうした任務のために、私は訓練を受けてきております」

ラズローンは溜め息をつき、二人の修道士に、彼の側《そば》に来るようにと身振りで命じた。

「こちらは、フィデルマ修道女、ドーリィー殿じゃ。ウルフスタンの死について、儂のために、調査をして下さる。ドーリィー殿が必要となさる手助けを、遺漏《いろう》なく務めるように」

ラズローンは、そう言い置くと、途方に暮れたかのように肩をすくめ、踵《きびす》を返して戻っていった。

フィデルマが部屋の扉の前にやって来ると、二人の修道士は、恭しく、傍らへ身を寄せた。

ウルフスタンの部屋は、修道院の一階の、黒い花崗岩の回廊に一番近い箇所に位置していた。扉は、今は半ばむしり取られた形で蝶番《ちょうつがい》からぶら下がっているが、おそらく二インチはありそうな厚板でできており、頑丈な鉄の蝶番で、戸口を囲む枠木《フレーム》に取り付けられていた。彼女がこれまでによく見てきたものとは違って、この扉の外側には、鉄の把っ手はついていない。彼女はしばらくその場に立ち止まって、鋭い緑の目を扉の木材に走らせ、じっくりと観察した。扉には、懸命に開けようとしたオルトーンの努力の跡が残っていた。

フィデルマは、一歩踏み出した。しかし、敷居のところで立ち止まり、そこから鋭い視線を室内にめぐらせた。

戸口の向こうに、寝台が見える。遺体は、その上に、両手を投げ出すように広げて、仰向けに横たわっていた。両目をかっと見開いたその顔は、死を目前にした最後の苦しい喘ぎを見せて、天井へ向けられている。死者は寝間着の白いシャツをまとっていたが、それにも血飛沫《ちしぶき》が飛び散っていた。傷が死者自身の手によるものでないことは、確かだ。

その場に立ったままで、フィデルマは、小さな木製の椅子と、その上に投げ出されている衣服の山を、見てとることができた。オイル・ランプと若干の文房具が載っている小型の机も見える。室内の調度は、それで全部であった。

薄暗い室内には、小さな窓から光が差し込んでいた。床から八フィート（一フィートは約三〇・五センチ）の高さに設けられているこの窓には、細い鉄板が十文字に打ちつけられていた。これでは、腕を差し込もうにも、肩までしか入らない。それ以上は、無理だ。部屋の四面の壁は、切り石を積み上げた石壁で、床も大きな花崗岩の平石から成る石敷きである。天井には、黒いオーク材の梁《はり》が何本か渡されている。さらに詳しく見てとるには、まだ昼前だというのに、光が乏しすぎた。唯一の明かりは、十文字に鉄板を打ちつけた小さな窓から差し込む外光だけなのである。

「ブラザーがた、明るいランプを持ってきて下さい」とフィデルマは、回廊に立っている二人の修道士に呼びかけた。

「ランプなら、部屋にありますが」と、一人が答えた。フィデルマは苛立ちを隠して、彼に説明した。

「入念に調べ終えるまで、室内の物には何一つ、触れたくないのです。ランプを持ってきてもらえますね？」

修道士の一人が、急いで取りに行った。彼がオイル・ランプを手に戻って来るのを、フィデルマはその場を動かずに待った。そして、「火を灯して」と告げた。

修道士は、彼女の指図に従った。

フィデルマはそれを受け取ると、軽い会釈で、彼に礼を伝えた。

「では、部屋の外で待っていて下さい。私がよいと言うまでは、誰もここへ通さないで」

そのうえでフィデルマは、初めてこの奇妙な死の部屋の中へと、ランプを手に入っていった。

ウルフスタンの遺体は、咽喉《のど》をナイフか短刀で掻き切られており、胸や心臓の辺りにも数ヶ所、傷があった。凶器で切り裂かれた寝間着も、遺体のまわりの敷布同様、血塗《ちまみ》れになっている。

寝台近くの床に、血のついた布が落ちていた。血は、すでに乾いている。彼女はそれを拾い上げ、調べてみた。上品な亜麻《リネン》のスカーフで、ラテン語の銘が刺繍されていた。血痕をよく見てみると、誰とも知れぬウルフスタンの殺害者は、ポケットからこの布を取り出して凶器を丹念に拭《ぬぐ》ったようだ。だが、ほかのことに気を取られていたのだろうか、うっかり死体の傍らに落としてしまったらしい。修道女フィデルマは、法衣の襞《ひだ》の陰にあるポケットに、スカーフをしまい込んだ。

彼女が次に調べたのは、窓だった。高い位置なので手が届かないが、見たところ、問題はなさそうだ。次いで彼女は、天井の厚板と梁を観察した。天井の高い部屋である。床からは、十一フィートはありそうだ。床もまた、十分に堅牢であるようだ。

突然、彼女は扉近くの床に、小さな灰の山を見つけた。紙か、あるいは上質皮紙《ヴェラム》の燃え滓《かす》のように見える。彼女はその傍らに片膝をついて屈みこみ、自分の息で舞い散らさないように注意しながら、調べてみた。さほど大きな紙片ではなかったらしい。だが、すっかり燃えきっていて、何が書かれていたのかは、判読できなかった。

彼女は立ち上がり、今度は扉を調べてみた。

扉を閉ざすために使用されていた二本の閂も、側に転がっていた。閂を掛けた状態であれば、鉄製の受け金具《レスト》に納まっているはずの太い棒である。一つの閂は扉の下端から三フィートの位置に、もう一つのほうは五フィートのところに設置されていた。上のほうの閂の両端近くに、受け金具が戸口の枠木に取り付けられていたが、フィデルマは、それがもぎ取られていることに気づいた。明らかに、オルトーンが扉を押し破った時に、そうなったのだろう。閂にかかった圧力が、受け金具を引きむしったのだ。しかし、下のほうの閂の受け金具は傷《いた》んではおらず、閂そのものも、無傷のまま扉のすぐ内側に転がっていた。閂は、二本とも、頑丈な太い木材で、両端には麻の撚《よ》り糸が巻きつけられていた。閂を掛けた時、鉄の受け金具で磨滅するのを防ぐためだろうと、フィデルマは推測した。だが、上のほうの閂の両端の麻糸は解《ほど》けかかっており、その末端は黒く変色し、ほつれていた。

亜麻《リネン》のスカーフの持ち主が答えを出してくれるのでない限り、謎の解明の鍵は、この扉にこそ、潜んでいるのではなかろうか。

フィデルマは扉に近寄ろうとして、危うく足を滑らせるところであった。手を伸ばして、何とか体を支えることができた。扉のすぐ内側の床に、黒ずんだ小さな油の染《し》みがあったのだ。

彼女の鋭い目は、扉のもう一方の端近くにも、同じような染みを見つけた。屈んで、二つの染みを調べながら、彼女は眉をひそめた。扉の両側の枠木に、釘が一本ずつ打ち込まれているのだ。それにも、端が黒くなって、ほつれている短い撚り糸が巻きついていた。

修道女フィデルマは、唇を固く引き締めて考えこみながら、かなり長いこと、扉を見つめ続けたうえで、やっと死の部屋を後にした。

ラズローン修道院長の部屋で、修道女フィデルマは、長テーブルを前に坐っていた。事件を解決に導いてくれそうな人物への聴き取りは、この院長室で行うことにしようと、ラズローンとフィデルマの間で、相談してあったのである。ラズローンは、これに自分も立ち会おうと申し出てくれたが、フィデルマはそこまでしてもらう必要はないと考えた。ラズローンは、自分の助けが必要となった際に使うようにと、フィデルマに卓上鈴を渡して、隣室に引き下がっていった。

オルトーン修道士が、彼女が会いたい人物をここに連れてくる役に選ばれ、今も、ウルフスタンの学友であるサクソンの王子の一人、エイドレッドを呼びに行っていた。オルトーンがウルフスタンの遺体を発見した時、もう一人の従兄弟リードヴァルドと共にそれを手伝った若者である。

エイドレッドは、亜麻色の髪と、全く表情を持たないと見える冷たく青い目をした、傲慢な若者であった。軽侮と倦怠だけが刻み込まれているような容貌だ。部屋に入って来るや、彼はフィデルマ修道女に気づき、目許を険しくひそめた。彼と共に、長身で筋骨逞《たくま》しい、二十代の終わりにさしかかっているらしい若者も、やって来た。武器は携帯していないものの、彼はエイドレッドの護衛官であるかのように振舞っていた。

「エイドレッド殿ですね？」とフィデルマは、問いかけた。

若者は、顔をしかめた。

「私は、女の質問には答えぬ」嗄《しわが》れた声が、彼のぎごちないアイルランド語の発音と相俟《あいま》って、その言葉をひどく耳障りなものにしていた。

修道女フィデルマは、溜め息をもらした。サクソン人は傲慢で、女性を人間としてではなく、奴隷並みに扱うと、耳にしたことがある。

「私は、あなたのお国の王子、ウルフスタン殿の死について、調査を行っている者です」と、彼女はきっぱりとした口調で、彼に告げた。

エイドレッドは、平然と彼女を無視しただけであった。

「修道女殿」と話しかけたのは、長身で筋肉質のサクソン人であった。彼のアイルランド語と、アイルランドについての知識は、エイドレッドより優れているようだ。「私は、ステイニンガムの領主のリードヴァルドで、アンドレッズヴァルドの領主であるこのエイドレッドの従兄弟であります。我々サクソン民族の王族には、自分と同等の王家の身分の者でない限り、女性《にょしょう》と言葉を交わす習慣はないのです」と彼は、フィデルマに告げた。

「では、お国の習慣についてお教え頂いたことに感謝します、リードヴァルド殿。お従兄弟のエイドレッド殿は、ご自分が客人として滞在しておいでの我が国の法律や慣習に疎《うと》くていらっしゃるようですね」

エイドレッドの顔に浮かんでいる腹立たしげな渋面には取り合わずに、フィデルマは手を伸ばして、自分の前の銀の卓上鈴を振った。ラズローン院長が、次の間《ま》からやって来た。

「前もって警告して下さいましたように、サクソンの方々は、自分たちはこの国の法律を超越した存在だと、考えておられるようですわ、院長様。おそらく、この方たちも、院長様のお口からの説明でしたら、納得されることでしょう」

ラズローン院長は頷くと、若者たちに向きなおり、二人にきっぱりと、彼女のモアン王国[10]の王女という社会的身分と法の世界における地位について言い聞かせ、また彼女の叡智と学識には、大王でさえ敬意を払っていることも、付け加えてくれた。エイドレッドは相変わらず渋面を続けてはいるものの、彼にはフィデルマの質問に答えねばならぬ法的な義務があるとのラズローンの指示には、硬い表情で頷いた。リードヴァルドのほうは、これを当然のこととして、受け入れた。

「あなたの同国人が、あなたを王家の人間であると認められたからには、私も質問に答えるとしよう」エイドレッドは、フィデルマの許しも得ずに勝手に腰を下ろしながらも、彼女にそう答えた。リードヴァルドのほうは、そのまま立ち続けた。

フィデルマがラズローンをちらっと見やると、彼は肩をすくめてみせた。

「サクソンの習慣は、我々のものとは違っておりますのでな」と彼は、詫びるような口調で、フィデルマの視線に答えた。「彼らの粗野な気風は、許してやって下され、フィデルマ」

エイドレッドの顔が、憤《いきどお》りに、さっと朱に染まった。

「私は、至高神ウォーデンを祖としたエイエラの血を受け継ぐ、南サクソン王家の王子ですぞ！」

腕を背後で組んで静かに立っていたリードヴァルドが顔を曇らせ、何か言おうとする気配を見せたものの、そのまま口を閉ざした。

ラズローン修道院長は、この異教神への言及を聞くや、膝を屈めて、無言の祈りを神に捧げた。フィデルマのほうは、ただ興味を示して、若者をじっと見つめた。

「どうやら、唯一の神に帰依《きえ》する真のキリスト教徒には、まだなっておられぬようですね？」

エイドレッドは、唇を嚙んだ。

「あらゆるサクソンの王家は、神であろうと、人間であろうと、あるいは英雄であろうと、皆、ウォーデンの末裔《まつえい》ですからな」と彼は、いささか弁解気味に、そう答えた。

「さて、あなたご自身のことを、お聞かせ下さい。ウルフスタン王子殿の従兄弟でいらっしゃるとか。もし私どもの言葉アイルランド語ではお話しになりにくいようでしたら、ラテン語かギリシャ語でも結構です。私は、そのどちらであれ、自由に話せますので」

「私は、どちらも話せない。この国の言葉は、ここで学んでいる間に、いささか話せるようになったし、ラテン語も少しは知っているが、その他の国語は、全く知らない」

フィデルマ修道女は驚きを押し隠して、先を続けるよう、彼に身振りで伝えた。彼女が知っているアイルランドの王族や族長は、ほとんど全て、自国語のほかに、ラテン語やギリシャ語は言うまでもなく、その他の数ヶ国語も流暢《りゅうちょう》に操ることができるからだった。

「結構です。ウルフスタン殿は、あなたの従兄弟だった。そうですね？」

「ウルフスタンの父である南サクソン王国のキッサ王は、私の父キメンの兄で、私自身は、父の後を継いで、今はアンドレッズヴァルドの領主です」

「ウルフスタンとあなたは、どのような次第で、当地ダロウへお出でになったのです？」

エイドレッドは、鼻を鳴らした。

「何年か前に、あなた方の同門のディクールという者が我が国にやって来て、彼の信じる神、キリストという名の息子を持った、名前もない神について説教を始め、キッサ王はウォーデンに背を向け、この新しい神へと改宗してしまわれた。そのアイルランド人は、我が国のボッザムという地に、彼らの社会、つまり修道院を築くことを許され、多くの者がその教えを聴きに集うようになっていった。やがてキッサ王は、王太子ウルフスタンをアイルランドへ留学させようと考えられた、という次第ですよ」

フィデルマは、それに頷きながらも、訝った。エイドレッドの口振りには、キッサ王のキリスト教への改宗を善しとしていないような響きが聞き取れた気がするが、これは単に彼のアイルランド語の拙《つたな》さのせいなのだろうか？

「では、ウルフスタン殿は、すでにお国の王位継承者に選ばれていらっしゃるのですね？」

ラズローン院長が、笑いながら、口をはさんだ。

「サクソン人には、我々の法が定めるところとは異なる制度があるのだ、フィデルマ。サクソンでは、長男が全てを継承する。我々のような、デルフィネ(11)による相互選出ではないのだ」

「わかりました」と、フィデルマは頷いた。「続けて下さい、エイドレッド殿。キッサ王が、ウルフスタン王子をここへ留学させる、とお決めになったのですね？」

若者の顔に、苦々しげな表情が浮かんだ。

「私にも、ウルフスタンに同行し、一緒に学ぶよう、命じられた。我々と、もう一人の従兄弟のこのステイニンガム領主リードヴァルドは、我々の世話をする十人の下人《げにん》、五人の奴隷を伴ってやって来て、六ヶ月前から、こちらの学生となったのです」

「そして、優秀とは言えない学生だ」と、ラズローンが呟いた。

「それは、当然です」と、エイドレッドはぴしりと言い返した。「我々は、望んでやって来たのではない。キッサ王に命じられてのことですからね。今、肉親の亡骸《なきがら》を故国に伴うためにこの地を去ることになって、大いに喜んでいますよ」

「〝カウェ・クイド・ディキス〟というラテン語の格言に、何か心当たりは？」

エイドレッドは、鼻を鳴らした。

「若いフランキアの王子ダゴバートの座右の銘ですな」

フィデルマは、しばらく若者を見つめてから、視線をリードヴァルドに転じた。この若者の顔には、血が上り、困惑の表情が現れていた。

「あなたは、如何です、リードヴァルド殿？　何か思い当たられることは？」

「残念ながら、私はラテン語ができませんので」と彼は、低い声で呟いた。

「なるほど。では、あなたが最後にウルフスタン殿を目にされたのは、いつでした？」

「晩禱の直後でした」

「正確には、どういう状況だったのでしょう？」

「いつも通り、ウルフスタンは就寝のため、私とエイドレッドと共に、下僕と奴隷を二人ずつ連れて、寝室に向かいました。いつものように我々が室内を調べ終えると、ウルフスタンは部屋に入り、我々を引き下がらせました」

エイドレッドも頷いて、それに同意を示した。

「私は、回廊で、リードヴァルドとしばらく話をしていた。だが、すぐにウルフスタンが閂の棒を掛けた音がしたので、私も自分の部屋に引き下がりましたよ」

フィデルマは、リードヴァルドに、ちらっと視線を向けた。

「そのとおりだったと、保証されますか、リードヴァルド殿?」

エイドレッドは、顔を真っ赤に染め、「私の言葉を疑われるのか?」といきり立った。

「この調査は、我々の法律に従って行われるものです、エイドレッド殿」とフィデルマも、苛立ちを見せて言い返した。

リードヴァルドは、居心地が悪そうだった。

「私は、エイドレッドの言ったことは、そのとおりだったと断言しますよ、修道女殿」と、彼は答えた。「アンドレッズヴァルドの領主は、真実を述べておられます。我々は門が掛けられた音を聞いて、今夜一晩、王子ウルフスタンは安全に部屋で過ごされると知りました。そこで我々は別れて、それぞれ自分の部屋に引き下がったのです」

フィデルマは頷きながらも、なお考えこんでいた。

「ウルフスタン殿が襲撃を恐れておられたことは、あなたもご存じでしたか、エイドレッド殿? どうしてなのでしょう?」

エイドレッドは、鼻を鳴らした。

「ここには、頭の妙な〝ヴェリスク〟どもが、大勢いますからな。もっともひどいのが、あの野蛮人のタローゲンで、これまでに何回も、ウルフスタンを脅しておった!」

「〝ヴェリスク〟ども? それは、何者です?」とフィデルマは、訝って眉をひそめた。

ラズローンが、うんざりしたような笑い声を立てた。

「サクソン人は、ブリトン人を全部、〝ヴェリスク〟と呼んでおるのですよ。〝外国人〟を意味する単語でしてな」

「わかりました。ウルフスタン殿が安全に部屋にこもられたのを見届けたうえで立ち去られた、ということですね？　でも、あなたはブリトン人を恐れておいでにはならないようですが。それは、どうしてでしょう？」

エイドレッドは、苦々しげな笑い声を立てた。

「もし臆病者の〝ヴェリスク〟の一団を相手に自分の身を守れないようであったら、アンドレッズヴァルドの領主とは言えますまい？　いかにも、私は、あの野蛮な仔犬どもやその頭目など、恐れてはいませんね」

「ほかのお供の人たちも、怖がってはいないのでしょうか？　あの人たちは、ブリトン人を恐れてはおりませんか？」

「連中が恐れていようが、いまいが、そのようなことは、問題でない。私が命令し、彼らは言いつけに従うだけです」

修道女フィデルマは、腹立たしさを、吐息に紛らわせた。サクソン人の国に住むのは、もし自分が王か領主でない限り、定めし難しいことだろう。

「ウルフスタン殿の姿が見えないことに気づかれたのは、いつでした？」

「最初の鐘の後の祈りの時間に……」

「アンジェラスの祈りのことじゃ」とラズローンが、それを補ってくれた。

「その祈りの時間にやって来なかったので、寝過ごしているのだろうと考えて、私は授業に向かいましたよ」

「どの授業です？」

「いたち面《づら》のフィーナーンが、王国間の法律問題の扱いについてしゃべっている授業です」

「先を」

「午前の半ばの休憩の時にも、ウルフスタンは姿を見せなかったので、私は彼の部屋へ行ってみたが、扉は閉まっていた。ということは、彼は中にいる、ということだ。だから扉を叩いてみたが、何の返答もなかった。そこで私は、学院の小使いのブラザー・オルトーンを探しに行き……」

「修道院の執事ですぞ」とラズローンがそっと彼を窘《たしな》めた。

「とにかく、二人でウルフスタンの部屋に引き返したのだが、扉を無理やり開けるために、オルトーンは修道士を二人、呼び寄せねばならなかった。中では、ウルフスタンが、無残な殺され方をしていた。犯人を、あれこれ探される必要はありませんぞ」

「誰だとおっしゃるのです？」とフィデルマは、彼に説明を求めた。

「むろん、答えは明々白々。ラゲッドの王子と自称しておる、あの〝ヴェリスク〟のタローゲンに決まっている。奴は、前からウルフスタンを殺してやると脅していましたからね。それに、〝ヴェリスク〟どもが妖術を使うことは、よく知られていることだし……」

「どういう意味です？」とフィデルマが、鋭く質問をはさんだ。

「ウルフスタンは、窓には十文字に鉄板が打ちつけられ、扉は内側から安全に閉ざされていた自分の寝室で、殺されたのですぞ。姿を変えて入り込み、こういう残忍無残をやってのけられる者が、〝ヴェリスク〟以外、他にいようか？」

フィデルマは、面に浮かびそうになる笑みを、押し隠した。

「エイドレッド殿、あなたには、学ばれるべきことが、いろいろありそうですね。お国の昔の信仰に連なる迷信に、今なお染まっておいでのようですから」

エイドレッドはさっと立ち上がり、本来なら短剣が差してあるはずの腰のベルトに、手を伸ばした。

「私は、アンドレッズヴァルドの領主だ！　この国の習慣だと言うので、女ごときの質問に答えてやってきた。だが、女に侮辱はさせんぞ」

「私があなたを侮辱したとお考えになるとは、残念です」彼女の緑の目に、危険な光がきらめいた。「もう、お戻りになって結構です」

エイドレッドの顔が、憤怒《ふんぬ》に引き攣《つ》った。だがラズローンがさっと進み出て、扉を彼のために開いてやった。

サクソンの若い王子は、彼女に背を向け、憤然と出て行った。リードヴァルドも一瞬、躊躇ったものの、謝罪めいた仕草を見せて、従兄弟の後を追って部屋から出て行った。

「前もってお話ししておいたはずですぞ、フィデルマ。サクソン人は、実に奇妙で高慢な人々だと」とラズローンは、いささか悲しげな微笑を、フィデルマに向けた。

修道女フィデルマは、頭を振った。

「人間とは、皆そうなのでしょうが、あの人たちも、良いところもあれば感心できないところも、持ち合わせているのですわ。リードヴァルドは、従兄弟のエイドレッドより、王子にふさわしい礼節を身につけているようですね」

「では、エイドレッドと彼の従者たちに関しては、我々は今、その感心できないところを、じっくり見せてもらったわけだ。リードヴァルドのほうは、自分も領主であり、ウルフスタンやエイドレッドよりも年上なのに、彼らに対して、従順だ。二人の下に立っているように見える。自分も主《あるじ》であるのに、家臣のように振舞っているな。血統上、二人の従兄弟のほうが王に近い、ということだろう」ラズローンは、やや間をおいてから、不思議そうな視線を、フィデルマに投げかけた。「どうして二人に、ラテン語の格言、〝カウェ・クイド・ディキス〟のことを訊ねられたのかな?」

「あれは、ウルフスタン殺害の凶器を拭いた亜麻《リネン》のスカーフに縫いとられていた格言です。殺人犯が落としたのかもしれませんので。あるいは、ウルフスタンの物かも」

ラズローンは、頭を横に振った。

「いや、ウルフスタンの物ではないな、フィデルマ。エイドレッドが言ったとおりだ。あの〝口のきき方には、覚悟せよ〟という挑発的な格言は、フランキアの王子ダゴバートの座右の銘でな。つい最近、儂は、これは挑戦的すぎると、あの若者に注意したばかりだった」

フィデルマは、じっと考えこみながら、立ち上がった。「事態は、フランキアのダゴバートに不利なようですね。彼は今一番容疑が濃い人物ですわ」

「必ずしも、そうとは限るまい。スカーフを持ち出し、あの場に落としておくことは、誰にだってできる。それに、サクソン人たちの傲岸不遜を憎んでいる人間は、ほかにも大勢いることだし。そうだ、あの気難しいフィーナーンが、あの連中を皆、海に沈めてやりたいと言っているのを聞いたことがあるぞ！」

「ご自分の修道院の法学教授フィーナーンまで疑ってみるべきだと、おっしゃるのですか？」

ラズローンは、笑いだした。

「ああ、あのフィーナーンが、変身の術で密室に入り込み、殺人をやってのけ、閉ざされている扉に触れることなく、するりと外へ忍び出て行く、という想像、なかなか愉快ではないか。もちろん、つまらない戯言《たわごと》だが」

フィデルマは、考えこむように、院長をじっと見つめた。

「院長様も、この殺人は妖術でしか為《な》し得ない、と考えておいでなのですか？」

「とんでもない。そうは言っても、ほかにどういう説明があるのだろうな、フィデルマ？　我我は、変身を、ごく普通にあり得ることと受け止める文化を、かつて持っていた民族だ。一般の人々の間を歩きまわってみなされ。皆、ドゥルイドは今なお存在し、大変な能力を持ち続けていると、聞かせてくれるだろうよ。ディアムイッド（フィニアン伝説群の中の英雄）の義理の兄弟[12]は、豚に姿を変えられたではないか？　デ・ダナーン神話の愛と青春の神エインガス・オグが愛した娘カエル[13]も、一年ごとに乙女と白鳥に姿を変えられていたではないか？」

「それは皆、遙か昔の伝説ですわ」と、フィデルマはラズローンを窘めた。「私どもが生きているのは、現実の世界、此処《ここ》という場所、今という時間です。そしてウルフスタンを殺害した人間は、この修道院の中にいるのです。でも、ダゴバートから聴き取りをする前に、私はもう一度、ウルフスタンの寝室を調べてみたいと思います」

ラズローン院長は、いつもは陽気な顔をしている人だが、このフィデルマの言葉を聞くと、下唇を突き出して困惑の表情を見せた。

「よくわからないな、フィデルマ。このダグロウの修道院に暮らす者は全員、ウルフスタンを殺す理由を持っておる。故に、全員容疑者である——そう言おうとしておられるのかな？　だが、全員容疑者であっても、実際にそれを実行できる者は一人もいませんぞ。あのようなこと、人間の手には余る業《わざ》じゃ」

「私、今までに一度だって、全員が容疑者だとは言っておりませんよ、お師匠様」回廊をウルフスタンの部屋へと向かい、彼の扉の前で足を止めながら、フィデルマはラズローンに異を唱えた。

ウルフスタンの遺体は、すでに修道院の中の聖ベニグヌス礼拝堂に移されていた。そこで必要な処置がほどこされて石棺の中に安置され、海岸へと運ばれることになっていた。エイドレッドとその従者たちも、そこから船に乗り込み、遺体に付き添って、ブリトン島南部の南サクソン王国へと、海路を帰っていくのだ。

修道女フィデルマは、ふたたび、灰色の石畳の床をじっと見つめ、さらに敷石を一つ一つ踏みしめてみた。次には、床から十一フィートほどある天井へと、視線を移した。やがて彼女は、目を窓の十文字に打ちつけられている鉄板に向けた。

「手を貸して頂けますか?」フィデルマは、突然、ラズローンに呼びかけた。

ラズローン院長は、木の机を窓のほうへ押してゆこうとしているフィデルマに、目を瞠《みは》った。

だが、いささかきまり悪そうに苦笑しながらも、彼女の力仕事に手を貸してくれた。

「やれやれ、うちの若い見習い修道士たち、院長が家具を押しているのを見たら……」

「ああ、院長様も、普通の人間なのだ、と悟ってくれますわ」とフィデルマは、彼に笑顔を返した。

二人は、十文字に格子をはめた窓の下にまで、机を押してきた。するとフィデルマは、びっくりしている院長の目の前で、机の上によじ登り始めた。机は三フィートほどあるので、その上に立つと、長身のフィデルマは、下辺が床から八フィートはある窓の格子まで、容易に手を伸ばすことができた。彼女は両手を伸ばして、厚さ一インチもある鉄板の格子を、注意深く調べてみた。

だが、肩を落としたところを見ると、収穫はなかったらしい。フィデルマは、ラズローンが差し伸べた手に支えられて、唇を固く引き結んだまま、ゆっくりと机から下りた。

「鉄格子が緩んでいるかと思ったのですけれど」

「思いつきとしては、悪くなかったな」とラズローンは、微笑を浮かべつつ、フィデルマを慰めてくれた。

「では、次に、この上の階の床《ゆか》を見せて頂けますか？」と彼女は、急に言いだした。

ラズローンは、溜め息をつきながら、足早に先を行くフィデルマを、追いかけた。

階上の床も、同じように、〝収穫なし〟と判明した。ウルフスタンの部屋の真上には、修道院の見習い修道士用の細長い寄宿室の一つが設けられていた。床は板張りで、彼らの寝台が十二台ほど並んでいた。床板は、綿密に調べてみるまでもなく、何者かが階下の部屋に下りてゆこうとして引き剥《は》がした痕跡などないと、すぐに見てとれた。それどころか、どの床板も、何年も剥がされていないことは、一目瞭然だった。また、そのような行動をとるには、この部屋の全員の協力が必要だということにも、フィデルマは気づいた。

彼女は、失望を面に浮かべて、ラズローンを振り返った。

「院長様、教えて頂けますか、ウルフスタンの部屋の床下は、どうなっているのでしょう？」

ラズローンは、首を横に振った。

「その点は、儂も考えましたぞ、フィデルマ。だが、下に広がっているのは、固い地面だけ。地下室もなければ、地下道もない。固い土の層の上に、平石が敷き詰められているだけでな。何人《なんぴと》であれ、その石を取り除けてウルフスタンの部屋に入り込むことは、不可能じゃ。第一」とラズローンは、ここで、にやっと笑顔を見せた。「天井の板を剝がすにせよ、床の平石を取り除けるにせよ、あるいは窓の鉄格子をはずすにしても、その大音響の中、ウルフスタンは何をしていたのかな？」

フィデルマも、笑いだした。

「真実を突きとめるには、どれほどあり得ないと思えても、あらゆる可能性を考慮して、あるいは除去して、探ってゆかねばなりませんわ、お師匠様」

「だが、そうやって到達した真実は、安全に閂が掛けられていた部屋の中に一人でこもっていたウルフスタンを殺害することは、人間業では不可能だった、ということか」とラズローンは、困惑しきった表情を顔に浮かべた。

「私も、今のところ、そう考えざるを得ません」

ラズローン院長は、この答えに、戸惑いを見せた。

「これには妖術など関わっていない、と言われたように思うが。では、やはりあなたも、ウルフスタンは人間の手にかかって殺害されたのではない、とお考えなのかな？」

「いいえ、そうではありません」とフィデルマは、にっこりと院長に笑顔を見せた。「ウルフスタンは自分の部屋に一人でこもっていたのではなかった、という意味です。これは、三段論法です。ウルフスタンは刺殺された。ウルフスタンは自分の部屋にいた。したがって、彼は殺された時、自分の部屋に一人きりでいたのではない、ということです」

「しかし……」

「我らの殺人犯は窓から侵入したのだという考え方を、私ども、すでに退《しりぞ》けました。そうでしたね？」

ラズローンは、彼女の論理を懸命に追おうとして、眉をしかめた。

「我らの殺人犯は天井から部屋に入ることができた、という可能性も、除去しました」

「そのとおり」

「私ども、殺人犯が石敷きの床から部屋に入ることは不可能だった、という結論も出しました」

院長は、はっきり頷いた。「となりますと、侵入し、退去することができる方法は、唯一つとなります」

「儂には、よくわからないのだが……」とラズローンが、しゃべり始めようとした。

「扉です。我々の殺人者は、扉から入り、扉から出て行ったのです」

「不可能じゃ！」とラズローンは、首を横に振った。「扉は、内側から、しっかりと閂を掛けられていたのですぞ」

「にもかかわらず、これが彼の方法でした。犯人が誰であるにせよ、その人物は、我々がこの問題の奇妙さにすっかり心を奪われることを望んだのです。そうすれば、動機について、あまり深く詮索されずに済みましょうから。なぜなら、殺人犯は、動機を、誰にでもはっきりわかるような単純明白なものに見せかけたかったのです。それ以外の追及は、避けたかった。つまり、ウルフスタンやサクソン人に対する憎悪、ということにしておきたかったのです。妖術だの、悪霊だのを持ち出して、ウルフスタンは人間の手によって殺されたのではない、という要素を紛れ込ませれば、我々の捜査の目は曇り、すんなりサクソン人への憎悪という動機を受け入れるだろう——と、犯人は望んだのです」

「では、もう殺人犯が何者か、おわかりになったのか？」

フィデルマは、首を横に振った。

「まだ、容疑者全員の聴き取りを終えてはおりませんので。そろそろ、フランキアの王子ダゴバートと話をすべき時かと思います」

ダゴバートは、子供の頃に、生地フランキアからここへ連れて来られた若者だった。彼はフランキア帝国の王太子であったが、父親が帝位を逐《お》われたため、ふたたび覇権を手に入れる時節到来まで、アイルランドに亡命しているのだという。長身で黒褐色の髪をした、かなり魅力的な容姿の若者で、この国の王侯貴族の諸王子たちと変わらないほど流暢に、アイルランド語を話すことができた。ラズローンは、彼がモアンの王都キャシェルの王族の娘と婚約しているという予備知識を、フィデルマに与えてくれていた。彼には、〈ブレホン法〉に厳密に従った慎重な対応をしないと、きついお咎めが出かねない、ということらしい。

「どうしてここに呼ばれておいでなのかは、ご承知ですね？」と、修道女フィデルマは聴き取りを始めた。

「わかっていますよ」と、若者は微笑した。「あのサクソンの豚、ウルフスタンが殺されたからですね。あの仔犬野郎の後につき従っている一連隊のサクソン人ども以外、このダロウの学生は一人残らず、にこにこしていますよ。こう聞いて、驚かれましたか、フィデルマ修道女殿？」

「さあ、別に。あなたはウルフスタン殿と喧嘩をしていらしたのでしょうか？」

ダゴバートは、頷いた。

「原因は？」

「あいつが傲慢な豚だからです。奴が私の先祖について無礼なことを口にしたので、鼻面《はなづら》に一発、見舞ってやったのです」

「護衛がついているのに、よくやれましたね。リードヴァルドは、彼の傍らから遠く離れることはないと、聞いていましたけど。彼は、逞しい若者のようですが」

ダゴバートは、くすりと笑った。

「リードヴァルドは、自分の王子を守るべき時、守らないで済む時を、ちゃんと心得ていますよ。口論が始まろうとすると、実に上手に、賢く、部屋を出てゆくのです。南サクソンのリードヴァルドは、なかなかユーモア感覚のある男です。ウルフスタンは、彼が血の繋がった従兄弟であり、歴《れっき》とした領主であるにもかかわらず、自分の靴の下の塵芥《ちりあくた》並みに扱っていましたがね」

修道女フィデルマは、法衣の襞の陰のポケットから、血の染みのついた刺繍入りのスカーフを取り出して、机の上に広げた。

「これに、見覚えは？」

ダゴバートは顔をしかめてスカーフを摘《つま》みあげ、裏返したりしながら、戸惑った表情を浮かべた。

「確かに、私の物です。ここに、私の座右の銘が縫いとってある。しかし、この血痕は……？」

「ウルフスタン殿の遺体の傍らで見つかりました。発見したのは、私です。明らかに、彼を殺害した際に、犯人が凶器についた血を拭きとったものです」

ダゴバートの顔が、さっと蒼ざめた。

「私はウルフスタンを殺してはいない。あいつは、豚だった。だが、奴に礼節を教えてやるには、一発、思いっきり殴りつけてやれば済むことでした」

「では、どうしてこのスカーフが、彼の部屋の遺体の側にあったのでしょう？」

「私は……私は、これを、ある人間に貸したのです」

「どなたに？」

ダゴバートは唇を噛み、肩をすくめた。

「この犯罪の犯人として告発されたくないのでしたら、私にお話しになるべきです、ダゴバート殿」とフィデルマは、彼に返答を強いた。

「二日前に、ラゲッドの王子タローゲンに貸したのです」

フィーナーンは、修道女フィデルマに向かって、頭を下げた。

「修道女殿のブレホン法廷の弁護士としてのご高名は、こうしてお会いする前から存じ上げていました」と、濃い褐色の髪をした、痩身の男は、フィデルマに挨拶を述べた。「大王の即位を妨げようとする企《たくら》みを、どのようにして解明なさったかという話（「大王の剣」、『修道女フィデルマの叡智』所収）は、こちらにもタラの都から聞こえてきています」

フィデルマは、椅子に坐るようにと、身振りでフィーナーンに告げた。

「人は、英雄や美姫《びき》に憧憬を抱きたがります。そこで時として、誰かの腕前を誇張してしまうのです。あなたは、ここの法学教授でいらっしゃいますね？」

「そうです。六年間の勉学で得られるサイの資格を持っています。法学といっても、弁護士ではなく、教授ですが」

六年間の勉学で授かるサイという資格は、フィデルマが持っているアンルーに次ぐ資格である。

「ウルフスタンを教えておいででしたね？」

「人は、キリストがそうなさったように、それぞれ十字架を背負っています。私の十字架は、サクソンの領主たちを教える、というものでした」

「サクソン人全員を、ではなかったのですか？」

フィーナーンは首を横に振った。

「違います。三人だけでした。彼らが、召使いどもと一緒の授業は受けないと拒否しましたのでね。他の学生たちとの同席も拒んでいましたが、ラズローン院長殿が厳命なさったので、その方はどうにか一緒に受けていました。キリストの祭壇の前だというのに、あの連中は全く謙虚ということを知りません。正直に言って、私は、彼らが秘かにキリストを嘲笑し、奇怪な神ウォーデンへの信仰にまだしがみついているのではと、考え始めています」

「サクソン人を嫌っておいでだったのですか？」

「憎んでいました！」

彼の激しい語気に、フィデルマは眉を吊り上げた。

「憎しみという感情は、宗門の修道士に、とりわけサイの資格をお持ちの方に、ふさわしくないように思えますが？」

「私の妹と弟は、法衣をまとう生き方を選び、キリストの御言葉を東サクソン王国の人々に伝えるという使命を果たす決意を固めたのです。二、三年前、私は、同じ布教団の一員だった人物に出会いました。一行は、東サクソン王国に到着し、キリストの御言葉を説こうとしたところ、サクソンの異教徒たちは、彼らに石を投げつけたそうです。この投石による死を免れたのは、わずか二人だけだったとか。殉教者の運命を辿った布教者の中に、私の血を分けた妹と弟も含まれていたのです。それ以来、私は全サクソン人を憎んでいます」

フィデルマは、フィーナーンの暗褐色の目を覗きこんだ。

「ウルフスタンを殺害したのは、あなたですか？」

フィーナーンは、フィデルマの見通すような視線を、まともに受け止めた。

「いつか別の折に、どこか他の場所で、殺害したかもしれませんな。私は、内に憎悪を抱えています。しかし、否《ノー》です、修道女殿。私は、彼を殺してはいません。また、閂の掛かった部屋に入り、侵入した痕跡を何一つ残さずに出てくるといった手段も、持っていません」

フィデルマは、ゆっくりと頷いた。

「もう、お引き取り下さって結構です、フィーナーン殿」

法学の教授は、まだ何か言い足りないことがあるのか、のろのろと立ち上がった。そしてその場に立ったまま、思い返しているかのような口調で、話を続けた。「ウルフスタンとエイドレッドは、この修道院の誰からも嫌われていました。彼らがやって来て以来、血の気の多い若者たちが何人か、二人に決闘を申し込んでいます。〝ラゲットのタローゲン〟だけではなく、〝ブランキアのダゴバート〟も、その一人だった。聖域の中での決闘が禁じられているお蔭で、これまでのところ、血腥《ちなまぐさ》い事態にまで発展せずに済んでいましたが」

フィデルマは、さして気にもとめずに、頷いた。

「サクソン人たちが、明日帰国するというのは、本当ですかな？」フィーナーンは、それが知りたかったようだ。

フィデルマは面を上げ、彼を見上げた。

「彼らは、ウルフスタンの遺体と共に、国へ戻っていこうとしています」と、彼女は認めた。

満足げな笑みが、彼の顔に広がった。

「帰国が早まるためには、彼らの一人の命が犠牲になったわけですが、それは残念という振りなど、しませんよ。実を言うと、昨日、ダロウを出て行ってくれるのかと、期待していたのですがね」

フィデルマは、興味をそそられて、法学教授を見上げた。

「どうして、出て行くと思われたのです？」

「昨日の午後、サクソン人の使者が到着して、ウルフスタンとエイドレッドを探していましたからな。そこで、彼らに帰国せよと命じる指令ではなかろうかと、半ば期待していたのです。だが、ありがたいことに、とにかく彼らは、明日帰国しようとしている」

フィデルマは、困惑して、眉をひそめた。

「フィーナーン殿、お忘れにならないで下さい、もし私どもに犯人を見つけ出すことができなければ、サクソン人たちは、王子の死に対する報復を、必ず行おうとするでしょうから、この修道院のみならず、アイルランド五王国（アイルランド全土）そのものが、危険にさらされるのですよ」

ラゲッド王国のタローゲンは、普通の背丈で、若々しい顔と砂色の髪をした若者であった。すでに、薄く口髭をたくわえてはいるものの、頬や顎はきれいに剃っている。

「ええ、私がウルフスタンとエイドレッドに決闘を申し入れたのは、別に秘密ではありませんよ」

彼のアイルランド語は、アクセントが少し異なるものの、流暢であり、フィデルマに示されて腰を掛けた物腰も、ごく普通であった。

「どういう理由で？」

タローゲンは、いささか悪童っぽい微笑を顔に広げた。

「すでにお聴き取りになったと伺っていますよ。エイドレッドの態度から、ウルフスタンの傲慢さも、察しがおつきでしょう。二人がたとえサクソン人でなかったとしても、彼らの態度には、誰しも腹を立てずにはいられませんでしたよ」

「サクソン人は、お嫌いですか？」

「まあ、好ましい人柄では、ありませんからね」

「でも、あなたはラゲッド王国の王子でいらっしゃる。そしてサクソン人たちは、お国に攻撃を仕掛けていると、言われておりますが」

若者は、歯を食いしばるようにして、頷いた。「サクソン人の王国の中でも、ノーサンブリア王国のオズウィーは、キリスト教徒の王だと自称していますが、今なお、ブリトン人の諸王国を野蛮な軍団をもって、攻め立てています。もう何世代にもわたって、我が王国ラゲッドの民は、サクソン人たちを押し返そうと、戦い続けているのです。それほど、奴らの領土や権力への渇望は、猛烈です。私の父オーウェン王は、私をここへ送りこみました。でも、キリストにかけて本心を言うなら、私は父の側にいたい。私の剣を敵のサクソン人に向かって振るい、この刃《やいば》に〝我が民族の敵〟の血を飲ませてやりたいものです」

フィデルマは、顔を紅潮させている若者を、関心をもって見つめた。

「その刃は、すでにあなたの〝民族の敵〟の血を飲んだのでしょうか？」

タローゲンはふっと顔をしかめ、一瞬言葉をとぎらせたが、すぐにその顔は、くつろいだ表情に戻った。彼は、くすりと笑った。

「ウルフスタンを殺したのか、とお訊ねなのですね？　やっていませんよ。キリストにかけて誓います。でも、言っておきますが、フィデルマ修道女殿、殺したいと思わなかった、ということではありませんからね。時として、キリストへの信仰は、人間に苦しい忍耐を求めます。ウルフスタンとその従兄弟のエイドレッドは、実に嫌な奴らです。だから、私は秘かに想像していますよ、この修道院の中には、彼の死を悼む者は一人もいないのではないかと」

フィデルマは、血痕のついたスカーフを取り出して、テーブルの上に広げた。

「これが、ウルフスタン殿の遺体の傍らで見つかりました。彼を殺した凶器の血を拭きとるのに使われています。ダゴバート殿の物でした」

「まさか、修道女殿は、ダゴバートが……」ラゲッドの王子は、目を大きく瞠《みひら》き、スカーフからフィデルマへと視線を移した。

「ダゴバート殿は、これは二日前に、あなたに貸したスカーフだと言っておられました」

タローゲンはスカーフを注意深く調べてから、ゆっくりと頷いた。

「そのとおりです。これは、それと同じものです。この縫い取りで、わかります」

「では、それがどうして、ウルフスタン殿の部屋にあったのでしょう？」

「私には、わかりません。昨日の朝、これを自分の部屋に置いたことは、覚えています。でも、それが失せているのに気づいて、ダゴバートが持ち去ったのだろうと思っていました」

フィデルマは、一、二分ほど、彼をじっと見つめた。

「私は、誓います、修道女殿」とラゲッドの王子は、真剣な面持ちで、彼女に告げた。「この修道院の壁の外でしたら、私はウルフスタンを殺すことに躊躇しないでしょう。でも、修道院の中では、そのようなことは、決してしません」

「率直におっしゃるのですね、タローゲン殿」

彼は、肩をすくめた。

「私はラゲッドのウーリエンの後裔です。ウーリエンは、我らの偉大なる詩人タリエシン（六世紀のウェールズの詩人）によって称えられ、〝北方の黄金の王〟と呼ばれた方でしたが、裏切り者に暗殺されてしまいました。我が王家は、公明正大、正義、率直をモットーとし、正直の美徳を信じています。我々は、敵とは白昼に、戦場で、見《まみ》えます。寝室の暗がりに休んでいる者を夜陰に乗じて討つことなど、決してしません」

「この修道院には、ウルフスタンに敵意を抱いている者が、ほかにも大勢いると言われましたね。特に念頭に思い浮かぶ人物がおありでしょうか？」

タローゲンは、口許をすぼめた。

「私たちの教授のフィーナーンは、しばしば、サクソン人を憎んでいると、言っておられましたね」

フィデルマは、頷いた。

「私も、フィーナーン教授とは、話し合いました」

「すでにご存じでしょうが、ダゴバートも、二日前の晩、大食堂で、ウルフスタンと喧嘩して、奴の口を血だらけにしてやっていましたよ。他にも、〝ダムノニアのリダーク〟も、〝ミーのファーナ〟も、それから……」

フィデルマは、片手を上げて、彼の舌鋒《ぜっぽう》を押しとどめた。

「何を指摘しようとしておいでかは、よくわかりました、タローゲン殿。ダロウの人間は、全員容疑者だということですね」

修道女フィデルマは、リードヴァルドを厩舎《きゅうしゃ》で見つけた。彼は、南サクソン王国への帰国の旅の準備をしていた。

「お訊ねしたいことがあって、あなたと二人だけでお会いしたいのです、リードヴァルド殿。私の権限について、あらためて申し上げる必要がありますか？」

サクソンの戦士は、首を横に振った。

「お国へ来てから、あなた方の慣習や法律について、多くを学んできましたよ、修道女殿。私は、エイドレッドとは違います」

「それに、私どもの言葉も、十分に学んでおいでですね」とフィデルマは、感想を述べた。

「ご親族の方々より、ずっと流暢にお話しになりますし、もっと深く理解しておいでです」

「私は、南サクソン王国の王太子のことを、批判する立場ではありません」

「でも、従兄弟のウルフスタン殿をお好きではないようですが？」

リードヴァルドは、フィデルマのはっきりした表現に驚いたようだが、すぐに肩をすくめてみせた。

「私は、キッサ王家に臣従する領主にすぎません。自分の王となった人物について、好きか嫌いかなど、言うべき立場ではありません」

「昨日は、どうしてウルフスタン殿の寝室の前で、終夜、護衛の任務に就いていらっしゃらなかったのです？」

「そういう決まりになっているのです。部屋の中から閂を掛けてしまえば、もう、ウルフスタンの安全は、保障されます。彼はラズローン院長に、安全策をほどこした部屋を提供してもらっていましたから。あの部屋は、修道女殿もご覧になっていますね。いったん、内側から閂を掛けさえすれば、何の危険もないわけです。私の寝室は隣りですから、もし彼が助けを必要として叫びさえすれば、私もすぐに駆けつけられますし」

「でも、彼は叫び声をあげなかった？」

「殺害者は、凶器を一閃させて彼の咽喉を切り裂いたのです。そのことは、遺体から見てとれます」

「ウルフスタン殿が殺人者をご自分で部屋に通されたことは、はっきりわかっています。ということは、殺人者は、彼が知っていらして、信用しておられた人間だったわけです」

リードヴァルドが、ぐっと目許を細めた。

フィデルマは、先を続けた。

「教えて下さい、昨日、お国からやって来た使者のことですが、彼はどういう知らせをウルフスタン殿に届けたのでしょう?」

リードヴァルドは、首を振った。

「あの知らせは、ウルフスタンだけに宛てたものでした」

「使者は、まだこちらにおりますか?」

「ええ、います」

「では、彼に質問してみます」

「質問なさっても、答えてくれませんよ」とリードヴァルドは、皮肉な笑みを浮かべた。

フィデルマ修道女は、苛立たしげに唇を噛んだ。

「またもや、サクソンの習慣ですか? 使者さえも、女を相手にしない、ということですか?」

「そう、これまた、サクソンの習慣です。ただし、王者たちだけの慣《なら》わしでしてね。王家の使者は、舌を切断されているのです。王や王族がたから伝達を命じられた知らせを、敵かもしれない人間にしゃべることがあってはならない、というわけです」

ラズローン修道院長は、フィデルマ修道女の要請で招集した人々に向かって、腰を下ろすようにと身振りで指示した。彼らは、やって来て、堂々とした暖炉の前に立っているのがフィデルマであると気づくと、それぞれの性格を見せて、好奇心や反撥を面に浮かべた。彼女の方は、慎ましく両手を胸の前に組んで佇んでいたが、何か深く考えているらしく、どうやら一同が彼女を囲むような形で着座したことにも、気づいていない様子である。オルトーン修道士は、修道院執事という役職から、法衣の中で両手を組んで、扉の前の位置に就いていた。

ラズローン院長は、不安そうな視線をフィデルマにちらっと走らせながら、自分も腰を下ろした。

「我々は、どういうわけで、ここに呼ばれたのです?」と、〝ラゲッドのタローゲン〟が、突如、沈黙を破った。

フィデルマは顔を上げ、彼の強い視線を見返した。

「皆様は、ウルフスタン殿が、誰の手にかかって、どのようにして亡くなられたかをお知りになるために、こちらへお出でになったのです」と、フィデルマはきっぱりとそれに答えた。

短い沈黙がこれに続いたが、すぐにエイドレッドが、冷笑を浮かべてフィデルマに向きなおった。

「私の縁者ウルフスタンがどのようにして死んだのか、我々は皆知っているではないか。彼は、野蛮人の妖術で殺されたのだ。その野蛮人が何者かは、歴然としているぞ。凶暴な〝ヴェリスク〟の一人、タローゲンだ」

タローゲンが、拳を固めて、さっと立ち上がった。

「今の糾弾を、修道院の壁の外で、もう一度言ってみろ。そちらの鋼《はがね》に私の鋼で答えてやるぞ、サクソンの臆病犬め！」

エイドレッドも椅子から立ち上がり、タローゲンに摑みかかろうとした。二人を抑えようと、〝フランキアのダゴバート〟もまた、椅子から立ち上がった。

「静粛に！」いつもは柔《にこ》やかなラズローンの顔を、今は怒りが暗く染めていた。彼の叱声は、鞭のように鋭く、室内に響いた。

その声に、ダロウの修道院付属学問所の学生たちは、一瞬、凍りついた。やがてエイドレッドが薄笑いを浮かべて、腰を下ろした。楽しげなというより、嘲りの笑みだった。ダゴバートがタローゲンの腕を引っ張った。ラゲッドの王子も、大きく吐息をつきながら、フランキアの王子と共に、椅子に戻った。

ラズローン院長が、怒った熊のように不機嫌に唸り声をもらしてから、一同に言い渡した。

「フィデルマ修道女殿は、このエールの国のブレホン法廷に立つことのできる、公式な肩書をお持ちの方じゃ。諸君の故国の制度がどうであれ、この国で、修道女殿は調査を行う最高の権威を持っておられるし、この王国の法も、それを全面的に支えておるのだ。儂の今の説明、よくわかったであろうな？」

しばし、沈黙が続いた。

「先を続けさせてもらいます」とフィデルマは、ふたたび静かに口を開いた。「でも、今エイドレッド殿が言われたことは、部分的には、間違いではありません」

エイドレッドが、戸惑いが浮かぶ目で、フィデルマを見つめた。

「ええ、そうなのです」とフィデルマは、微笑を浮かべた。「少なくとも、ウルフスタン殿がどのようにして死を迎えられたか、それを行ったのは誰であるかを知っているのは、皆様がたの中の一人です。その点で、エイドレッド殿は、間違っておられません」

彼女はここで言葉を切り、それが一同に浸透するのを待ってから、先を続けた。

「先ず、ウルフスタン殿がどのようにして亡くなられたかについて、話させて頂きます」

「彼は、自分の寝台の上で刺殺されたのでしたよ」と、浅黒い顔の法学の教授が指摘した。

「そのとおりです」と、彼女は同意した。「ただし、妖術を用いての殺害では、ありませんでした」

「妖術以外のどういう手段で、暗殺者は内側から閉ざされている部屋に入り、どうやって閉ざされたままの部屋を抜け出せたと言われるのか？」と、エイドレッドは返答を求めた。「妖術以外に、それがどうやってできるのです？」

「犯人は、我々に、これは妖術によるものだと、思い込ませたかったのです。彼は、我々を混乱させて自分への疑惑をかわそうと、入念な計画を調えたのです。実は、殺人者は数段階の展開を用意していました。先ず最初の段階は、単に、犯行をやってのけたのは超自然の力なのだろうかと皆に思わせて、人々を戸惑わせ不安がらせる、という段取りです。次に、殺人者はいかにもそれらしい容疑者を指し示し、そして最後の第三段階で、別の人物を殺人犯として指摘する、という計画です」

「何とまあ」と、ラズローン院長は溜め息をついた。「今のところ、儂には、第一段階の先の展開すら、さっぱりわからぬ」

フィデルマは、丸顔の院長に、ちらっと微笑みかけた。

「そのことは、後回しにして、先ず、殺害の方法を考えてみましょう」

今や、修道女フィデルマは、全員の注目を集めていた。

「殺人者は、扉から入って来ました。実を言うと、ウルフスタン殿が自分で招き入れたのです」

いつもは寡黙なダゴバートが、喘ぐように息を吸い込んだ。

それに気を散らされることなく、フィデルマは続けた。

「ウルフスタン殿は、自分を殺しにやって来た人間を、よく知っておりました。したがって、何の疑いも怖れも、抱いていなかったのです」

ラズローン院長は、驚きのあまり、大きく口を開けたまま、彼女を見つめた。

「ウルフスタン殿は、この人物を中へ入れました」と、フィデルマは続けた。「凶行は、一瞬の業でした。ウルフスタン殿を殺し、死体は倒れ込んだ寝台の上に放っておく。素早い行動でした。しかし、先ずある人物に疑惑を向けるため、犯人は、ラゲッドの王子タローゲンの物だと誤解していたスカーフで、自分の短剣の血を拭きとりました。今申しましたとおり、妖術による殺人ではと考える茶番劇に我々が乗ってこなかった場合に備えて、殺人犯は、容疑がタローゲン殿へ向かうようにしておいたのです。スカーフは、二日前に、タローゲンがダゴバートから借りた物だと気づかなかったのは、犯人の失敗でした。スカーフには〝口のきき方には、覚悟せよ〟というラテン語のモットーが縫いとられていましたのに！」

フィデルマは、この情報を一同が消化するのを待った。

「そのあと、殺人者は部屋から出たのでしょうが、どうやって閂を内側から掛けておきながら、外へ出られたのです？」と、ダゴバートが訊ねた。

「ウルフスタン殿の寝室の扉は、上下二ヶ所で、木材の閂を掛けるようになっていました。閂を掛けた時、閂は戸口の枠木に打ち込まれている鉄製の受け金具に納まる仕組みです。私が第一の、つまり下のほうの閂を調べてみた時、木材の両端は、巻きつけられた麻の撚り糸で保護されていました。閂を掛けた時、木材が鉄の受け金具で擦れないように、という工夫なのでしょう。でも、上のほうの閂は、奇妙でした。両端の麻糸が、およそ八フィートほど解《ほど》けており、その先端が、ほつれて、黒く焦げていたのです」

彼女は眉をしかめ、自分の言葉を繰り返した。

「奇妙でした。私は、扉の上部にカーテンレールが取り付けられていることにも気づいておりました。扉を閉めてから、隙間風を防ぐために扉に広げる厚いカーテンを吊るすレールです。

扉がオルトーン修道士たちによって力ずくで押し開かれた時に、カーテンがどういう状態であったかは、もちろんわかりません。カーテンが広げてあったとしても、扉が内側に押し開かれて、その勢いで片側へ押しやられていたでしょうから」

エイドレッドが、待ちきれずに、問いかけた。

「この説明は、どこへ向かおうとしているのです？」

「ご辛抱を。すぐに、お話ししますので。私は扉の両側の床に、小さな油の染みが残っていることにも、気づきました。屈みこんで調べていて、もう一点、気づきました。扉の両側の枠木の、床から三インチほどの箇所に、それぞれ、釘が打ち込んであったのです。二本の釘には、短い麻糸が結んでありました。糸の先端は、これまた黒く焦げ、ほつれていました。その時でした。殺人者が部屋を出た後、どうやって室内の閂の一本を掛けることができたのかが、わかったのは」

「一本を?」ラズローン院長は、すっかり説明に引き込まれ、身を乗り出しながら、問い返した。

「室内から扉を固く閉ざすには、閂は一本で事足りたのです。下のほうの、床から三フィートほどのところに設けられていた閂は、使われてはいなかったのです。この閂の木材は無傷で、巻きつけられている撚り糸にも、何ら細工はほどこされていませんでした。枠木に取り付けられていた受け金具も、オルトーン修道士たちが力任せに扉を押し開けた時に、むしり取られてはいませんでした。ということは、この閂は掛けられていなかったわけです。扉の上端から二フィートのところに設けられていた、上のほうの閂だけが、使用されていたのです」

「先を」フィデルマが言葉を切ったので、ラズローンが続きを促した。

「ウルフスタン殿を殺害した後のことを、犯人は綿密に計画していました。彼は、閂の両端に巻きつけてある麻糸を少し解き、それをカーテンレールに掛けると、枠木の下部に釘を打ちつけ、糸を引っ張って閂をカーテンレールのところまで引き上げておいて、その糸の末端を、それぞれ、釘に結わえつけて、閂を高いところに固定したのです。この仕掛けのお蔭で、彼は部屋を出てゆくことができました」

ラズローンが、もどかしげな身振りをした。

「なるほどな。だが、どうやって閂が受け金具に納まるように、外部から麻糸を操作できたのじゃ？」

「簡単なことです。犯人は、二本の灯芯蠟燭《とうしんろうそく》を携えておりました。彼は、それを床近くの釘に張り渡した糸のごく側に立てたうえで、紙を一枚取り出し、火口《ほくち》箱で切り出した火をそれに移し、灯芯蠟燭に火を灯したのです。私は、この紙片の燃え滓の灰が床に残っていたのを、すでに見つけていました。この仕掛けを調えてから、彼は急いで部屋を出ました。やがて麻の撚り糸に火が燃え移り、糸は燃えて、切れてしまいました。そのため、吊り上げてあった閂は落下し、うまく鉄の受け金具に納まってくれました。ご記憶でしょう、わずか二フィートの落下なのです。蠟燭は燃え続け、ごく目立たない小さな油の染みになってしまいました。私も、足を滑らせなかったら、見逃してしまったことでしょう。この仕掛けによって、我々は内側から閂を掛けられた密室の中の死体、という不可解な事態に直面させられたのです。妖術なのだろうか？　とんでもない。邪悪な心による策謀だったのです」

「それから、どうなったのです？」とタローゲンが、呪文にかけられたような一同の沈黙を破った。

「今申しましたように、殺人者は、部屋を出ました。彼は、これは超自然の事態だという幻惑を作り上げたかったのです。なぜなら、彼が容疑者にしたい人物は、まわりの人々が、あの男は妖術を使う野蛮人だ、と信じそうな人物だったからです。今言いましたように、殺人者は、あなたを容疑者に仕立てたかったのです、〝ラゲッドのタローゲン〟殿。彼は、ウルフスタン殿を殺害して部屋を出た後、彼の寝室の前で、誰かとしばらく立ち話をしていました。やがて、閂が掛けられた音が聞こえました。これで、暗殺者のアリバイ成立です。ウルフスタン殿は、この時点では、まだ生きており、自分で扉に閂を掛けた、ということですから」

リードヴァルドは、フィデルマの論理を懸命に追っているのか、顔をしかめていた。

「実に見事な推測を聞かせて下さいました、修道女殿」と、彼はゆっくりと話し始めた。「でも、それは仮説です。殺人者をはっきり名指しされ、その動機を説明なさるまでは、ただの臆測というにすぎませんね」

「そのとおりです。もちろん、私はそうしようとしております」

彼女は、ほかの人々を振り向き、自分を見上げている彼らの顔に、一人ずつ、ゆっくりと、鋭い視線を向けていった。やがて、その視線は、アンドレッズヴァルド領主の傲岸な顔の上に止まった。

エイドレッドはそれを告発と受け取り、まだ彼女が何も言わないうちに、顔を怒りに歪ませて、さっと立ち上がった。

顔に激しい怒りをみなぎらせているエイドレッドが、激情に駆られた行動に出るのではと危惧した執事のオルトーンが、さっと部屋を横切って、フィデルマの傍らへやって来た。

「あなたは、まだ我々に、動機について、何も語っておられませんね」と、〝フランキアのダゴバート〟が、静かな口調でフィデルマに話しかけた。「どうしてアンドレッズヴァルドの領主が、自分の従兄弟であり、王国の王子でもある人を殺すのでしょう?」

修道女フィデルマは、まだ傲慢なサクソン人の顔に、視線を向けていた。

「私は、アンドレッズヴァルドの領主殿が暗殺者であるとは、一度も言っておりませんよ」と、彼女も静かにダゴバートに答えた。「しかし、動機について述べますなら、サクソン人社会の法律そのものが、この事件の動機です。ありがたいことに、我が国には、そのような法律は存在しておりませんが」

ラズローン院長が、眉をひそめた。

「説明して下され、フィデルマ。儂には、いっこう、わけがわからぬ」

「サクソンの王子がたは、王位を長子継承の法に従って、お継ぎになります。長子が、全てを相続なさるのでしたね？」

ダゴバートが、もどかしげに頷いた。

「我々の王国フランキアでも、同様です。しかし、それがどうして、ウルフスタン殺害の動機となるのです？」

「昨日、南サクソン王国からの使者が、こちらへ到着しました。ウルフスタン殿宛のメッセージでしたが、私はその内容を知ることができました」

「どうやって？」と、リードヴァルドはフィデルマに返事を求めた。「国王の使者は、秘密事項を誰かにもらすことのないように、舌を切り取られているのですぞ」

フィデルマは、かすかな笑みを頬に浮かべた。

「前に、そのことも聞かせて下さいましたね。ただ、幸いなことに、あの哀れな使者は、キリストの教えと文字の学習を南サクソン王国に伝えに来ていた、アイルランド人修道士のディクールから、読み書きを学んでおりました」

「どのような内容の通信だったのじゃ？」と、ラズローンが訊ねた。

「ウルフスタン殿の父上のご逝去です。キッサ王もまた、諸国に蔓延《まんえん》している〈黄色疫病《イエロー・プレイグ》〉(14)の犠牲となられたとのこと。ウルフスタン殿は、今や、南サクソン王国の王です。彼に、即刻の帰国を求めるメッセージだったのです」

フィデルマは、ちらっと視線をリードヴァルドに向けた。

大柄のサクソン人は、無言で頷き、それを認めた。

「私があなたに質問した時、このことをあなたは私に認めておいででした」と、フィデルマは続けた。「私が、ウルフスタン殿を好きかとお訊ねしますと、あなたは、自分としては、王となった人物のことを、好きか嫌いかなどと言えない、と答えられました。つい口が滑ったのでしょう。でも、これは動機になり得るのではと、あなたの言葉は私の注意を引きつけました」

リードヴァルドは、何も答えなかった。

「生まれた順序のみが、遺産や王位の継承資格を主張する根拠となる、というような野蛮な継承制度には、安全弁が全くありません。このアイルランドでは、血の繋がる国、ブリトン人の諸王国におけるのと同様、王であれ族長であれ、一族の中からデルフィネの会議によって、その地位に就くにもっともふさわしい人物が選出されます。このような安全弁をもたぬ制度の中では、順位の上位者の死によって、王位に就くための障害が取り除かれる――というように、私には見えます」

リードヴァルドは口を強く引き結ぶようにして、低く答えた。「そういうことになります」

「そして今、ウルフスタン殿の死によって、エイドレッド殿が王位に就かれるわけですね？」

「そうです」

エイドレッドの顔に、激しい怒りがみなぎった。

「私は、ウルフスタンを殺してはいないぞ！」

フィデルマは彼を振り向き、その目を深く覗きこんだ。

「おっしゃるとおりです。なぜなら、殺人者は、リードヴァルドだからです」とフィデルマは、エイドレッドに静かに答えた。

部屋から脱出しようと、必死にあがく逞しいサクソン人を、執事のオルトーンが捕まえようとした。ダゴバートもさっと飛び出すと、オルトーンを助けて暴れまわるリードヴァルドを取り押さえようとした。やっとステイニンガムの領主リードヴァルドが屈服すると、フィデルマは他の人々に向きなおった。

「暗殺者は狡猾な人物だと、前に申し上げましたね。しかし、誤った方向へ追跡を向けようとして、リードヴァルドはやりすぎて、自らに容疑を向けてしまったのです。タローゲン殿を犯人に仕立てようとして、彼は失策を犯したのです。彼がダゴバート殿のスカーフをタローゲン殿の物だと勘違いをしたものですから、タローゲン殿に罪を被せるという計画に、齟齬《そご》が生じたのです。スカーフには、ラテン語でダゴバート殿のモットーが刺繍してありましたのに、リードヴァルドはラテン語ができないものですから、失敗に気づかなかったのです。これは、エイドレッド殿を容疑からはずすことになりました。なぜなら、エイドレッド殿は、縫いとられているのがダゴバート殿のモットーだとわかる程度には、ラテン語を知っておられるからです」

フィデルマは、ふたたび視線をエイドレッドに戻した。

「もしあなたも殺害されると、王家の血統の中で、次の順位にあるのは、リードヴァルドですね？」

エイドレッドは、身振りでそれを肯定した。

「リードヴァルドは、最終的には、あなたに容疑を向けようとしていたのです。さらには、あなたがタローゲン殿に罪を着せようと策を弄した、ということも、あなたの罪状に付け加えるつもりでした。彼は、あなたを殺人の罪でアイルランドの法廷に立たせるか、もしそうできなければ……あなたは無事に南サクソン王国の岸辺に辿りつけなかったのではと、私は思っております。おそらく、あなたは、帰国の船路で、甲板から海へ転落するという奇禍に遭われたことでしょう。そのいずれであれ、あなたも、ウルフスタン殿と同じく、継承の順位から消え去るわけで、あとには、リードヴァルドの王位への道が開かれているのです」

エイドレッドは、驚きに、頭を振った。彼の声には、嫌々ながらのものではあったが、称賛が聞き取れた。

「おぞましい裏切り行為を、このようにして解き明かす明晰な頭脳を、女性《にょしょう》が持っていようとはな。これからは、あなたの社会的地位を新しい観点から見ることになろう」

エイドレッドはさっとラズローン修道院長に向きなおった。

「私と配下の者たちは、帰国を求められていますので、これで出立《しゅったつ》させて頂きます。院長殿、お許しを頂ければ、リードヴァルドを罪人として、連れ帰りたいと思います。彼は、我が国の法廷に立たされ、我々の法律の定める処罰を受けることになるでしょう」

ラズローン院長は頷いて、彼に同意を与えた。

エイドレッドは戸口へ向かおうとしたが、その目がラゲッドのタローゲンの姿を捉えた。

「さて、〝ウェリスク〟、私は、君をウルフスタンの殺害者だとして糾弾してしまった。そのことは、謝る」

タローゲンは面に浮かびそうになる驚きの色を押し隠しながら、ゆっくりと立ち上がった。

「謝罪の言葉、受け取ったぞ、サクソン」

エイドレッドは、眉をしかめつつ、やや間をおいて、言葉を続けた。

「謝罪はしたが、我々の間に、平和は決してないからな、〝ウェリスク〟！」

タローゲンは、ふんと、鼻を鳴らした。

「そのような平和が訪れるのは、お前やお前の手下どもが、ブリトン島の岸から立ち去り、お前たちがやって来た元の国へ引き返す日が来た時だ」

エイドレッドは態度を強張らせ、手を腰のベルトに伸ばした。だがすぐに、ふっと力を抜き、微笑らしきものさえ、面にのぞかせた。

「よくぞ言いおったな、〝ウェリスク〟。ああ、我々の間に、平和はないとも！」

エイドレッドは、リードヴァルドを間にはさんだオルトーンとダゴバートを後に引き連れて、部屋から出て行った。

タローゲンは振り向き、フィデルマのほうへ、笑顔を向けた。

「全く、アイルランドのブレホンがたの中には、実に聡明な裁判官がおられるのですね」

そう言って、彼も立ち去った。

法学の教授フィーナーンが、一足遅れて立ち止まった。

「そのとおりですな。今回、どうしてあなたが高い評価を受けておられるのかを、とくと拝見させて頂きましたよ、〝ギルデアのフィデルマ〟殿」

彼が立ち去るのを見送ってから、フィデルマはそっと溜め息をもらした。

「さてと、フィデルマ」ラズローン修道院長は満足そうな笑みを浮かべながら、葡萄酒の入った水差しへと、手を伸ばした。「アード・マハの聖パトリックの寺院へ巡礼に出掛ける途中のあなたに、儂はよい気晴らしを提供してさし上げたようだな？」

修道女フィデルマも、丸顔の院長の悪戯っぽい笑顔に、同じ笑顔で応えた。

「気晴らし？　ええ、確かに。でも、できることなら、折角《せっかく》の私の自由な時間のために、もっと楽しい気晴らしを提供して下さったら、よございましたのに」

訳　註

ゲルトルーディスの聖なる血

1　フィデルマ＝この《修道女フィデルマ・シリーズ》の主人公。シリーズの中で、七世紀アイルランド最大の王国モアン（現在のマンスター地方）の国王ファルバ・フランの娘であり、ターニシュタ〔継承予定者〕コルグーの妹と設定されている。したがって正式名称は、モアン王国の王都であり王家の居城である地名キャシェルを冠して、〝キャシェルのフィデルマ〟。
しかし、五世紀に聖ブリジッドによってキルデアに設立された修道院に所属していた時期には、正式な呼称として〝キルデアのフィデルマ〟とも称されていた。修道院で学んだキリスト教文化の学識を持つ尼僧であると共に、アイルランド古来の文化伝統の中で、恩師〝タラのモラン〟の薫陶を受けた法律家でもある。

2　キルデア＝現在のアイルランドの首都ダブリンの南に位置する地方。アイルランドで聖パトリックに次いで敬慕されている聖ブリジッドによって、この地に修道院が建てられたという。

3　ブレホン＝古語でブレハヴ、あるいはフェナハス。古代アイルランドの〝法官、裁判官〟で、ブレホン法典にしたがって裁きを行った。きわめて高度な専門知識をもち、社会的に高く敬われていて、ブレホンの長ともなると、大司教や小国の王と同等の地位にある者とみなされた。〈ブレホン法（あるいはフェナハス法）〉は、数世紀にわたる実践の中で複雑化し洗練されて、五世紀には成文化されたと考えられている。しかし固定したものではなく、三年に一度、大王《ハイ・キング》の王都タラにおける〈大祭典〉で検討され、必要があれば改正された。〈ブレホン法〉は、ヨーロッパの法律の中できわめて重要な文献とされ、十二世紀半ばに始まった英国による統治下にあっても、十七世紀までは存続していたが、十八世紀に、最終的に消滅した。

4　モラン師＝ブレホンの最高位であるオラヴの資格を持つ。フィデルマの恩師。〝タラのモラン〟として、作中しばしば言及される。

5　福者《ブレッシド》＝ローマ教皇庁によって、死後にその聖性を公認された人物への尊称。のちに、聖者《セイント》に公認されることが多い。しかし〝聖なる人〟という意味で、もっと広義に用いられることもよくある。たとえば聖《セイント》パトリックも、よくブレッシド・パトリックという呼ばれ方をしている。

6　ゲルトルーディス＝〝ニヴェルの聖ゲルトルーディス〟。七世紀のニヴェル（現ベルギー中部のブラバン）の修道院長。

7　〝ランデンのピピン・ジ・エルダー〟＝七世紀のフランク王国を事実上支配していた宮宰。聖ゲルトルーディスの父。

8　トゥリッド・スキアギッド＝語義は、〝盾による戦い〟の意。すなわち、武器を用いず、盾で身を守る戦い方。武器を使わない護身術。

9　〝ダルソスのパウロ〟＝聖パウロ、サウロ。使徒の一人。ユダヤ人で、キリストの幻影を見てキリスト教に改宗したと言われる。以後、主として異邦の地で布教に努めた、力強い思索家。最期は、ユダヤ人により捕らえられ、ローマで処刑された。

10　ドーリィー＝古代アイルランド社会では、女性も、多くの面でほぼ男性と同等の地位や権利を認められていた。女性であろうと、男性と共に最高学府で学ぶことができ、高位の公的地位に就くことさえできた。古代・中世のアイルランド文芸にも、このような女性が高い地位に就いていることをうかがわせる描写が、よく出てくる。このシリーズの主人公、修道女フィデルマは、最高の教育を受けたドーリィー〔法廷弁護士。時には裁判官としても活躍〕であるのみならず、アンルー〔上位弁護士・裁判官〕という、その中でもごく高い公的資格も持っており、国内外を舞台に縦横に活躍する。

11　オガム文字＝石や木に刻まれた古代アイルランドの文字。三〜四世紀に発達したものと考えられている。オガムという名称は、アイルランド神話の中の雄弁と文芸の神オグマに由来すると言われている。

一本の長い縦線の左側や右側に、あるいは横線の上部や下部に、直角に短い線が一〜五本刻まれる。あるいは、長い線をまたぐ形で、短い直角の線（あるいは点）や斜線が、それぞれ一〜五本、刻まれる。この四種類の五本の線や点、計二十の形象が、オガム文字の基本形となる。この文字でもって、王や英雄の名などを刻んだ石柱・石碑は、今日《こんにち》も各地に残っている。石柱・石碑の場合は、よく石材の角が基線として利用された。『蜘蛛の巣』や『幼き子らよ、我がもとへ』の本文でも描写されているように、古文書には、かなり長い詩や物語もオガム文字で記されていた、との言及があるという。しかし、キリスト教とともにラテン文化が伝わり、ラテン語アルファベットが導入されると、オガム文字はそれにとって代わられた。

汚《けが》れた光輪《ヘイロウ》

1　アイルランド五王国＝あるいはエール五王国。エールはアイルランドの古名の一つ。七世紀のアイルランドは、五つの強大なる王国、すなわちマンスター（モアン）、レンスター（ラーハン）、アルスター（ウラー）、コナハトの四王国と、大王《ハイ・キング》が政《まつりごと》を行う都タラがある大王領ミース（ミー）の五王国に分かれていた。〝アイルランド五王国〟は、アイルランド全土を指すときによく使われる表現。また、マンスター、レンスター、アルスター、コナハトの四王国は、大王を宗主に仰ぐが、大王位に就くのも、主としてこの四王国の国王であった。

2　キャシェル＝現在のティペラリー州にある古都。町の後方に聳《そび》える巨大な岩山〈キャシェルの岩〉の頂上に建つキャシェル城は、モアン（マンスター）王国の王城であり、のちには大司教の教会堂ともなって、古代からアイルランドの歴史と深く関わってきた。現在も、この巨大な廃墟は、町の上方に威容を見せている。

3　『ベルラッド・エアレクタ』＝『法廷手続き要覧』。〈ブレホン法典〉の一つ。この中に、長い文献〈証言に関する規定〉が収録されており、証人として認められる資格などと共に、証言に求められる条件も、詳論されている。フィデルマが、この短編の中で述べている証人への注意は、法典の中で明確に定められている規定であった。（F・ケリー『古代アイルランド法』）

4　オー・フィジェンティ＝アイルランド西部の、現リメリック州あたりに勢力をもっていた小王国。モアン王国を形成する小王国の一つで、モアン王に服従はしているものの、決して完全には順《まつろ》わぬまま叛逆の機会を窺っている王国内の危険分子的な存在として、『蛇、もっとも禍《まが》し』を初め、《修道女フィデルマ・シリーズ》の中に、しばしば登場する。

5 養育制度《フオスタレツジ》＝子供を信頼する人物に預け、養育してもらい、教育も授けてもらう制度。著者は、『幼き子らよ、我がもとへ』の第十一章で、〝子どもたちは七歳になると、親元を離れて教育を受ける。これはごく普通に行われていた慣行で、〈養育《フオスターリング》〉と呼ばれており、養父母は養い子たちをその身分にふさわしく育て教育することを求められた。少女は、多くの場合、十四歳で教育期間を終えるが、時には、フィデルマのように、十七歳まで続けることも可能であった。……〈養育〉は、双方の家庭にとって好ましいものとされる慣行であり、法的な契約でもあるのだ。これには、法律上、二種類あり、一つは〈好意の養育〉で、養育費はいっさい支払われない。もう一つは、実の両親が子供たちの養育費を払う〈契約による養育〉である。そのいずれであれ、〈養育〉は社会におけるもっとも主要な子弟教育の手段なのである〟といった説明を行っている。

6 〈選択の年齢〉＝成人として認められ、自《みず》らの判断を許される年齢。男子は十七歳、女子は十四歳で、その資格を与えられた。

7 フォルカー＝古代アイルランドのブレホン法では、強姦はフォルカーとスレーに分けられていた。フォルカーは、暴力による強姦。スレーは、そのほかの状況において、たとえば酔った女性に対するものなど、本人の同意を得ずに行われた性交。短編「毒殺への誘《いざな》い」（『修道女フィデルマの洞察』に収録）でも、言及されている。

酔った女性への強姦も、その他の女性に対する行為と同じように厳罰を科せられた。ただし、女性の側に不用意な態度があった場合、たとえば、既婚女性が付き添いなしに酒場に出掛けた場合、法の保護は受けられず、弁償金は与えられない。なかなか具体的に定められた法であったようだ。

8　コブチャ＝ブレホン法で定められた〈花嫁の代価《ブライド・プライス》〉。花嫁側に贈られる結納金。通常、父親（あるいは、兄弟等の、娘の公的後見人）に届けられ、花嫁にもその一部が渡された。結婚が破談になった場合、もしその原因が花婿側にあったのであれば、これを返済する必要はないが、花嫁側に原因があった時（花嫁が処女でなかった場合等）、〈花嫁の代価〉は返却せねばならず、花嫁側には、不名誉と金銭的損失が残されることになる。さらに時代を遡ると、花嫁に死をもって償わせるという掟もあったという。本短編「汚れた光輪」の中で、エインダーが危惧しているのは、ブレホン法のこの条項。

9　ダローン・フォーガル＝六世紀の人。詩人ヨーヒィーに同じ。聖コルムキルと同時代人であったらしい。聖コルムキルの哀悼詩（Amra）を書いたのは彼であったとの説もある。

不吉なる僧院

1　ケアブラ＝大王コーマック・マク・アートの子。父の大王位を継承。大王位二五四～二七七年頃。レンスター英雄譚の中にも登場。コーマックの没後、彼の武士団〈フィアナ〉の統領フィン・マク・クールとケアブラとの反目が激化し、ガウラの戦で、ついに大王ケアブラはフィンの一党を破った。これをもって〈フィニアン伝説群〉を彩った〈フィアナ〉は壊滅した。古代アイルランドの優れた散文作品『ティガサク・リー（王の教訓集）』は、コーマック・マク・アートが王子ケアブラの質問に答えた教えとされている。

2　アード・マハ＝現在のアーマー。アード・マグ。アルスター地方南部の古都。〝女神マハの城砦があった丘〟とされ、多くの神話や古代文芸の舞台になってきた。四四四年（あるいは四四三年とも）、この地で聖パトリックが、アイルランドで初めてキリストの教えを伝えた、とされる。彼によってアード・マハ（マハの丘）に建立された大聖堂は、いつしかアイルランドのキリスト教の最高権威の座となっていった。また、付属神学院もアイルランドの学問の重要な拠点の一つとなった。

3　オルトーン＝アーマーの大司教として、《修道女フィデルマ・シリーズ》の中でよく言及される。ローマ派キリスト教推進の主導者。

4　ケルト（アイルランド）・カトリック派の剃髪《トンスラ》＝この時代、カトリックの聖職者は剃髪していたが、ローマ教会のものは頭頂部のみ丸く剃る形式であった。しかしアイルランド（ケルト）教会では、それとは異なる形をとっていた。著者は《修道女フィデルマ・シリーズ》の中でよくこの点に言及しているが、たとえば、『サクソンの司教冠《ミトラ》』の中でも、〝前頭部の髪を左右の耳を結ぶ線まで剃り上げ、残りの髪は長く伸ばし……〟と、説明している。ローマ・カトリックの剃髪は、〝聖ペテロの剃髪〟、アイルランド・カトリックの剃髪は〝聖ヨハネの剃髪〟と称された。

5　ドゥルイド＝古代ケルト社会における、一種の〈智者〉。語源は〈全《まった》き智〉を意味する語であったといわれる。きわめて高度の知識をもち、超自然の神秘に通じている人とされた。アイルランドにおけるドゥルイドは、予言者、占星術師、詩人、学者、医師、王の顧問官、政の助言者、裁判官、外交官、教育者などとして活躍し、人々に篤く崇敬されていた。
　しかし、キリスト教が入ってきてからは、異教、邪教のレッテルを貼られ、民話や伝説の中では〝邪悪なる妖術師〟的なイメージで扱われがちであるが、本来は〈叡智の人〉である。宗教的儀式を執り行うことはあっても、かならずしも宗教や聖職者ではないので、ドゥルイド教、ドゥルイド僧、ドゥルイド神官という表現は、偏ったイメージを印象づけてしまうであろう。

6 〈祈禱用の細帯《プレイヤー・コード》〉＝法衣の上に締める細帯。数ヶ所に結び目を作り、祈禱を捧げる際には、これで唱える祈りの回数を数えた。法衣の帯《ベルト》であるとともに、今日のロザリオの役を果たす紐《コード》でもあったようだ。

7 ゴール＝ガリア。現在のイタリア、フランス、ドイツ等に広がる古代ローマ帝国の属領。

8 ティアグ・ルーウァー〈書籍収納鞄〉＝当時のアイルランドでは、上質皮紙《ヴェラム》の書籍は、本棚に立てて並べるのではなく、一冊あるいは数冊ずつ革や布製の専用鞄におさめて壁の木釘に吊り下げる、という収納法を、よくとっていた。旅に携帯する際にも、この鞄に入れて持ち歩いた。『幼き子らよ、我がもとへ』の中に、詳しい描写が何ヶ所か出てくる。ただ、神聖なる書籍など、重要な書籍は、アイルランドでも、宝石などで飾られた、木製、あるいは金や銀で作られた装飾筐に収められていた。

9 大王《ハイ・キング》＝アイルランド語では、アルド・リー。〝全アイルランドの王〟、〝アイルランド五王国の王〟とも呼ばれる。紀元前からあった呼称であるが、強力な勢力を持つようになったのは、二世紀の〝百戦のコン〟、その子である三世紀のアート・マク・コンやアートの子コーマック・マク・アートの頃。大王の確乎たる権力を掌握したのは、十一世紀初めの英雄王ブライアン・ボルーとされる。大王は、ミースの王都タラで、三年に一度、政治、軍事、法律等の会議や、文学、音楽、競技などの祭典でもあった〈タラの祭典〉（〈タラの大集会〉）を主催した。

しかし、アイルランドのこの大王制度は、一一七五年、英王ヘンリー二世に屈したリアリー（ローリー）・オコナーをもって、終焉を迎えた。

10 〝クロンファートのブレンダン〟＝聖ブレンダン、聖ブレノーン、〝航海者ブレンダン〟。四八四年頃～五七七年頃。六世紀に、主としてアイルランド西部で活躍した聖職者。ゴルウェイ州クロンファートを初め、各地に修道院を設立。〈約束の地〉を求めて、弟子僧たちと航海を続けたとされる。この幻想的な島巡りの物語は、中世文芸に『聖ブレンダン航海記』を生み、各国語に訳されて愛読された。また、アメリカ大陸を発見したのは、コロンブスではなく、このブレンダンであったとの伝承もある。

11 〝クロナードのフィニアン〟＝?～五四九年頃。〝クロナルドのフィニアン〟。アイルランドの聖人。何ヶ所もの修道院を設立したが、ミースのクロナードに建てた修道院が特に有名。三千人もの弟子を育て、〝アイルランドの聖者たちの師〟と称された。『フィニアンの懺悔《ざんげ》規定書』を著したとされる。アイルランドのキリスト教に、聖パトリックに次ぐ大きな影響を残したとも。〈黄色疫病《イエロー・プレイグ》〉（「ウルフスタンへの頌歌」訳註14参照）で亡くなった。

道に惑《まど》いて

1　司牧者《ファーザー》としてのご自分の立場＝規模の大きな修道院は、周辺の小修道院や僧院を管轄し、指導にもあたる。

ウルフスタンへの頌歌《カンティクル》

1　ダロウ＝アイルランド中央部の古い町。五五六年頃、聖コルムキルによって設立された修道院の所在地として有名。付属の学問所も、神学、法学、人文学、医学の四部門の教育機関として名高い。この修道院にあった装飾写本『ダロウの書』は、アイルランドの貴重な古文書。

2　ラズローン＝〝ダロウのラズローン〟。ダロウの修道院の院長。この《修道女フィデルマ・シリーズ》で、フィデルマはモアン王ファルバ・フランの末子で、生まれてほどなく父王は亡くなった、という設定になっている。その時後見人として彼女を養育し教育したのが、遠縁に当たるこのラズローンで、フィデルマが〈選択の年齢〉に達すると、高名なるブレホン、〝タラのモラン〟の許で勉学を続け、法学を専攻することを勧め、さらに彼女が法律家として高い資格を得た上で活躍を始めた時にも、本拠としてキルデアの修道院に所属（本短編訳註4参照）するようにと助言している。フィデルマにとっては、育ての親、人生の師、敬愛する友である。温厚で明朗な性格の魅力的な人物として、シリーズの中にしばしば登場する。

3　聖ブリジッド＝四五三年頃～五二五年頃。ブリギッド、ブライドとも。アイルランドで聖パトリックに次いで敬慕されている聖職者。若くして宗門に入り、めざましい布教活動を行った。アイルランド最初の女子修道院（フィデルマの時代には男女共住の修道院）をキルデアに設立。アイルランド初期教会史上、重要な聖女。詩、治療術、鍛冶の守護聖人でもある。

フィデルマはモアン王国の人間であるが、ラーハン王国のキルデアに建つ聖ブリジッド修道院に所属して、ここで数年間暮らしていたため、その時期には〝キルデアのフィデルマ〟修道女と呼ばれていた。

4　知的階級＝この時代の知的階級に属する人々は、何れかのキリスト教修道院に所属し、その付属学院で教鞭をとったり、そこを研究の場としたり、あるいはそこを本拠として外の世界でも活躍したりするのが、通常であった。この時代の学者たちの社会的地位について、本短編の中で、著者トレメインは次のように記している。

〝……キリスト教伝来以前には、専門家はドゥルイド〔賢者〕と呼ばれる階級《カースト》の一員だった。しかしキリスト教が入って来ると、彼らの社会的地位はキリスト教の修道院や聖職者に取って代わられた。それ以降、知的階級は、キリスト教修道院の中に自分たちの地位を確立していった〟。

5　聖パトリック＝三九九年頃〜四六一年頃。アイルランドに初めてキリスト教を伝えたとされる守護聖人。ブリトン人で、少年時代に海賊に捕らえられて六年間アイルランドで奴隷となっていた。やがて脱出してブリトンへ帰り、自由を得た上で、四三五年（四三二年、四六二年とも）にアイルランドに戻り、アード・マハを拠点としてキリスト教を伝え、多くのアイルランド人を入信させた。アード・マハは、聖パトリックがアイルランド最初の礼拝堂を建立して以来、この国のキリスト教信仰の中心であり、その最高権威の座とみなされてきた。彼の伝記『アード・マハの祝福されしパトリック』は、聖ムラクーの著書。

6　聖コルムキル＝五二一年頃〜五九七年頃。しばしば〝アイオナのコルムキル〟、あるいは〝アイオナのコロンバ〟と呼ばれる。アイルランドの聖人、修道院長。王家の血を引く貴族の出。デリー、ダロウ、ケルズなどアイルランドの各地に修道院を設立したが、五六三年、十二人の弟子と共にスコットランドへ布教に出かけた（一説には、修道院内の諍《いさか》いの責任をとって出国とも）。彼はスコットランド王の許可を得て、その西岸の島アイオナに修道院を建て、三十四年間、その院長を務めた。さらにスコットランドや北イングランドの各地で修道院の設立や後進の育成などに専念し、あるいは諸王国間の軋轢《あつれき》を仲裁するなど、旺盛な活躍ぶりをみせ、その生涯のほとんどをスコットランドでおくった。とりわけアイオナの修道院は、アイルランド（ケルト）教会派のキリスト教とその教育や文化にとって、重要な中心地になっていった。数々の伝説に包まれたカリスマ的聖職者。〝コルムキルの島〟は、アイオナ島をさす。

7　アイオナ島＝スコットランド西部海岸の沖に位置する島。聖コルムキルが、スコットランド王の許可を得て、ここに修道院を設立。これが大ブリテン島においてアイルランド人が行った布教活動や教育活動の重要な拠点となった（本短編訳註6参照）。『死をもちて赦されん』に詳しく描かれている。

8　哀悼歌《クイーン》＝英語では、キーン。アイルランドには、古くから、葬送に際して、死者を悼んで〝クィーン〟という即興歌を歌う慣習があった。語源は、アイルランド語で〝泣くこと〟を意味するクィーニャ。本来は、肉親たちによって歌われるものであったが、次第に即興歌に長《た》け、よい声をした者を雇うようになり、それを生業《なりわい》とする人間（職業的哀悼者）も出現した。キリスト教が入ってくると、異教時代の悪習であるとされ、死後の生こそ大事なのだから現世の死をあまり大仰に嘆くべきでないなどの理由で禁止された。しかし僻地には、十九世紀末まで、わずかに残っていた。アイルランドの劇作家J・M・シングの散文『アラン島』の中に、〝キーン〟について述べられた感銘深い一節がある。

9 法か人としての正義か、その何《いず》れを……ありましたわ=この問題は、短編「晩禱《ばんとう》の毒《ヘム》人参《ロック》」(『修道女フィデルマの洞察』に収録)の中でも、フィデルマに苦しい決断を迫っている。

10 モアン王国=マンスター王国。モアンは、現在のマンスター地方。フィデルマが活躍する七世紀の五王国中、最大の王国で、首都はキャシェル(「汚れた光輪」訳註2参照)。

11 デルフィネ=デルフィニャ。血縁でつながれた集団やその構成員。デルヴは、〝真の〟、〝血のつながった〟などを意味し、フィニャは〝家族集団〟を意味する。男系の三世代(あるいは、四世代、五世代、などと言及されることもある)にわたる、〈自由民〉である全血縁者。

12 ディアルムイッドの義理の兄弟=ディアルムイッドの母は、愛と青春の神エインガス・オグの宮殿の執事ロクとの間に不義の子を儲けるが、彼女の夫ドンはこれを知って激怒し、その子を撲殺した。ロクは我が子の亡骸を魔法の杖でもって巨大な魔の猪へと蘇生させ、「お前の義理の兄ディアルムイッドを必ず殺せ」と教え込んで育てた。こうして魔の猪に付け狙われ襲われ続けたディアルムイッドは、遂にこの敵を斃すことはできたが、自らも息絶える。ディアルムイッドとグラーニャの恋の逃避行の物語は、この義理の弟の復讐によって、悲劇の幕を閉じる。

13　カエル＝愛と青春の神エインガス・オグの夢に現れた美しい王女。エインガスは夢の乙女に恋焦がれ、尋ねまわった末に、彼女が、サウィン〔冬迎え〕の祭りの日に、白鳥の姿で、百四十九羽の白鳥と共に、ある湖に現れるが、彼女を勝ち得るためには、百五十羽の中から彼女の化身である白鳥を選び出さねばならない、と知らされる。だが彼は、見事にその一羽を選び当て、彼女の心を射止める。彼は自らも白鳥に身を変えて、カエルと共に飛び去った。伝承によっては、物語の細部に多少の異同あり。

14　〈黄色疫病《イエロー・プレイグ》〉＝黄熱病《イエロー・フィーバー》。きわめて悪性の流行病で、病の後半よく肌や白目が黄色くなる黄疸症状をともなうので、アイルランドではブーイ・コナル〔黄色のぶり返し〕と称された。五四二年、エジプトで発生し、商船によってヨーロッパへ伝播《でんぱ》して猛威をふるい、五四八～五四九年にはアイルランドにまで及んだ。アイルランドは、五五一～五五六年にも、とりわけはなはだしい大流行にみまわれた。

六六四年に、ヨーロッパは再度この疫病の猛威にさらされ、一説によればヨーロッパの人口の三分の一が失われたという。アイルランドでも、六六四年から六六八年にかけて全人口の三分の一が死亡したと考えられている。大王や諸国の王たち、高名な聖職者たちも、大勢この疫病に斃《たお》れた。より安全な地域への脱出を求める人も多かったが、その一方、アード・マハの修道院長オルトーンのように、〈黄色疫病〉にかかりながらも回復し、人々の救済に献身した人々もいた。オルトーンは両親を失った子供たちのために孤児院を設立し、先端に小さな穴を開けた牛の角に牛乳を入れ、それを飲ませて乳飲み子たちを育てた、と伝えられる。

シリーズの中の『幼き子らよ、我がもとへ』は、六六四～六六八年のアイルランドにおけるこの病の猖獗《しょうけつ》期を背景としている。

訳者あとがき

今回の『修道女フィデルマの探求』で、日本における《修道女フィデルマ・シリーズ》の短編集は、三冊目となる。

実は、この三冊は、二〇〇〇年に、ロンドンのヘッドライン社から、短編十五編を収めた二巻のペーパーバックとして出版された*Hemlock at Vespers*（シリーズの第九刊）を、東京創元社が著者の許可を得て三冊に分け、五編ずつ収録して出版したものである。そのうちの二冊、『修道女フィデルマの叡智』（二〇〇九年）と『修道女フィデルマの洞察』（二〇一〇年）はすでに刊行されており、この『修道女フィデルマの探求』をもって、短編集*Hemlock at Vespers*に収録されていた十五編の短編は、全て日本に紹介されたことになる。

ピーター・トレメインの真面目《しんめんもく》は、彼が古代・中世ケルト文化に関する該博なる知識を十二分に駆使して複雑な物語を繰り広げてくれる長編作品にあるのかもしれないが、短編もまた、七世紀の古代アイルランド社会やそこに生きるさまざまな人間像をたっぷり堪能させてくれて、小品の魅力を発揮している。

例えば、今回の巻に納められている「ウルフスタンへの頌歌《カンテイクル》」'A Canticle for Wulfstan'が、その良い例であろう。大修道院付属の学問所、そこへ世界各国から集まって来ていた多くの学生や学者たち、サクソン諸王国と、アイルランドやスコットランドといったケルト系の王国との間の激しい反目……当時のこうした絵巻物が、歴史や宗教の研究書が教えてくれるより遙かに鮮やかに、かつ具体的に、ページから浮かび上がってくるではないか。

長編のみならず、短編もまた、余人の追従を許さぬ、トレメインならではの世界である。すでに書いたことがあるが、彼の本名はピーター・ベレスフォード・エリス。古代・中世ケルト学の世界的権威なのであるから、それも当然と言えば当然なのかもしれない。

《修道女フィデルマ・シリーズ》には、もう一冊、短編集がある。二〇〇四年に、ロンドンのヘッドライン社から出版された *Whispers of the Dead*（シリーズの第十四刊）で、これも十五編の短編を収録した、なかなか魅力的な小品集である。

東京創元社は、第一短編集 *Hemlock at Vespers* と同じように、この第二短編集も五作品ずつ三冊に分けて、長編二、三作ごとに、これを一冊ずつはさんで出版することを検討しているようだ。

となると、日本における《修道女フィデルマ・シリーズ》の次の出版は、長編 *Valley of the Shadow*（一九九八年。シリーズの第六作。仮題『陰深き谷』）、続いてシリーズ第七作の *The*

Monk Who Vanished（一九九九年。仮題『消えた修道士』）、その次が、『第二短編集』（その二）ということになるのであろうか。

この第六作、第七作もトレメインの面目躍如といった作品で、翻訳者としては、楽しみな仕事になりそうだ。フィデルマに興味を持って下さった方々が、この先もトレメインらしさを楽しんで下さるようにと、願っています。

訳者紹介　早稲田大学大学院博士課程修了。英米演劇，アイルランド文学専攻。翻訳家。主な訳書に，C・パリサー『五輪の薔薇』，P・トレメイン『死をもちて赦されん』『修道女フィデルマの叡智』『アイルランド幻想』など。2018年没。

検印
廃止

修道女フィデルマの探求
──修道女フィデルマ短編集──

2012年12月14日　初版
2022年 1 月28日　3版

著　者　ピーター・トレメイン

訳　者　甲《か》斐《い》萬《ま》里《り》江《え》

発行所　（株）東京創元社
代表者　渋谷健太郎

162-0814/東京都新宿区新小川町1-5
電　話　03・3268・8231-営業部
　　　　03・3268・8204-編集部
URL　http://www.tsogen.co.jp
振　替　00160-9-1565
工友会印刷・本間製本

乱丁・落丁本は，ご面倒ですが小社までご送付ください。送料小社負担にてお取替えいたします。

ISBN978-4-488-21817-1　C0197

7冠制覇『カササギ殺人事件』に匹敵する傑作！

THE WORD IS MURDER◆Anthony Horowitz

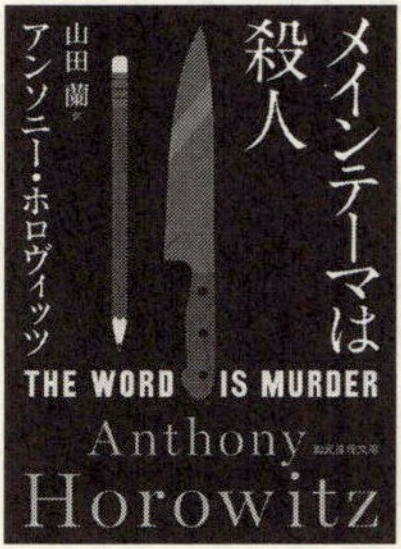

メインテーマは殺人

アンソニー・ホロヴィッツ
山田 蘭 訳 創元推理文庫

◆

自らの葬儀の手配をしたまさにその日、
資産家の老婦人は絞殺された。
彼女は、自分が殺されると知っていたのか？
作家のわたし、アンソニー・ホロヴィッツは
ドラマの脚本執筆で知りあった
元刑事ダニエル・ホーソーンから連絡を受ける。
この奇妙な事件を捜査する自分を本にしないかというのだ。
かくしてわたしは、偏屈だがきわめて有能な
男と行動を共にすることに……。
語り手とワトスン役は著者自身、
謎解きの魅力全開の犯人当てミステリ！